« Les visages souvent sont de doux imposteurs. Que de défauts d'esprit se couvrent de leurs grâces ! Et que de beaux semblants cachent des âmes basses ! »

Pierre Corneille, *Le Menteur*, 1644

Chapitre 1

Ces deux-là étaient inséparables. La vie de couple les avait indifférenciés au point qu'ils semblaient interchangeables. Le soleil de mai les colorait de multiples reflets, glissant du noir au violet, du bronze au bleu intense. Ils virevoltaient derrière ma fenêtre, cherchant l'endroit introuvable où se poser. Je connaissais leurs chants et leurs dialogues incompréhensibles. Ils s'aimaient et se le disaient. Je les côtoyais en Provence au point d'imaginer un instant qu'ils m'avaient suivi. Ils avaient l'air heureux. Comme eux, plusieurs centaines de couples avaient émigré dans la capitale.

Un dernier tour, et puis ils sont partis. Définitivement. Une fenêtre plus accueillante sans doute. Ou un parc voisin. Les pies bavardes ont leurs habitudes et n'aiment rien tant que vivre en communauté. Et puis l'image de cet homme solitaire a dû les déprimer. Moi, c'est cette fenêtre qui me déprime. Elle est trop petite et malgré tout, le soleil s'y faufile si puissamment que les feuilles étalées sur mon bureau y jaunissent prématurément.

Je m'appelle Rodolphe Shapira. Ni grand ni petit, pas spécialement beau, juste ordinaire, d'une intelligence dans la moyenne, marié, un enfant. Marianne, ma femme, née à Versailles, a tout de la bourgeoise défroquée. Après ses années de primaire à Notre-Dame, elle avait exigé de ses parents d'entrer en sixième dans un lycée public de la ville. Son père l'imaginait médecin en vertu d'une tradition familiale qui remontait à son arrière-grand-père, mais elle choisit le droit et la défense des malfrats avant de tourner casaque et de se mettre au service des femmes. Moins lucratif, mais mission qui lui est apparue d'une urgence absolue. Devenue en quelques années, la porte-parole redoutable de celles qui ne la prenaient jamais, elle avait choisi ce métier d'avocat par provocation, balayant trois générations de préjugés familiaux pour vivre ce qui était devenu une vocation. Contrairement à moi qui n'en avais guère. Quand au début de notre mariage Marianne défendait l'indéfendable aux assises, j'enseignais le français au lycée Buffon, acceptant sans malice que ma femme couvre l'essentiel de nos besoins financiers. Bref, rien que de très banal qui m'aurait laissé dans une mortelle invisibilité si à trente-cinq ans, mon nom n'avait explosé à la une des revues littéraires, dès la publication de mon premier roman.

Au départ, ce livre n'avait été pour moi que le passe-temps d'un été, ne suscitant de la part des éditeurs à qui je l'avais envoyé – une bonne dizaine – que la réponse polie et ronéotypée reçue par des milliers de mini-Le Clézio, (ou qui se prennent pour tels). « Monsieur, nous avons bien reçu votre roman intitulé *Fausse route*. Malheureusement, malgré des qualités évidentes, il ne correspond pas aux choix de notre maison. En vous souhaitant bonne chance, veuillez croire monsieur, etc., etc. »

Enfoui sous cette pile de refus, l'ouvrage ne serait resté qu'un amas de feuilles mortes si Marianne et moi n'avions été invités à dîner par l'une de ses clientes. Cette femme avait été maltraitée pendant des années par un mari violent. Marianne l'avait perdue de vue après l'avoir sortie des griffes de ce salopard. Elle vivait désormais avec un certain Bernard Lecœur. L'homme était chaleureux et contait volontiers son parcours professionnel. Modeste garagiste dans un faubourg avignonnais, il avait eu l'idée de proposer ses services à domicile. Le succès fut immédiat. En quelques années, il avait construit un réseau qui permettait désormais aux habitants des villages les plus reculés d'être dépannés en moins d'une demi-journée.

À la tête d'une fortune conséquente, Lecœur avait souhaité diversifier ses activités. Avec pour seul diplôme un CAP de mécanique auto, il n'avait pas la prétention de connaître quoi que ce soit des grands textes, mais les livres alignés en rangs serrés dans une bibliothèque le fascinaient presque autant que les courbes parfaites d'une Mercedes 300 SL. Balayant d'un revers de main les fins de non-recevoir que les grands éditeurs de la place m'avaient infligées, l'ex-garagiste me proposa d'être le premier auteur de ce qui deviendrait l'aventure de sa vie. En entrepreneur aguerri, il étudia le marché, se fit expliquer les métiers de l'édition, s'entoura de jeunes loups qui se languissaient au dernier rang de la hiérarchie dans les grandes maisons et publia *Fausse route* à marche forcée, dépensant sans compter dans une opération marketing qui fit pâlir d'envie les auteurs les mieux lotis. Cela aurait pu être un flop, ce fut un immense succès. Il ne fallut que quelques jours pour que l'enseignant anonyme que j'étais se trouve en tête de gondole dans les supermarchés, parmi les plus grandes signatures du moment dans les vitrines des librairies, ma photo affichée sur tous les murs de l'Hexagone. Un mois plus tard j'étais parmi ceux qui essuyaient les plâtres de *Bouillon de culture*, le nouveau rendez-vous de Bernard Pivot. *Fausse route* était sorti fin novembre, beaucoup de critiques l'avaient regretté en affirmant que publié quelques semaines plus tôt, ce premier roman aurait été à coup sûr parmi les favoris des jurys les plus courtisés.

Après le lancement de cette première fusée, quelques-uns des éditeurs qui m'avaient sèchement renvoyé à mes élèves se sont précipités pour m'assurer un avenir en or massif, me promettant monts et merveilles si je franchissais le seuil de leur maison quasi centenaire, mais je suis resté chez Bernard Lecœur, devenu entre-temps un éditeur d'autant plus détesté qu'il volait de succès en succès. « Lecœur et Compagnie » m'a ainsi assuré pendant de longues années un confort de vie que beaucoup d'écrivains aimeraient connaître. Fidèlement entretenu par des à-valoir conséquents et des droits d'auteur qui ne l'étaient pas moins, j'ai publié chez lui une quinzaine de romans qui connurent des destins divers mais aucun échec. Jusqu'au dernier paru il y a tout juste un an.

Ce devait être une trilogie sur « les années sida », les deux suivants ne paraîtront sans doute jamais. Je l'ai compris au ton de Bernard peu après la sortie de ce premier tome. Ce jour-là, la sonnerie de mon portable avait sèchement interrompu la déclaration flatteuse d'une lectrice qui avait osé comparer ma production aux Rougon-Macquart ! Pour cette séance de signatures, la librairie était pleine d'une petite foule admirative. À entendre et voir l'engouement de ces lecteurs, rien ne pouvait laisser prévoir la série de coups de poignard qu'allait m'assener mon éditeur.

– Tu as vu les chiffres ? éructait Lecœur d'une voix méconnaissable.

– Quels chiffres ? Je suis en pleine signature, je te rappelle.

– Non, poursuivit la voix de plus en plus agressive. Oublie tes vingt paroissiens, je te parle des vraies ventes et pas de la dizaine de livres que tu viens de signer. Les chiffres des quatre premières semaines sont catastrophiques. À peine quelques centaines d'exemplaires vendus.

Je m'étais réfugié au fond de la librairie et tentais de ne rien laisser paraître, murmurant ma réponse sans trop y croire.

– Quatre semaines, c'est peu. Le bouche-à-oreille va fonctionner.

– Non Rodolphe, ne te raconte pas d'histoires, la musique n'est pas bonne et ça ne changera plus. On a fait comme d'habitude. Tu as tout eu, la presse, les hebdos, les émissions qui font vendre, rien ne marche, ça n'a pas décollé, rétorqua froidement Lecœur. Passe à la maison ce soir, après le dîner.

Et il raccrocha sans attendre ma réponse. Le libraire qui ne m'avait pas quitté des yeux avait compris à mon allure pitoyable que la fête était finie.

– Je pense qu'on va arrêter là, dit-il avant d'expliquer aux fidèles du jour qui n'avaient rien vu de ce qui s'était passé qu'il était inutile d'attendre plus longtemps.

Je partis sans demander mon reste, oubliant même de remercier celui qui m'avait ouvert chaleureusement ses portes une heure plus tôt.

J'étais entré dans cette librairie auteur à succès, me voici descendant la rue jusqu'au pont Mirabeau écrivain maudit. Un rôle si nouveau pour moi que je n'arrivais pas à en écrire le texte. En traversant la Seine mouvante et indifférente, je calculais que j'avais cent vingt minutes à perdre avant d'affronter Lecœur. Et le choix entre le restaurant et le fleuve. Je choisis le restaurant.

Carlo, le patron historique du San Francisco, avait quitté le navire, mais son successeur lui était resté fidèle et les scampis frits toujours aussi délicieusement italiens.

La terrasse était encore à moitié vide à l'heure où le crépuscule se cogne à la nuit. Attablé seul près de l'entrée, je comblais cet entre-deux en imaginant la vie de ces inconnus, vrais amants ou faux couples, affichant pour certains un désir presque obscène tandis que d'autres dissimulaient à peine les rancœurs du quotidien. À deux tables de la mienne, lui proche de la soixantaine, elle à peine moins, avaient passé ces deux heures sans un mot, étrangers à eux-mêmes autant qu'à l'autre, n'exprimant leur humanité que dans le sourire poli qu'ils adressaient aux serveurs. Ces deux-là me fascinaient tant ils étaient ordinaires. Par quoi avaient-ils été usés ? Par leurs différences devenues un gouffre dans lequel ils s'étaient perdus ou par leur ressemblance si puissante qu'ils s'étaient noyés dans une identité commune ? Tour à tour, ils me regardaient et semblaient s'amuser de mon questionnement intérieur. Dans le non-dit, j'étais moi-même devenu l'objet silencieux de leur conversation intime. À l'évidence, ils s'interrogeaient sur moi avec une curiosité qui concurrençait la mienne. Qui étais-je pour offrir en spectacle ma solitude face à une assiette de grosses crevettes ? À ce jeu de cache-cache, ils eurent le dernier mot. Oublié, le corps-à-corps virtuel qui avait nourri ce dîner, ils passèrent devant moi, main dans la main, me saluant d'un léger mouvement de tête, un large sourire aux lèvres. Comme pour effacer l'échafaudage de mes suppositions. Peut-être s'aimaient-ils tout simplement. Finalement, que connaît-on des autres ?

J'abandonnai rapidement ce couple indéchiffrable pour m'interroger sur ce Lecœur que je croyais connaître. Était-il ce soutien sans faille qui m'avait permis d'être ce que je suis, ou l'abruti qui, en cinq minutes d'agression téléphonique, avait montré son vrai visage, celui d'un homme qui n'a d'autre ambition que de jouer placé ? En trois cents pages j'étais devenu un placement à risque. Dangereux donc inutile. Et Lecœur redevenu ce qu'il n'avait jamais cessé d'être, un faiseur de fric pour qui un livre n'a pas plus d'intérêt qu'un moteur à quatre temps.

Son appartement lui ressemblait. Trois cents mètres carrés dans un luxueux immeuble de l'avenue Foch, décoré années 30. Sols en marbre noir et blanc, meubles aux formes épurées. C'était beau et sûrement très cher. Lecœur n'y avait rien mis de lui-même, laissant un décorateur de renom choisir jusqu'aux lampes de chevet.

Il me reçut sans plus d'aménité que lors de notre échange de l'après-midi. Il se servit un whisky, oubliant de m'en proposer et attaqua d'emblée.

– J'ai les nouveaux chiffres. Pire encore. Ça n'est pas un échec, c'est un naufrage. Le bateau a coulé à peine sorti du port. Les libraires ne respectent même pas un temps de décence. On reçoit chaque jour des retours par cartons entiers. Qu'est-ce qui a bien pu se passer, Rodolphe ?

– Tu l'as lu ?

– Non, mais on me dit chez moi que ton écriture est différente. Tes lecteurs ne t'attendaient pas sur ce terrain. Et puis, l'histoire des années sida, tu crois vraiment que c'est le moment ? Les gens ont autre chose à faire que de rajouter une couche d'anxiété à leur angoisse du jour.

– Lis-le avant de dire n'importe quoi. Et renseigne-toi, ce sont tes collaborateurs qui m'ont suggéré d'écrire cette trilogie. Eux trouvaient que c'était une très bonne idée puisque c'était la leur. Qu'ils te disent aujourd'hui le contraire, cela ne m'étonne qu'à moitié, compte tenu des chiffres dont tu me parles. J'ai réfléchi, on va s'arrêter là. Je t'ai fait gagner beaucoup d'argent. Nous sommes quittes.

Je m'étais levé pour lui signifier avant qu'il ne le fasse, la fin de l'entretien. Au moment d'ouvrir la porte je sentis sa respiration sur ma nuque. Le Lecœur arrogant l'instant d'avant avait cédé le pas au Bernard amical des années de complicité.

– Combien veux-tu ? demanda-t-il dans un souffle.

– De quoi tu parles ?

– Mais pour le prochain ! s'exclama-t-il. Combien veux-tu ?

– Je croyais que je n'étais plus bankable. Ta question est minable.

– Oublie *Les Années sida* et repars sur autre chose, dit-il, feignant de ne pas m'avoir entendu. Disons que ce dernier livre est un accident, je suis sûr que tu vas rebondir.

Je le regardais se débattre comme un vulgaire truand pris à son propre piège. Il n'était plus sûr de rien, mais suffisamment lucide pour imaginer les dégâts que provoquerait l'annonce de mon départ. Trop tard, pensai-je avant de crier sans me retourner :

– Trop tard, Bernard.

Sans attendre la réponse j'étais déjà dehors. Heureux et vide. Encombré d'une liberté que je n'avais pas décidée.

En descendant l'avenue Foch, à peine éclairée par des lampadaires qui servaient de tuteur aux putes du quartier, je me jurai que cette fois serait la bonne. Auteur à succès pour des livres déjà oubliés, j'avais longtemps pensé que j'avais un certain sens du rythme épistolaire au point de confondre une création originale et l'alignement de phrases toutes faites. Pour écrire, j'ai longtemps violé la vie des autres, cherchant parfois mon inspiration dans l'histoire sublimée de personnages hors normes, le plus souvent dans les entrailles vénéneuses de mes contemporains. Quelques plumes indulgentes ou soudoyées par Lecœur avaient parlé de ces milliers de pages noircies comme s'il s'agissait d'une œuvre, mais le contentement de soi n'interdit pas la lucidité. Un peu plus élégants que des romans de gare, mes livres sont au mieux des ouvrages de passage, je ne vais pas pour autant cesser d'écrire.

De nouveaux personnages s'ouvrent à ma plume. Entrés par l'étroite fenêtre de ce bureau, ils m'entourent désormais sous la surveillance de ce couple de pies qui ne s'était envolé que pour mieux revenir. Assis à ma table, je les imagine, les Olivier, Nathan, Éloïse, Benoît, Charles, et tous les autres. Ils sont dans les starting-blocks, prêts à bondir dans cet espace-temps imprévisible qui peut tour à tour les faire sombres ou rieurs, généreux ou escrocs, les mêmes qui sont le matin angéliques et charmeurs deviennent l'après-midi rapaces et destructeurs. Les acteurs d'un roman ne sont que de pauvres marionnettes entre les mains de leur créateur. Jouissance gratuite et permanente de l'écrivain. Dont je ne vais pas me priver une fois encore. À une différence près. Imaginaires dans mes précédents romans, ces compagnons du prochain ont été longtemps des amis proches. Faits de chair et de sang et pas seulement des noms que l'on jette sur le papier au rythme de leur sonorité.

Chapitre 2

Charles, Benoît, Olivier et moi, nous étions quatre, nés à La Rochelle, avant les régates, le port des Minimes et ces ponts qui ont transformé des îles longtemps préservées en réserve automobile. Chacun d'entre nous a goûté à sa manière cette célébrité mensongère, puissante barrière entre les autres et soi-même. Charles Pietragalli, dont la beauté ne connaissait à l'époque d'autre rivale que celle de Gérard Philippe, traversait il y a peu encore les plateaux et les planches. Acteur vieillissant, il dévora jusqu'à l'indigestion des textes nouveaux se jouant d'un embonpoint notarial et de cheveux grisonnants pour afficher la nonchalance des anciens. Pratiquant longtemps les amours passagères qui ne duraient guère plus que le temps d'un tournage, il s'est nourri pendant plus de quarante ans d'une fidélité revendiquée, trop affichée pour être totalement sincère. Mais l'inaccessible crée le désir et Charles n'aimait rien tant qu'être désiré. Passionné de politique, il déjeunait volontiers à la table du président lorsque celui-ci était socialiste et les arcanes du ministère de la Culture n'avaient pas de secret pour lui. Le caviar ne lui était pas étranger, partagé par cette gauche qui goûtait les bons sentiments comme on savoure un bon plat. Raphaëlle, sa femme spectatrice amoureuse de ses colères surjouées, ne manquait pas une occasion de moquer son glissement progressif dans le confort ouaté du conformisme, loin des passions déraisonnables. Plus vraiment à gauche, il s'arcboutait encore sur l'idée que Jaurès et Blum étaient ses frères d'armes. Aveuglement conceptuel ou tricherie inconsciente, peu importe, il a longtemps ferraillé avec le plus caméléon d'entre nous, Benoît Barrioul, qui fut dix fois ministres. Et quel ministre ! Les couleurs de l'arc-en-ciel ne suffiraient pas à couvrir la toile de ses postures, jaune ou vert, orange et blanc, rouge ou violet, il fut successivement ou en même temps tout cela à la fois. Ses alliés du moment s'en amusaient ou s'en inquiétaient tant l'insincérité semblait le moteur de son action. Mais c'était notre ami et entre nous le pardon était la règle des quatre.

Benoît et moi habitions à quelques jets de ballon l'un de l'autre. Dans ce quartier reconstruit à la hâte après la guerre, coincé entre la Pallice et Lagord, le Mireuil, c'était d'abord un ensemble de HLM bordé par une rocade bruyante et peu avenante. La mer n'était pas loin mais nous l'avons longtemps plus imaginée que vue, humant plus couramment la fumée des poids lourds que l'air marin. Pour nous le sport n'était pas la voile mais le football, notre quotidien de fin d'après-midi au pied des immeubles. Ma mère, couturière à domicile, avait longtemps coupé robes et chemisiers pour les femmes du quartier. Le pied sur la pédale de sa précieuse Singer, tournant délicatement la manivelle après avoir choisi le point de couture, elle mettait rarement plus d'une journée pour confectionner un vêtement taillé au millimètre sur des patrons en carton étalés sur le lit. Mon père à l'époque travaillait sur le chantier du port. Technicien de maintenance, il avait eu des promesses de promotion et s'en trouvait bien. Nous n'étions pas malheureux mais c'était compter sans Maman. Encouragée par ses clientes du Mireuil, elle finit par se convaincre que ses talents méritaient mieux que la banlieue rochelaise. Et commença de rêver à des créations qui tranchaient avec la banalité des patrons achetés au Pompon Rouge, la mercerie de l'avenue Denfert-Rochereau. Chaque semaine elle y faisait provisions de fils, d'aiguilles et des craies de tailleur dont elle avait besoin pour couper les tissus et donner libre cours à son imagination. Abandonnant les modèles à fleurs et des couleurs qu'elle avait décrétés vulgaires, elle se mit à travailler le noir, le gris et le bleu, dédaignant les robes amples au profit de tailleurs stricts et de jupes droites qu'elle avait conçus dans le plus grand secret. Seule Marine, son amie de toujours, avait été mise dans la confidence, jouant à l'occasion les mannequins pour tester ses créations. En quelques mois, au prix de journées qui se confondaient avec la nuit, elle bâtit une collection qu'elle jugea suffisamment convaincante pour affronter les commerces du centre-ville. C'était une époque où les stylistes locaux pouvaient encore se faire une place dans le prêt-à-porter et c'est ainsi que mes parents ont quitté le Mireuil pour la Genette et ses immeubles qui abritent l'entre-soi bourgeois d'une ville moyenne. Mon père avait vite compris qu'il ne garderait sa femme qu'au prix d'un déracinement qui n'eut le goût de trahison que le temps de faire fructifier le cabinet d'assurances qu'il avait ouvert dans le centre-ville.

Dans mes dix premières années d'existence, j'ai vu ainsi mes parents se glisser dans les Trente Glorieuses comme l'on endosse un costume taillé sur mesure. Quant à moi, troquant les culottes courtes contre des pantalons de golf, j'ai fait mon entrée dès la sixième au lycée Fénelon. Charles et Olivier y étaient depuis le CP. Le premier habitait un hôtel particulier près du lycée, une bâtisse immense traversée de part en part par un escalier en bois dont les marches pleuraient sous les pas. Cette maison qui abritait des meubles aussi précieux que peu accueillants m'a toujours fait peur. Encore aujourd'hui je ne peux y penser sans effroi. Le père de Charles, psychiatre, y avait son cabinet, ce qui ajoutait pour le jeune garçon que j'étais un mystère inquiétant. J'avais l'habitude de la salle d'attente de notre médecin de famille où s'apostrophaient bruyamment les clients de toutes sortes, des bébés, des vieillards, des jeunes couples. Chez le père de Charles, rien de tel. Le salon, grand comme l'appartement de mes parents, ne comptait jamais plus d'un patient. Pas d'enfant, juste des adultes d'un âge incertain et dont le visage semblait mettre un point d'honneur à ne rien exprimer. Le père de mon ami les raccompagnait jusqu'à la porte. Il m'arrivait de les rencontrer, certains avaient les larmes aux yeux. J'avais de la peine pour eux. Que faisait donc ce médecin pour les faire pleurer ainsi ? Un jour, alors que nous avions croisé un homme d'une soixantaine d'années qui s'était empressé de détourner la tête pour masquer ses yeux rougis, je m'en étais inquiété auprès de Charles.

– Mais il fait quoi ton père exactement ? Je croyais qu'il était docteur.

Avec les mots d'un ado de treize ans, Charles tenta de m'expliquer :

– Bah oui, il est médecin mais il ne soigne pas les corps, juste leur tête.

Et comme s'il se parlait à lui-même :

– C'est des gens qui ne sont pas bien dans leur tête.

– Des fous quoi, répliquai-je dans un raccourci qui fit sursauter mon ami.

– Mais non, pas forcément. Ils sont juste mal. Mon père dit souvent d'eux que ce sont des blessés de la vie.

– Des blessés de la vie ? Ça veut dire quoi ?

Cette expression n'avait pour moi aucun sens. J'étais dans l'un des meilleurs lycées de la ville, mes parents avaient suffisamment d'argent pour s'asseoir à la table des notables et les filles que nous retrouvions à la sortie de Fénelon ne m'avaient jusqu'alors infligé aucune blessure. Plus préoccupé par la découverte de mon sexe et de ce que je pouvais en faire que par les affaires du monde, je dévorais goulûment les livres interdits que les plus malins du lycée se procuraient je ne sais où. Mes parents, à l'époque, seraient tombés de leur chaise s'ils avaient su que derrière l'alignement des livres de Dumas et de Jules Verne se cachaient la narration des frasques du marquis de Sade, les histoires libidineuses de Choderlos de Laclos ou bien les pérégrinations d'une certaine « O ». Le marchand de journaux du quai Valin était pour moi un complice précieux d'autant que sa maison de la presse était également débitrice de tabac. J'avais à peine quatorze ans mais M. Berger faisait comme si ma barbe naissante m'autorisait à acheter ces revues interdites aux moins de dix-huit ans. Dans ma classe de troisième j'étais devenu le pourvoyeur officiel de *Paris-Hollywood* et de *La Vie parisienne*, deux mensuels qui publiaient des photos de femmes nues à la poitrine abondante mais dont le sexe était grossièrement caché. Anodins aujourd'hui, ils étaient dans les années 50, le summum d'une pornographie qui alimentait mes fantasmes et ceux de mes camarades à qui je vendais ces précieuses livraisons après les avoir moi-même abondamment consommées. Même manège pour les « Parisienne », des paquets de quatre cigarettes d'un mauvais tabac brun, également vendus par M. Berger qui fut longtemps notre fournisseur clandestin.

Loin de la capitale, déchirée par la guerre d'Algérie et qui semblait prendre son pied à vivre dans une crise gouvernementale permanente, nous passions nos jeudis et la plupart des samedis les pieds dans l'Atlantique à regarder de l'autre côté de l'océan. La guitare de Presley, le rock de Bill Haley et les flirts au son des Platters occupaient joyeusement nos soirées rochelaises. Notre intérêt pour la politique était voisin de zéro, limité à la fierté qu'avaient eue nos parents à la nomination d'un Rochelais à Matignon. La propulsion à trente-huit ans de Félix Gaillard – plutôt à gauche sans l'être vraiment – à la présidence du Conseil avait fait l'effet d'une bombe.

Jusqu'alors je n'avais eu que les échos lointains des réunions de cellule de mon père. Militant actif de la CGT et membre du PC depuis son adhésion aux Jeunesses communistes, il y avait rencontré les parents de Benoît. Mais à la différence de la mère de mon ami, militante convaincue, la mienne n'avait jamais regardé d'un œil bienveillant les activités de son mari. Elle s'agaçait de ces grèves qui se traduisaient par des payes amputées et le soupçonnait d'utiliser ces moments d'action militante pour coucher à gauche. Au fil des années, les disputes étaient devenues si fréquentes que mon père avait compris qu'entre Marx et sa femme, il ne pourrait pas composer très longtemps. Notre déménagement et son entrée dans le monde de l'assurance ont sonné le glas de ces années révolutionnaires. D'un bord à l'autre, il lui fallut peu de temps pour devenir d'autant plus anticommuniste qu'il en avait connu tous les travers dans les années 50.

– Tu vois mon garçon, m'avait-il dit un soir de confidences, la politique c'est le monde de Pinocchio, le monde des promesses qui n'engagent que ceux qui les entendent. En politique on dit une chose et on pense le contraire. Ne fais pas comme moi, ne crois pas à leurs balivernes.

– Tu regrettes ?

– Le syndicat ? Non je ne regrette pas. Il y avait cette chaleur qui me plaisait mais le parti, j'aurais dû le quitter depuis longtemps. Ces gars-là n'ont jamais appris à penser par eux-mêmes. On leur donne la becquée d'en haut. Et en haut, ils vont prendre leurs ordres ailleurs.

– Et de Gaulle ? C'est différent ?

– Je crois. D'abord de Gaulle a dit non aux boches en quarante et puis il a eu le courage de partir quand les revenants de la Troisième République ont voulu reprendre le pouvoir.

Je compris ce jour-là que mon père faisait partie de ces millions de Français qui venaient de retourner leur veste en acclamant celui qu'ils avaient viré en 46 et ignoré depuis. Communiste, gaulliste, droite, gauche, finalement mes compatriotes se jetaient au plus offrant au gré de la trouille du moment. Pour les convictions ? On verra plus tard, m'étais-je dit en concluant cette conversation avec mon père.

– Donc tu étais communiste et maintenant tu es gaulliste ?

– Oui, gaulliste comme les deux tiers des Français.

– Et tes anciens camarades, le père de Benoît par exemple, tu les vois encore ?

– Non ils me font la gueule, ils ont même menacé de me la casser s'ils me rencontraient, mais la Pallice c'est loin.

Benoît, lui, n'avait jamais adhéré aux idées de son père. Il avait compris du haut de son adolescence que se dire gaulliste en 58, c'était juste le prix à payer pour se faire adouber par les bourgeois de La Rochelle. Peu importait que de Gaulle soit sincère ou se joue de leur peur pour faire avaler une histoire à écrire, mon ami n'avait fait que s'opposer au quotidien de son géniteur. Une vie dont il avait su très tôt qu'elle ne serait pas la sienne. Dès son entrée en maternelle, il avait été réveillé chaque matin par un claquement de porte insupportable. Son père embauchant à 5 heures, Benoît ne le voyait guère plus à l'heure du dîner.

– Papa n'est pas là ?

À question rituelle, réponse toujours identique :

– Non, il a une réunion.

La cellule du parti bouffait le temps paternel au point que Benoît a longtemps cru que le week-end était synonyme de défilés et de manifs. Il lui est même arrivé de trouver festives ces déambulations auxquelles il participait parfois. Les drapeaux rouges, les banderoles portées en tête de cortège, les chants qui accablaient les gouvernements éphémères de la Quatrième finissante, la solidarité joyeuse qui rassemblait les manifestants, tout cela avait un air de fête qui ne lui déplaisait pas. Mais ces moments de fraternité avaient un prix. Une femme et des enfants laissés au bord de cette route révolutionnaire que Benoît a vite perçue comme une impasse. Certes il était arrivé à son père de rentrer heureux des avancées brandies comme autant de victoires sur l'ennemi capitaliste mais le bilan de cette vie militante apparut rapidement bien maigre aux yeux du jeune homme. Le père de Benoît est mort en 1978, le corps usé par ces années de combat sans imaginer que trois ans plus tard la France allait se rêver vivre sous un nouveau Front populaire.

Pas ça, pas moi ! Dès 58, le jeune Barrioul avait pris la tangente, se jurant qu'il aurait la vie exactement contraire à celle de son père, enjambant rapidement de Gaulle pour militer à la droite de la droite.

Les quelques kilomètres qui séparaient le cœur de La Rochelle du Mireuil avaient scellé dans les éclats de voix et les insultes la fin des liens trentenaires qui unissaient nos parents mais rien ni personne n'aurait pu m'empêcher d'embarquer Benoît dans le bateau de mes nouvelles amitiés. Nous n'étions pas dans le même lycée mais qu'importe, mon copain du Mireuil ne manquait aucune de nos soirées du samedi, passées chez les parents de Charles. L'hôtel particulier avait au fond du jardin une dépendance que nous nous étions appropriée avec la complicité de sa mère. C'était une petite maison, équipée au rez-de-chaussée d'un meuble tourne-disque et de quelques poufs, au premier étage d'une table basse, de deux canapés et d'un frigidaire destiné à nourrir et abreuver mes camarades pour qui la permission de minuit était rapidement devenue le passeport de nos nuits blanches. Nous vivions en bande, partagés selon l'humeur et la météo entre le lycée, la plage et cette maison du bonheur. Charles avait négocié avec ses parents un accord de libre circulation si bien qu'il n'était pas rare qu'entre deux cours, certains d'entre nous passent discrètement par le jardin pour écouter le dernier Gene Vincent ou le premier quarante-cinq tours de Johnny. Seule condition pour appartenir à ce club qui ne cessait de grossir, les disques achetés restaient à la communauté si bien que la petite maison devint en quelques mois l'une des discothèques les plus recherchées de La Rochelle. Nous avions entre quinze et dix-huit ans, les plus jeunes découvraient la tension des premiers émois, les plus âgés mimaient la vie de couple passionnée et provisoire. Dans cet endroit caché au cœur de la ville, on s'aimait, s'embrassait, se déchirait mais le malheur ne durait jamais longtemps. On n'a jamais été aussi vrais qu'à cette époque. Jusqu'au jour où le monde a fait irruption sans prévenir.

Je me souviens de ce 1er décembre comme si c'était hier. Ce jour-là, Victor, le frère aîné de Charles qui avait tout juste vingt ans, venait de recevoir un courrier du ministère des Armées. Sursis refusé. Obligé de faire son service militaire avant d'achever ses études, il faisait partie d'un contingent appelé en Algérie. Certes nous avions entrevu à travers les reportages censurés de la télévision et les images tronquées de Pathé-Cinéma, des bribes de cette guerre qui refusait de dire son nom, mais c'était si loin ! Le frère de Charles était en troisième année de médecine à Toulouse, plusieurs de ses camarades avaient reçu le même papier. La plupart avaient accepté sans broncher cette parenthèse de deux ans dont certains ne reviendraient sans doute pas. Le garçon qui partageait la piaule de Victor avait même acheté une bouteille de whisky hors d'âge pour fêter son incorporation.

– De Gaulle, Soustelle et les autres l'ont dit, l'Algérie c'est la France. Il est temps de montrer aux copains de Ben Bella de quel bois on se chauffe.

Victor était resté sans voix. D'autant plus mortifié que chez les parents de Charles on avait la gauche chevillée au corps. Zola était un héros, Jaurès un mentor, Blum et Mendès France, les seuls politiques qui trouvaient grâce à leurs yeux. Ils étaient de cette gauche qui vomissait celle de Guy Mollet, de cette gauche qui se faisait matraquer en scandant le nom de Djamila Boupacha.

Monsieur le président
Je vous fais une lettre
que vous lirez peut-être
si vous avez le temps
je viens de recevoir

mes papiers militaires
pour partir à la guerre
avant mercredi soir
je ne veux pas la faire
je ne suis pas sur terre
pour tuer de pauvres gens
c'est pas pour vous fâcher
il faut que je vous dise
ma décision est prise
je m'en vais déserter.

La voix de Mouloudji résonnait comme un appel au rez-de-chaussée de la petite maison. Victor hésita, la guerre ou la prison. Le texte de Boris Vian resta longtemps dans l'enveloppe adressée à monsieur le président de la République et fut finalement jeté à la corbeille. Le jeune homme partit le 1er janvier 1960 et emporta avec lui notre insouciance.

La politique et la trouille avaient envahi la petite maison, l'incorporation de Victor avait redessiné notre propre avenir et la guerre d'Algérie était devenue notre indépassable horizon. Nous étions en seconde, en première, en terminale et l'échéance de l'appel devenait une obsession. Benoît et Charles ne se parlaient plus que pour s'invectiver. Le premier ne voyait rien que de très normal à défendre la France et ses territoires quand Charles assurait que la morale et l'histoire donneraient raison à ceux qui se battaient pour l'indépendance de leur pays. Tortures contre exactions, arrestations arbitraires contre attentats, les mots volaient et mes deux compagnons avaient failli plus d'une fois en venir aux mains au point que Charles finit par déclarer Benoît *persona non grata* à la petite maison. Pour ma part, j'avais décidé de compartimenter mes amitiés et continuais de voir Benoît en le retrouvant dans un café proche de son lycée. Ce fut vain et inutile. Il avait choisi son camp. J'ai rapidement mis fin à ces rencontres semi-clandestines et vaguement honteuses. Mais c'était compter sans la vie et ses pieds de nez.

De toute façon, le refuge de nos amours avait changé de vocation. De bar-fumoir protégeant notre inconscience politique, il était devenu le point de ralliement de tous ceux qui soutenaient les combattants de l'indépendance algérienne. *L'Obs* de Bourdet et *L'Express* du couple Giroud-Servan-Schreiber s'étaient substitués aux piles de revues musicales importées d'outre-Atlantique. Brel, Brassens, Ferré, Aznavour et Lapointe qui faisaient entendre les paroles du refus avaient chassé les rockeurs. L'année du bac, la petite maison faisait de la résistance à guichets fermés. Nous étions au moins une centaine à passer nos week-ends à dessiner une France débarrassée du boulet algérien. Nos maîtres s'appelaient Camus, Sartre, Mauriac, Simone de Beauvoir, leurs disputes étaient fécondes et nourrissaient les nôtres. Nous étions sincères et aveugles. Impuissants à voir que nous étions les enfants encore innocents d'une histoire dont nous pensions nous extraire alors qu'elle se préparait à nous étouffer. Nous étions déjà de fieffés menteurs mais nous ne le savions pas. Pour l'heure nous nous contentions de nous mentir à nous-mêmes.

Chapitre 3

Pietragalli l'avait sans doute compris le premier. Quitte à faire du mensonge son quotidien, autant l'assumer sur les planches. Charles se prenait pour Harpagon dans un atelier de théâtre qui avait planté ses tréteaux près du lycée. Assidu et talentueux, il avait déjà lu, à l'âge où nous dévorions *Tintin*, la plupart des grands auteurs et se glissait avec autant de souplesse dans le costume du Cid que dans la peau du Bérenger de Ionesco. Charles était un élève médiocre et un jeune comédien surdoué. Après ces années d'apprentissage et un bac qu'il n'obtint qu'au second essai, il mit fin à nos années petite maison et s'embarqua pour Paris à l'automne 62. Cours Charles-Dullin le jour et barman au Club Saint-Germain la nuit, il n'avait pas eu de mal à tirer parti de sa belle gueule et de cette voix grave restée intacte soixante ans plus tard. Au Club Saint-Germain, les amitiés se nouaient aisément et le jeune homme ne resta pas longtemps derrière le bar. Après une première scène dans un théâtre de poche, soutenu par un agent réputé pour son entregent, il trouva vite des rôles à sa mesure et une compagne pour lui donner la réplique sur les planches. Jusqu'alors il n'avait connu que des histoires sans passion, jouant entre les quatre murs de la petite maison le rôle d'un Don Juan sans attache, soucieux de quitter avant de l'être ; Rebecca de son côté avait toujours fermé la porte aux amants trop insistants. Les deux s'étaient trouvés, découvrant étonnés que l'amour puisse être autre chose qu'une facétieuse comédie ou un marivaudage sans importance. Comme les deux faces d'une même pièce, ils vécurent ainsi quatre ans de passion, collés l'un à l'autre, affichant dans les rues de Saint-Germain l'insolente beauté d'un couple de cinéma qu'ils voulaient mythique. Sauf que le mythe s'effondra le jour où Charles se retrouva seul en haut de l'affiche. En cas de succès, les portes du paradis sont mitoyennes de celles de l'enfer. À l'instant où Pietragalli ouvrit les premières, Rebecca s'engouffra dans les secondes, les deux étouffés par la cohorte de paparazzis qui du jour au lendemain leur rendit la vie impossible. Finis les petits déjeuners du dimanche au café du coin ou les dîners au Falstaff. D'abord un agacement léger teinté d'ironie puis une jalousie furieuse saisirent Rebecca qui ne supporta pas la soudaine célébrité de son amant. Difficile à vivre quand on évolue sur des planètes différentes, rapidement destructrice quand on nage dans les mêmes eaux. Entre l'amour et l'ego le second l'emporte presque toujours. Commencée dans une promesse d'égalité, leur liaison se termina dans l'aigreur et la frustration. Au fond, Charles n'avait qu'un amour, le spectacle, qu'une passion, la politique. Son ancrage à gauche d'inspiration familiale s'était conforté au fil des années et son antigaullisme avait alors trouvé un débouché naturel dans le tout jeune PSU porté sur les fonts baptismaux par Rocard et Depreux. Animée par un solide anticommunisme qui reprochait à Thorez et ses successeurs l'alignement du parti sur l'URSS accusée de n'avoir déstalinisé que pour la galerie, cette gauche écœurée par les palinodies de la SFIO avait trouvé en Charles un compagnon de route qui défendait avec talent les valeurs humanistes et libertaires. Brillant client des médias, il répondait sans se faire prier aux invitations des émissions où l'on mêlait déjà volontiers politique et divertissement.

Olivier Chanteclerc, lui, avait choisi son camp dès son entrée à Sciences Po et passait ses après-midi au siège du PSU. Amateur de voile, Rocard avait repéré le Rochelais et l'avait pris sous son aile pour en faire un chef de cabinet dont la principale mission était de porter le lourd cartable dont le leader ne se séparait jamais. Une fois par semaine, Olivier livrait dans une grande enveloppe kraft soigneusement cachetée, l'édito que « le patron » publiait en page deux de *Tribune socialiste*. Il admirait la facilité avec laquelle Rocard rédigeait deux mille cinq cents signes en moins de deux heures. Le printemps 63 lui donna l'occasion de s'y essayer à son tour. Les mineurs du Nord et ceux du bassin lorrain venaient de faire basculer la France dans un conflit social dont la dureté n'avait d'autre précédent que celui de 47, réprimé à l'époque par un ministre de l'Intérieur socialiste. Un mois de manifestations, et de Gaulle dut céder. Un avant-goût de 68, un mouvement inspirant pour la gauche en général et Olivier en particulier. Il avait titré « Des raisons d'espérer » un papier-fleuve qui « promettait une autre politique alors qu'un vent salvateur venait de se lever ». L'article manquait de finesse, mais il exposait clairement la vocation autogestionnaire de cette nouvelle gauche incarnée par son mentor. Le boss lui proposa de le publier dans *La Tribune*.

Les parents de l'apprenti journaliste en conçurent une immense fierté. D'autant que chez les Chanteclerc on avait également le cœur à gauche même si depuis longtemps le portefeuille avait pris ses distances. La mère, gynécologue dont le cabinet ne désemplissait pas, avait choisi de faire payer d'autant plus cher les nanties, qu'elle restait tard le soir pour accueillir les plus démunies. Dès le mitan des années 60, elle proposait la pilule venue d'Amérique aux jeunes femmes qui s'adressaient à elle, au lendemain d'un avortement clandestin. Militante, féministe, engagée dans le combat pour la libéralisation de l'IVG, elle participa à la création du MLAC quelques années plus tard et en fut la porte-parole active jusqu'à l'adoption de la loi Veil. Le père, lui, dirigeait un cabinet d'experts-comptables dont les trente collaborateurs travaillaient pour la quasi-totalité des PME de la région. Une référence qui inspirait confiance au fisc ! Lucratif mais très prenant. Pour compenser ce manque de temps, Arthur Chanteclerc s'était choisi un hobby qu'il pratiquait aux rares moments de liberté que lui laissaient les livres de comptes. Le temps passé dans les entreprises lui avait donné le goût des autres. De nombreuses choses à dire et tant d'aventures à raconter. Il en faisait bon usage dans le quotidien *Sud Ouest* dont il était devenu, par le hasard d'une rencontre professionnelle, l'un des correspondants locaux.

Le fils avait beaucoup appris des billets de son père. Mais c'est le papier publié au lendemain de la grève des mineurs qui lui avait servi de ticket d'entrée au journal et permit de rencontrer Éloïse.

La jeune femme faisait partie de cette bande enthousiaste qui acceptait d'écrire pour un salaire de misère. Olivier l'avait remarquée parce qu'elle ne ressemblait à aucune des filles – blue-jeans, tee-shirt et baskets – qui avaient pris racine à *Tribune socialiste* en promettant des lendemains qui chantent. La plupart étudiaient vaguement à la Sorbonne ; Éloïse se passionnait pour la physique nucléaire à Jussieu. Légèrement maquillée, mains faites, élégante dans des tailleurs-pantalons dont le moins cher devait coûter six mois de piges, elle venait deux fois par semaine au journal écrire des papiers à caractère scientifique dont l'aspect militant n'était pas évident. Devenus amants, Éloïse avoua à Olivier que c'était le père de Rocard, physicien nucléaire enseignant à Normale Sup et à la fac, qui l'avait recommandée à son fils pour écrire la page « Sciences » du journal. Éloïse n'était ni militante ni vraiment à gauche. Née dans une famille qui avait pour patriarche un banquier luxembourgeois qui vivait en semaine au Grand-Duché et le week-end à Paris, elle avait pris cette suggestion d'Yves Rocard comme un aimable moyen de se distraire entre deux cours de physique quantique. Elle n'avait pas besoin d'argent et reversait intégralement ses piges au Secours populaire. Olivier et Éloïse se marièrent alors que mon ami achevait sa troisième et dernière année à Sciences Po. Éloïse n'avait rien changé à ses habitudes, c'est elle qui avait payé leur appartement de la rue de l'Université et financé les premiers reportages de son mari. Jusqu'alors novice en politique, elle était entre-temps devenue, au grand mécontentement de ses parents, la passionaria de cette gauche rocardienne, convaincue que les propositions de leur mentor étaient les seules capables d'ouvrir la France à une modernité féconde et sociale.

Malheureusement pour la France et pour Éloïse, la suite de l'histoire a trouvé un PSU perdu dans ses querelles picrocholines et un Michel Rocard qui dut se contenter d'être le souffre-douleur de François Mitterrand.

Olivier affirma toute sa vie qu'il était libre et indépendant. Libre, c'est ce qu'il avançait pour justifier ses nombreuses tromperies. Indépendant ? Rien n'est moins sûr. Même lorsqu'il se mit à gagner beaucoup d'argent, il continua de solliciter Éloïse qui payait sans broncher ses frasques lointaines. Ce qui choquait beaucoup ma femme.

– Ton copain se conduit comme un porc, me disait-elle chaque fois que Chanteclerc faisait la une d'un hebdo avec une autre femme que la sienne. Et en plus il lui soutire de l'argent pour payer ses galipettes aux îles Machin...

Je répondais en marmonnant que ça n'était pas notre affaire, ce qui avait le don d'énerver encore un peu plus Marianne :

– Si elle est assez conne pour accepter ça, qu'elle se débrouille. Après tout c'est son mec et son fric.

Je vous épargne la suite qu'elle m'envoyait généralement à la figure dans un langage lourdement fleuri. Mais j'avais fini par en convenir : trop, c'était trop. Olivier avait depuis longtemps sombré dans un ridicule frisant le glauque en s'exposant avec des jeunes femmes à peine majeures.

– Tu as raison, finis-je par répondre, d'ailleurs on ne le voit plus beaucoup.

– Plus beaucoup ? Ou plus du tout ?

– Moi, plus du tout. Charles a coupé les ponts lui aussi, Benoît c'est plus compliqué.

– Tu veux dire qu'ils se voient encore ! s'exclama Marianne. Normal, qui se ressemble s'assemble. Je ne l'ai jamais trouvé très net lui non plus. En fait cela fait quarante ans que je supporte tes copains, mais reconnais que ce sont de drôles de loustics.

Je tentai un timide :

– N'exagère pas.

Mais Marianne continua sur sa lancée :

– Au fond ça ne m'étonnerait pas qu'on retrouve un jour ton Olivier la tête fracassée dans un fossé.

Et elle quitta la pièce m'assenant comme un reproche :

– Je retourne à mes dossiers de femmes battues. Il y a urgence pour deux d'entre elles.

Parenthèse

Depuis quelques années, mes urgences à moi étaient de nature différente. Elles avaient la couleur blanche du papier. Mon imagination s'effilochait, il m'arrivait de rester des matins entiers devant une pile de feuilles désespérément vides. Les idées s'entrechoquaient dans une valse incohérente et stérile incapable d'accoucher du moindre mot. Après le succès de *Fausse route*, Lecœur me fit comprendre que le retour sur investissement impliquait une production régulière longtemps présentée comme une ardente obligation littéraire. Formule élégante pour masquer ce qui n'était pour lui qu'une machine à cash et pour moi une douloureuse obligation. Les dix premières années, je lui avais livré chaque fin de mai, l'ouvrage qu'il espérait faire couronner à la saison des prix littéraires. Pari raté, mes livres étaient parmi ceux qui se vendaient le plus mais aucun n'avait jamais trouvé preneur chez Drouant ou ailleurs. L'agacement passé, mon éditeur revenait à l'essentiel, le tirage, et attendait avec une confiance renouvelée l'année suivante jusqu'au jour où la mécanique s'était enrayée. Un mois de mai était passé sans livraison. Un deuxième puis un troisième. Lecœur dut attendre quatre ans pour que je lui fasse parvenir mon nouveau roman. En plein hiver plutôt qu'au printemps, manière de lui signifier que je n'attendais plus rien de la rentrée littéraire. Curiosité d'un retour après quatre ans de diète ? Ce onzième livre fut le plus vendu de mes romans. Mais quelque chose s'était cassé. L'attente fébrile et la pression exercée par mon éditeur relevaient de l'obscénité. Le rat était à ma porte, malaxant avec impatience son portefeuille épais. Blocage garanti. Il me fallut près de dix ans pour publier à nouveau et dix autres pour écrire les quatre derniers dont *Les Années sida*. Cette saga des années 70, 80, 90, je la portais en moi depuis la publication de mon premier livre. Son demi-échec n'a pas altéré ma conviction que ce sera l'œuvre de ma vie, il me faut juste reprendre mon souffle.

Le temps d'un « je ». Celui dont je suis en train d'écrire les premiers feuillets en ce printemps 2023, celui d'une histoire singulière, la mienne. De l'autre côté de cette fenêtre décidément trop étroite, le ciel s'est assombri. Marianne ne reviendra qu'en fin d'après-midi. Comme elle le fait chaque jour, elle me racontera la vie de ses clientes avec ses mots, ceux d'une combattante qui ne lâche jamais. Comme chaque jour je l'écouterai sans rien dire. À quel moment parlerai-je ? À quel moment parlerons-nous de notre fille ? Lancinante question que je me pose chaque jour, pestant contre cette lumière jaunâtre qui éclaire à peine. Les pies venues frapper à ma fenêtre sont déjà reparties, elles n'aimaient pas ce ciel de nuit. Noir comme le deuil. Noir comme ce roman dont les deux cent cinquante feuilles A4 encore vierges s'empilent sur ma table. Mon nouvel éditeur me presse de lui proposer un titre, je viens de lui répondre par texto : « Prématuré, la fin n'est pas écrite. »

Pour l'heure, ma plume vagabonde et se retourne.

Chapitre 4

Un an plus tôt

Depuis son arrivée place Beauvau, Pierre Lenoir avait appris à ne dormir que d'un œil. Les coups de téléphone nocturnes étaient son ordinaire et cette nuit de mai 2022 semblait ne pas devoir être différente des autres. À minuit, le ministre qui préparait sa prochaine intervention aux Nations unies avait été alerté par un coup de téléphone de son chef de cabinet. Un forcené avait pris en otage son ex-femme et ses trois enfants. Les négociations s'annonçaient compliquées. Une heure plus tard, c'est le préfet de la Réunion qui l'avait appelé pour le prévenir de l'arrivée imminente d'un ouragan dévastateur et à deux heures, alors qu'il regagnait enfin son logement de fonction qu'il avait décidé d'occuper laissant sa femme dans l'appartement familial de la place Saint-Georges, un dernier SMS du président l'avait passablement agacé : « Pierre, merci de faire parvenir au secrétaire général, ton discours. Si j'ai le temps j'y jetterai un œil. Bon voyage. »

De quoi je me mêle, se dit-il en s'affalant sur son lit, inutilement grand pour le peu de temps qu'il y passait. Son avion décollait à 8 heures. Il regarda sa montre, 2 h 20. Quatre heures et demie de sommeil. Normal pour un ministre de l'Intérieur. Ce qui l'était moins, c'était l'interventionnisme présidentiel qui, chaque nuit, l'indisposait un peu plus.

Le portable l'avait réveillé en sursaut. Lui qui pensait somnoler dormait si profondément qu'il n'avait pas entendu la première sonnerie. Il fallut une seconde salve pour qu'enfin il décroche. Au bout du fil, la voix était presque inaudible, entrecoupée de cris et de pleurs.

– Qui est à l'appareil ?

Il dut répéter plusieurs fois la question avant qu'il ne réussisse enfin à identifier cette voix, pourtant reconnaissable entre toutes. Habituellement rauque et sensuelle, les aigus l'avaient rendue désagréable et incompréhensible.

– Il est mort.

– Répète, je ne comprends rien à ce que tu me racontes.

– C'est Olivier. Il est mort.

– Mais de quoi tu me parles, j'ai eu Barrioul hier soir, il m'a dit que vous aviez passé la soirée ensemble.

– Il a fait un malaise peu après leur départ. Le Samu n'a rien pu faire. Je t'en supplie, je ne veux voir personne et surtout pas tous ces dingues qui vont venir jouer les pleureuses devant notre porte. Fais vite, s'il te plaît.

La voix était à nouveau inaudible, elle raccrocha sans même un au revoir. Lenoir resta de longues minutes à demi assis sur son lit, fixant son téléphone comme s'il attendait un nouvel appel. Mais le portable n'avait plus rien à dire. Mortellement muet, se contentant d'afficher l'heure, 5 h 17. Cette fois c'est lui qui avait réveillé le secrétaire général de l'Élysée avant d'appeler le préfet de police.

Peu après, alors que le soleil levant faisait rougir le dôme des Invalides, trois camions avaient débarqué leur cargaison de barrières dans un tintamarre qui tranchait avec le calme du quartier. Sur ordre du ministre, la rue de Varenne venait d'être bouclée. Les riverains du 57, réveillés par le bruit des camions déversant leurs lots de ferraille, s'étaient précipités à leurs fenêtres pour comprendre d'où venait ce charivari. Les rares voisins, dont la vue plongeait dans la cour de Matignon, avaient eu beau chercher les indices d'un cataclysme politique, rien derrière les hauts murs qui abritaient la résidence du Premier ministre ne laissait prévoir une crise imminente. Deux limousines occupaient le pavé et seule la pièce réservée aux gardes laissait passer la lumière blafarde d'un vieux néon.

Ce remue-ménage n'avait finalement duré que quelques minutes et, lassés de ne rien voir, la plupart étaient repartis se coucher, maudissant ce tohu-bohu matutinal.

Des cars de police avaient pris position aux deux extrémités de la rue, et de part et d'autre des barrières, les policiers en faction avaient pour mission de veiller qu'à l'exception des riverains personne n'y puisse pénétrer. Un couple au visage défait par une nuit sans sommeil et une quantité d'alcool qui devait les brûler de l'intérieur en fit l'expérience. Ils durent attendre le chef de groupe et présenter des cartes d'identité maintes fois retournées par le policier pour se frayer un chemin jusqu'au 71. Devant le portail, deux molosses les avaient arrêtés et avaient vérifié à nouveau leurs papiers. Les deux hommes étaient en civil et suffisamment désagréables pour que la jeune femme s'insurge sur un ton qui aurait justifié la cellule de dégrisement pour quiconque n'habitait pas ce quartier. En guise de réponse, les deux flics les poussèrent sans ménagement dans le hall.

Peu après 7 heures, les barrières avaient été entrouvertes pour laisser passer la voiture de Lenoir. Le ministre de l'Intérieur avait fait la connaissance d'Éloïse et d'Olivier chez Benoît dans les années 90. À l'époque, Lenoir et Barrioul siégeaient côte à côte sur les bancs de l'Assemblée et formaient avec quelques autres la garde rapprochée de Chirac. Ils n'avaient pas été nombreux au RPR à faire campagne pour le président élu en 95 et le renvoi d'ascenseur ne s'était pas fait attendre. Les deux furent ministres et siégèrent ensemble à la table du Conseil jusqu'à cette défaite improbable qui propulsa Jospin deux ans plus tard à Matignon. Lenoir ne faisait pas partie des intimes d'Olivier comme nous l'étions, Benoît, Charles et moi mais il n'avait jamais été indifférent à Éloïse au point qu'on a longtemps cru qu'ils étaient amants.

À peine le portail refermé derrière le ministre, le communiqué tombait, publié par l'AFP :

Paris. 7 mai 2022
Flash : Olivier Chanteclerc est mort.
AFP. 7 h 17.

Suivi d'une deuxième dépêche une minute plus tard.

Paris. 7 mai 2022

Le journaliste Olivier Chanteclerc est mort cette nuit à son domicile parisien. La famille précise qu'il n'a pas survécu à un infarctus massif malgré l'intervention rapide des secours. Son épouse demande aux millions de Français qui ont eu pour le journaliste affection et admiration de bien vouloir respecter le deuil de ses proches.

AFP. 7 h 18.

À 7 h 30, France Inter et France Info avaient ouvert leur journal par une brève biographie du journaliste. Dès 8 heures, radios et chaînes d'info consacraient l'essentiel de leurs bulletins à la mort de Chanteclerc. Sans nous concerter, Charles et moi avions refusé de répondre aux journalistes qui avaient fait notre siège à la publication de la première dépêche. Ma femme qui n'aimait pas Olivier m'avait convaincu de garder le silence. Elle avait toujours trouvé que l'étalage de l'émotion en pareille circonstance, avait quelque chose de gênant. Une forme d'exhibitionnisme médiatique, disait-elle, qui se colore d'obscénité, lorsque l'interviewé, entre deux hoquets, profite de la situation pour raconter ses exploits plutôt que ceux du disparu.

Benoît n'avait pas eu ces états d'âme, il passa sa matinée à courir les plateaux pour conter la vie de Chanteclerc qui fut aussi la nôtre. Les équipes de télévision qui accompagnaient Lenoir à New York avaient envoyé avant de décoller la réaction du ministre de l'Intérieur, diffusée en boucle sur les chaînes d'info. Aucune fausse note dans le concert d'éloges des journalistes et des politiques relatant les exploits du grand reporter. Même *Le Monde* avait choisi le dithyrambe sur la page du site qui lui était consacrée.

« Olivier Chanteclerc a débuté dans le journalisme au début des années 60 à Combat, *avant de rejoindre le service étranger du* Monde *en 1971. D'abord reporter politique au journal créé par Camus, il avait la plume libre et critique ce qui le fit apprécier de tous ceux qui s'irritaient de l'information officielle distillée par un ministère de l'Information omniprésent. Mais après les événements de 68 et l'air brûlant qui avait soufflé sur la France l'espace d'un printemps, le retour à l'été gaullo-pompidolien lui donna des envies d'ailleurs. Il choisit les États-Unis à l'heure des grands-messes musicales et des*

mouvements anti-guerre. Joan Baez, Lennon, Dylan, Morrison furent ses compagnons de route et Woodstock son terrain de jeu. Abandonnant à cette époque les promesses de confort d'une carrière déjà tracée, il choisit l'aventure incertaine d'un pigiste à New York. Embarqué à deux reprises par les équipes de CBS dans le bourbier vietnamien, il fut contacté par notre journal qui lui proposa d'y rester pour couvrir la guerre. Quatre ans plus tard, la chute de Saïgon ne fut pas seulement le triomphe de Hô Chi Minh, mais un tournant professionnel dans la vie d'Olivier Chanteclerc.

Doublement couronné par les prix Pulitzer et Albert-Londres, il choisit l'écran plutôt que le papier et traversa la planète et ses conflits jusque dans les années 2000. Depuis 2001, il signait la production et la présentation de « Découvertes », l'émission de reportages qui a fait de lui le plus regardé des journalistes de télévision. À l'heure des chaînes d'info et des réseaux sociaux, il avait gardé un public fidèle qui l'aura suivi jusqu'à sa mort.

Le Monde *présente ses condoléances à sa femme, Éloïse, et à ses enfants Nathan et Boris.* »

J'avais donné rendez-vous à Charles et Benoît à L'Esplanade. La terrasse grouillait d'une foule inconnue qui mêlait d'une même voix l'évocation des souvenirs concernant Olivier et l'indignation devant l'interdiction qui leur avait été faite de rendre un dernier hommage à notre ami.

Nous avions nous-mêmes dû montrer patte blanche et c'est grâce à Charles, reconnu par l'un des policiers, que l'on put finalement entrer dans ce qui était devenu une cité interdite.

Quand les flics comprirent notre proximité avec Olivier, ils changèrent de ton pour nous interroger sur la star disparue.

– Et dans la vie, il était comment ? demanda l'un d'eux, parce que nous, on ne le trouvait pas franchement sympathique. Le dernier reportage que votre copain a présenté, c'était sur la guerre des gangs dans les quartiers nord de Marseille. Franchement vous croyez que c'est vraiment utile de faire de la pub à ces racailles ? Parce que sous prétexte de les dénoncer on ne voit qu'eux à l'écran. Et nous pendant ce temps-là on se fait dézinguer après que ces pourris ont paradé à la télé. Mais évidemment tout le monde s'en fout. Allez-y dans ces quartiers, vous ne tiendrez pas dix minutes.

Un autre flic qui avait entendu des bribes de conversation s'était approché après avoir reconnu Benoît.

– Et vous, monsieur Barrioul, dites à vos collègues politiciens qui nous crachent dessus d'y aller aussi. Ça leur fera du bien de voir la réalité au lieu de beugler dans leur micro en excitant les gens contre nous.

Benoît s'était prudemment glissé entre les barrières en grommelant qu'il ne faisait plus de politique. De toute façon nous n'avions ni le cœur ni la tête à entrer dans un débat dans lequel il n'y avait que des coups à prendre. D'autant que Charles et moi n'avions pas de tendresse particulière pour les flics. On s'était contenté de hocher la tête en expliquant que le sujet méritait mieux qu'une conversation de trottoir.

Les barrières franchies, il nous restait quelques dizaines de mètres à parcourir. Le contraste entre l'agitation du boulevard et le silence de la rue de Varenne était d'autant plus saisissant que nous avions ralenti l'allure comme si, inconsciemment, nous étouffions nos pas à l'approche du 71. De l'autre côté du portail, il y avait Olivier, parti on ne sait où, sans attendre l'ultime pelletée. Seule certitude, notre ami n'avait plus rien à faire de ce que l'on disait de lui ni de cette messe qu'organiserait Éloïse alors qu'il ne croyait ni en Dieu ni au diable. En sonnant à la porte du deuxième étage, Charles se tourna vers nous et murmura d'un air pensif :

– Finalement, c'est très con la mort, tu ne peux même pas profiter une dernière fois de ta popularité.

L'appartement sentait la Provence. La mort c'est très con et ça pue très vite. La flamme des bougies parfumées exhalant la senteur des pins du Sud, éclairait faiblement les pièces dont les volets étaient restés hermétiquement clos. Éloïse, maquillée, pantalon noir et chemisier de soie grège, nous proposa un café avant d'entrer dans la chambre. La femme d'Olivier affichait un calme étrange, presque mondain, d'autant plus surprenant que Lenoir nous avait décrit sa détresse quelques heures plus tôt. Cette femme était une énigme que nous n'avions jamais réellement déchiffrée. La veille au soir qui nous paraissait si loin déjà, elle nous avait laissés entre nous, le dîner à peine achevé. Rien chez Olivier, aucun trouble, aucune fatigue, ne nous laissait prévoir que nous vivions ensemble ses dernières heures. Il était intarissable sur sa prochaine émission consacrée à l'Ukraine, nous contant avec mille détails le reportage d'une jeune journaliste entrée avec les soldats de Kiev dans une ville inconnue, Boutcha, jonchée de cadavres à demi décomposés, de civils massacrés par centaine, des corps dont il ne restait d'humain que les yeux grands ouverts fixant un ciel sans lumière, des enfants, des femmes, des vieillards criblés de balles gisant dans les cours d'immeuble et dans les cages d'escalier.

Olivier nous avait décrit ces scènes, terrifié et enthousiaste. Chez lui l'horreur d'un champ de bataille n'occultait jamais la satisfaction du travail bien fait. Au point de lâcher froidement alors qu'il venait de narrer l'indicible :

– Cette fille est formidable, elle a fait un boulot exceptionnel. On va faire un tabac.

Décidément Chanteclerc n'était pas fait comme tout le monde.

Les volets de la chambre laissaient passer juste ce qu'il fallait de lumière pour que nous découvrions notre ami, paisible et serein. Éloïse l'avait habillé à la hâte, les deux mains posées sur le ventre comme elle l'avait vu faire mille fois au cinéma. Les pompes funèbres devaient passer en début d'après-midi, d'ici là elle avait fait savoir aux gardes qui filtraient les entrées qu'elle n'accepterait aucune visite autre que la nôtre. À la vérité, une fois assis autour du lit nous ne savions que dire. De son côté, impassible et le regard ailleurs, Éloïse n'avait manifestement pas envie d'entamer la conversation habituelle en pareille circonstance. Quand on parle du mort, évoquant mille souvenirs entre rires et larmes. De quel Olivier aurait-on pu lui parler ? Du grand reporter devenu la star iconique des écrans plats ou du jeune homme enthousiaste qui l'avait séduite dans les couloirs de *Tribune socialiste* ? De leur combat commun ou de leur chemin parallèle ? Notre Olivier à nous, c'était celui d'une jeunesse qu'elle n'avait pas partagée. Nous ne pouvions rien en dire devant elle et nous n'avons rien dit. Le silence était devenu pesant, presque gênant. Charles y avait mis fin en prenant longuement dans ses bras la femme de notre ami, relayé par Benoît avant qu'à mon tour je la serre contre moi.

Dans le salon, chacun retrouva une parole pour évoquer la suite. La messe dans une église parisienne et l'enterrement dans ce village provençal qu'il aimait tant. Des échanges ordinaires qui n'étaient pas à la hauteur du drame. Nous ressortîmes du 71 avec un goût étrange dans la bouche, amers et tristes de ce dernier rendez-vous manqué avec Olivier.

Rue de Varenne, nous avions croisé les pompes funèbres, venues achever le travail d'Éloïse et préparer notre ami. Les visites allaient pouvoir commencer. La star ne pouvait déroger à son statut et ne pas jouer une dernière fois le rôle qu'elle avait passé sa vie à écrire.

L'après-midi, les fidèles étaient si nombreux derrière les barrières que la circulation avait dû être déviée boulevard des Invalides. Une foule bavarde qui échangeait sur la vie de Chanteclerc sans rien en connaître. Mais peu importe, ils étaient là, ils communiaient dans une ferveur qui n'était pas feinte et s'exclamaient lorsque les grilles s'ouvraient pour laisser passer les personnalités toujours promptes à répondre aux questions des reporters des chaînes d'info.

Depuis l'annonce de la mort d'Olivier, radios et télévisions rivalisaient d'images et d'anecdotes pour célébrer les faits d'armes du grand reporter. Le journal *Libération*, soucieux de supplanter ses concurrents, avait même publié la photo et son titre de une dès la fin de l'après-midi.

OLIVIER CHANTECLERC, UN GÉANT POUR L'ÉTERNITÉ

L'Assemblée nationale ne fut pas en reste, et le Premier ministre lui-même joua la partition de l'émotion.

Manquait Chanteclerc, sans qui les hommages n'auraient été qu'une compilation bienveillante de morceaux de vie. La télévision publique y remédia en rediffusant en prime time une interview que le journaliste s'était donnée à lui-même trois ans auparavant. La réalisation était brillante, truffée d'extraits de ses reportages et de champs-contrechamps. Chanteclerc de face, de profil,

Chanteclerc en gros plan interviewé par Chanteclerc filmé en plan américain.

Question de Chanteclerc : Comment s'inscrire dans la durée quand on ne travaille que sur l'éphémère ?

Réponse d'Olivier : En filmant l'histoire en marche. La politique au quotidien a quelque chose de dérisoire. Non seulement on est dans le précaire, mais la plupart du temps dans l'anecdotique. Le propre des politiques c'est de reprocher aux autres leurs propres turpitudes, manipulation des faits, manipulation des hommes, le mensonge est la règle et la vérité l'exception. C'est pourquoi j'ai tourné le dos, très jeune au journalisme politique vérolé par son sujet.

Saisir l'histoire, c'est l'inverse, c'est raconter le mouvement des plaques tectoniques qui fondent les rapports de force entre nations et continents, c'est débusquer l'essentiel derrière la surface des choses.

Question : On vous dit sûr de vous, incapable d'entendre un reproche et réfractaire à toute contestation.

Réponse : Je ne suis pas sûr de moi, je suis sûr de ce que je fais, quand je suis sur le terrain je montre la réalité telle qu'elle est…

Question : Telle qu'elle est ou telle que vous la voyez ? Vous avez votre subjectivité, pourquoi seriez-vous différent des autres ?

Réponse : Parce que je sais mieux que personne à quel moment la subjectivité risque de percuter mon travail. Et je corrige, je la remets à sa place, c'est-à-dire hors champ.

Question : Comment peut-on garder les pieds sur terre, quand on est devenu la star que vous êtes, adulée par des millions de compatriotes ?

Réponse : Précisément, en gardant les pieds dans la glaise, même en studio. Pendant que les autres regardent, moi je fais.

Question : Vous faites quoi ?

Réponse : Exister l'histoire.

Question : Mais elle existerait sans vous ?

Réponse : Oui, mais il faudrait attendre des années pour que les historiens, dont c'est le métier, la reconnaissent et la décrivent.

Question : Vous avez peur de la mort ?

Réponse : Non mais je la déteste. Elle détruit les corps et abîme la mémoire. En filmant l'histoire je me prolonge et garde vivante cette mémoire.

Ce *Chanteclerc par Chanteclerc* avait été vu par douze millions de Français. Un sommet d'audience qui n'avait plus été atteint depuis le début des années 2000, à l'exception de quelques déclarations présidentielles et des Coupes du monde de football.

Plébiscité par une armée de fidèles, cet exercice sans précédent à la limite du grotesque, exhalait une odeur détestable. Au point que Benoît, qui ne l'avait jamais vu, m'avait appelé pour vérifier qu'il ne s'agissait pas d'un montage.

La mégalomanie de Chanteclerc crevait l'écran, mais ceux qui avaient bu les paroles du présentateur n'auraient sans doute pas accepté que ce jour de deuil soit sali par une quelconque critique. J'avais prudemment mis mon téléphone en mode silence. Bien m'en a pris, le générique de fin d'émission à peine déroulé, le portable n'avait cessé de s'éclairer. Plus de cinquante appels manqués et aucune envie de rappeler jusqu'à ce nom qui s'était inscrit au milieu d'inconnus. C'était celui d'Éloïse. Elle décrocha à la première sonnerie.

– Tu as vu l'interview d'Olivier ? Plus accablée que triste, sa voix sensuelle avait retrouvé la sonorité qui m'était si familière. Je ne l'avais jamais revisionnée, dit-elle. C'est lunaire, non ? Je ne suis pas certaine que ce soit une bonne idée de l'avoir diffusée ce soir.

– Ne t'inquiète pas, lui répondis-je, personne n'osera attaquer ton mari aujourd'hui.

– Sans doute mais peu importe, je ne t'appelle pas pour ça. Je voudrais que vous veniez demain soir à la maison.

Et sans attendre ma réponse elle enchaîna :

– J'ai besoin de vous. Demain Olivier sera transporté au funérarium du Père-Lachaise, je ne supporte pas l'idée qu'il soit dans cet appartement. Et puis la préfecture m'a fait comprendre que la rue ne pouvait rester fermée plus longtemps. Venez dîner à 20 heures. Appelle Benoît et Charles, je n'ai pas le courage de le faire, la journée a été trop dure.

Mon téléphone n'avait cessé de se manifester par des bips insupportables, je raccrochai sans jeter un regard à ces appels en absence qui s'accumulaient. J'étais poisseux. Une sorte de gueule de bois sans alcool.

Penser à autre chose. Se laver la tête. Et marcher comme s'il ne s'était rien passé. La douceur de la nuit contrastait avec la brutalité de cette interminable journée. Une demi-lune éclairait Notre-Dame, enveloppée dans les échafaudages, telle une accidentée, plâtrée des pieds à la tête. En passant sur le parvis, je l'avais scrutée, cherchant les stigmates des flammes qui avaient failli l'abattre. Il n'en restait rien sinon cette volonté d'insuffler une vie nouvelle à ces milliers de pierres noircies.

Le parvis était désert, mais de l'autre côté de la Seine, la vie m'avait explosé à la figure, bruyante et indifférente. Ces hommes et ces femmes qui me bousculaient en souriant n'avaient que faire de ces deux heures d'auto-interview qui avaient scotché chez eux les millions d'admirateurs de celui qui n'était déjà plus qu'un ectoplasme audiovisuel. C'était bon, presque jouissif, de les voir s'agglutiner ici autour d'un acrobate des rues, là d'un cracheur de feu, mendiant quelques pièces à jeter dans un chapeau mité. Au pied de la fontaine Saint-Michel, c'est le son rauque d'un trombone qui rivalisait avec les notes étouffées d'une trompette bouchée. Des dizaines de jeunes gens avaient transformé ce bout de macadam en piste dansante, gesticulant sur la musique d'un orchestre hétéroclite qui mêlait rock et standards de La Nouvelle-Orléans.

Ma traversée de Paris s'était arrêtée à La Coupole, le restaurant dont nous rêvions, étudiants. On s'y retrouvait en bande à l'heure du thé ou pour un café tardif. À l'époque, installés sur la terrasse, nous louchions sur l'intérieur interdit. Une salle gigantesque qui abritait un restaurant dont la carte nous faisait d'autant plus saliver que le plus modeste des plats nous était inaccessible. De cet endroit, nous ne connaissions que les toilettes au sous-sol et les colonnes que l'on apercevait pour s'y rendre. Ces colonnes mythiques, peintes par des émules de Picasso, Léger ou Derain, les géants de l'époque qui avaient leur couvert réservé à l'année. Certains d'entre eux préféraient le côté brasserie séparée de la zone restaurant par une frontière aussi immatérielle qu'infranchissable. Nappes en papier d'un côté, en tissu de l'autre, Sartre et Simone de Beauvoir y affirmaient leur liberté en affichant leur préférence. Pour elle, la brasserie, pour lui, le restaurant. La négociation était quotidienne pour une carte indifférenciée. Les plateaux de fruits de mer nous faisaient rêver, préparés par l'écailler invisible derrière ses montagnes de coquillages. Cinquante ans plus tard, la table de l'écailler est toujours là mais l'endroit n'a conservé de ces années folles que les colonnes classées à la fin du siècle dernier. La Coupole a résisté mais n'a pas échappé à l'enfermement imposé par un immeuble sans charme qui désormais la surplombe. L'endroit a perdu ses artistes au profit de touristes qui apprennent en lisant le Guide du routard que Dali, Aragon et leurs amis surréalistes y faisaient ripaille avant d'achever la nuit en jouant les mauvais garçons sur le trottoir.

De la place du 18-Juin au carrefour Vavin, le boulevard du Montparnasse affichait complet, charriant une foule hétéroclite où se croisaient des groupes sortant des théâtres voisins, des jeunes et des moins jeunes surfant sur leur skate, des couples amoureux, d'autres qui se faisaient la gueule et des sans-abri qui ne faisaient guère recette en tendant leurs gobelets tristement vides. J'avais fini par trouver une table sur la terrasse, coincée entre un couple d'Italiens dont la langue m'enchantait et une jeune femme qui rêvait à demi assoupie sur son ordinateur. Pour la première fois depuis vingt-quatre heures, j'avais le sentiment de respirer. L'air était si doux et l'envie de vivre si forte. Oublié Olivier étouffé par le spectacle de la rue. Oublié le journaliste auréolé du bruit des canons, la star courtisée, l'homme adulé, mythifié par un aveuglement que je ne partageais pas. Dans le taxi qui me ramenait, je contemplais le ciel, fou d'orage, qui avait basculé en quelques minutes. J'admirais la nuit striée d'éclairs, rythmée par le fracas du tonnerre. Ce premier jour de l'après avait fini dans un feu d'artifice géant.

Chapitre 5

Olivier reposait désormais à quelques kilomètres du 71, et lorsque nous sommes arrivés pour dîner, Éloïse avait déjà fait place nette. L'appartement avait retrouvé ses couleurs de fin de journée, mises en valeur par un soleil rasant. La mort s'était faite discrète et la femme de Chanteclerc avait pris grand soin d'en effacer les derniers stigmates. Maquillée, souriante, elle nous accueillit Charles et moi comme elle l'avait toujours fait. Seuls ses bras qui nous serrèrent plus fort qu'à l'ordinaire avaient laissé percevoir un instant d'émotion. À son habitude, Benoît était en retard, il nous avait rejoints alors que le champagne nous avait déjà fait oublier que ce dîner n'était pas tout à fait comme les autres. Un couvert manquant nous avait rappelé l'espace d'un instant que le moment n'avait rien de banal. Benoît en avait fait la remarque mais il avait enchaîné tout aussitôt, trop pressé de nous rapporter le fait du jour.

Un leader politique qu'il conseillait venait d'être pris la main dans un sac d'or, soigneusement enfermé dans un coffre protégé par les murs discrets d'une banque américaine. L'homme qui avait fait du combat contre l'argent qui fructifiait sous des cieux plus cléments son credo politique se donnait depuis des années les allures d'un père la morale adepte d'un catholicisme endimanché.

Abusés par un prêche aussi verbeux que talentueux, des milliers de Français avaient adhéré à l'association anticorruption qu'il avait créée. Benoît qui se faisait fort de défendre l'indéfendable depuis qu'il avait ouvert son cabinet de conseil en communication nous avait avoué ce soir-là buter devant l'obstacle. Son illustre client, habitué des ministères régaliens, lui avait assuré peu de temps auparavant que son patrimoine était connu et intégralement déclaré. Las ! *Le Canard enchaîné* s'apprêtait à publier, preuves à l'appui, l'état de sa fortune enfouie dans le secret d'un coffre ouvert au nom de sa femme. Nier devenait mission impossible et c'est pourtant ce que s'apprêtait à faire l'impétueux défenseur de la rectitude fiscale. Non content de déposer cette bombe au pied du vieux leader, *Le Canard enchaîné* avait truffé le papier d'une énumération à la Prévert qui listait les faits délictueux commis tout au long de sa vie par ce politicien aux mains sales.

– Et donc tu vas faire quoi ? demanda Éloïse qui semblait presque étonnée de voir l'embarras de Benoît.

– Je pense que je vais laisser tomber, lâcha notre ami dans un souffle.

– Ce serait bien la première fois, commenta Charles qui avait souvent reproché à Benoît ce bain de grand bluff dans lequel il pataugeait depuis qu'il avait créé son cabinet de conseil. Avoue que ça devait t'arriver un jour. La fabrique des mensonges vendus comme des vérités premières a forcément sa limite. Si tu remets une pièce dans la machine, non seulement tu ne sauveras pas les meubles de ton gars, mais tu seras emporté à ton tour. Jusqu'à présent tu t'en es sorti, mais fais attention à toi, Benoît.

Éloïse dont les joues rosissaient au rythme d'un bordeaux que nous avions consommé sans modération descendait, leva son verre pour saluer le retour sur terre de notre ami.

– À Benoît qui découvre enfin la vraie vie. Celle dans laquelle on est toujours rattrapé par ses saloperies.

Et elle ajouta, murmurant presque :

– Même s'il arrive que ce soit par-delà la mort.

Le reste du dîner fut plutôt gai. Plus que du saumon fumé et des tartares de poisson, nous nous étions nourris de La Rochelle et de sa petite maison. Celle qui avait fait de nous, au-delà de nos chemins divergents, des complices unis par une tendresse qui défiait la logique et plus encore la raison. Nous nous étions si souvent opposés, nous envoyant à la figure nos tricheries et nos faux-semblants. Nous en plaisantions à chacune de nos retrouvailles sur le thème « s'ils savaient ». On se justifiait en défendant nos sincérités successives avec suffisamment de conviction pour y croire au moins l'espace d'une soirée. La honte l'avait emporté parfois, mais la mauvaise foi était l'ultime pansement de nos mensonges, le meilleur des remèdes contre une conscience qui deviendrait tatillonne. Après tout, nous n'étions pas pires que les autres, ces menteurs du quotidien aimables et aimants au boulot, détestables et détestés à la maison ou l'inverse. Seule différence, on avait appris à faire les choses en grand. Charles, par exemple, comédien si talentueux que ses partenaires semblaient n'avoir été choisis que pour lui donner la réplique. En vérité, notre ami n'avait de cesse d'être à la manœuvre pour éviter qu'un autre puisse lui faire de l'ombre ! Au cinéma, il était entendu que lui seul devait être en haut de l'affiche et, l'âge venant, il veillait lui-même au casting pour s'assurer qu'aucun impétrant ne prenne sa part de lumière. Au théâtre, il prenait grand soin de choisir des textes qui lui faisaient tenir les planches de la première à la dernière seconde.

Généreux et plein de charme pour un public énamouré, il labourait avec délectation le champ des bassesses dès l'extinction des projecteurs. Le public l'adorait, ses collègues l'évitaient.

Benoît, Olivier et moi n'ignorions rien de la face nord du personnage, mais nous avions décidé une fois pour toutes que les non-dits devaient être le ciment de notre amitié et l'hypocrisie son enveloppe protectrice.

De son côté, Éloïse avait relevé à l'heure du café qu'au concours des hypocrites, Olivier n'était pas le plus mauvais mais nous l'avions arrêtée dans un même élan de complicité.

– Ton mari n'était pas parfait, glissa d'une voix douce Benoît, mais c'était notre ami. Il aura été, quoi qu'il se dise, un type hors normes.

– Pour vous peut-être, pour moi c'était plus compliqué. Mais tu as raison, buvons un dernier verre à la gloire du grand Olivier Chanteclerc.

Difficile de démêler la part d'ironie dans ce toast ultime. Dans tous les cas c'était suffisamment malaisant pour que nous trouvions que la soirée avait assez duré.

Charles voulut donner le signal du départ en prétextant un coup de fatigue qu'il pensait partagé. Nous allions le suivre quand Éloïse s'insurgea sur un ton qui ne souffrait pas le refus.

– Ne me laissez pas seule, dit-elle en se levant, je n'ai pas sommeil et encore moins envie de me coucher.

Elle venait de poser un trente centimètres sur une platine flambant neuve.

– Vous vous souvenez ? demanda-t-elle aux premières notes de *More*. Je viens de racheter l'album de Pink Floyd, c'est quand même autre chose que ces musiques à la con d'aujourd'hui. Au moins à l'époque on se marrait, on fumait, on baisait, il paraît qu'aujourd'hui le chic c'est « no sex ». Je t'en foutrais, moi, du « no sex », pesta-t-elle en s'affalant sur le canapé avant de se coucher à demi sur Charles, lui demandant s'il ne voulait pas dormir avec elle.

En posant la question elle avait joint le geste à la parole, dénouant la ceinture de notre ami. Charles s'était brutalement reculé mais elle n'avait pas renoncé et tentait maladroitement de le caresser.

– Avoue que tu as eu envie de me sauter. Il n'est jamais trop tard. De toute façon, là où il est, Olivier s'en fout. Et puis il m'a suffisamment trompée. À charge de revanche, conclut-elle d'une voix enrouée.

Mais le Château Margaux avait fait son œuvre. Ivre d'alcool, de tristesse et de rancune mêlés, Éloïse avait rapidement lâché prise et s'était endormie agrippée à Charles, dernière bouée avant le trou noir d'une nuit sans rêve. La guitare de Gilmour remplissait l'étrange silence dans lequel la femme de Chanteclerc nous avait plongés.

Impossible de quitter cet appartement sans la réveiller. On décida d'occuper le salon, à demi vautrés sur les canapés, vigies fatiguées de la plus énigmatique de nos amis d'avant.

Éloïse réapparut alors que la cloche de l'église voisine venait de sonner les douze coups de midi. Nous nous affairions dans la cuisine à la recherche d'une boisson salvatrice. Café fort pour moi, thé vert sans saveur pour les deux autres, nous cherchions désespérément ce qui aurait pu ressembler à un petit déjeuner quand Éloïse mit fin à nos espoirs.

– Ne cherchez pas, vous ne trouverez que des placards vides. Cela fait des années qu'Olivier filait le matin à L'Esplanade, me laissant seule devant mon jus de pamplemousse. Sans un mot la plupart du temps, à l'exception d'un Post-it lorsque je devais tenir mon rang d'épouse officielle à l'occasion d'un dîner mondain. Chambre à part, vie à part, c'était notre histoire depuis si longtemps.

Il n'y avait plus trace d'alcool dans ses propos, c'était seulement dit avec la froideur d'un huissier dressant l'état des lieux. Éloïse faisait place nette dans son existence comme elle l'avait fait dans son appartement. Nous savions qu'il n'y avait plus d'amour entre eux, nous n'avions pas compris que la haine avait progressivement occupé le terrain. Dans cette cuisine, aussi vaste qu'inutile, cette haine s'y déployait sans pudeur.

– Vous n'avez pas l'air frais, dit-elle en souriant. Merci d'avoir joué les gardes-malades mais je n'étais pas malade, juste bourrée, j'espère ne pas avoir dit trop de bêtises.

– Non, rétorqua Charles en riant, tu as seulement voulu me sucer.

Elle éclata de rire.

– Ah ! Cela prouve que j'étais vraiment torchée. Je ne m'appelle pas Olivier, je n'aurais jamais fait ça avec un de ses amis d'enfance. Et maintenant c'est trop tard Charles, on est trop vieux toi et moi.

– Tu veux qu'on reste ? dis-je pour couper court à un déballage que nous n'avions pas envie d'entendre.

– Non, faites comme lui, allez prendre votre petit déjeuner au bistrot d'en face. Rassurez-vous, je vais bien, et puis je dois m'occuper de mon mari, souffla-t-elle avec cette forme d'ironie macabre qu'elle semblait affectionner depuis la mort de Chanteclerc. La messe, l'enterrement, les festivités commencent dans trois jours, je n'ai pas de temps à perdre. D'autant qu'il a voulu être enterré en Provence. Franchement, quelle idée ! Je n'ai jamais aimé le Sud mais bon, on me reprocherait de ne pas respecter ses dernières volontés. Allez-y, je ne pense pas qu'on se revoie d'ici là.

Sur le pas de la porte, elle nous avait à nouveau remerciés et embrassés sans les effusions endeuillées de la veille. Juste des baisers tendres et un mot sur ses enfants. À aucun moment elle ne nous avait parlé d'eux. Boris, le plus jeune, était resté proche de ses parents mais chef de clinique aux hospices civils de Lyon, il les voyait rarement. Quant à l'aîné, Nathan, cela faisait dix ans qu'il avait traversé l'Atlantique sans retour.

– Il faudrait quand même que je prévienne Nathan, dit-elle avant de fermer la porte.

Éloïse avait raison. Nos frasques de la nuit justifiaient que l'on se remette en état de marche avec autre chose que de l'eau chaude. Plutôt que le café du coin on choisit L'Esplanade, notre façon à nous de mettre une dernière fois nos pas dans ceux d'Olivier. La rue de Varenne avait retrouvé le calme d'un jour banal, scandé par les sirènes des voitures de police qui rythmaient les entrées et les sorties des visiteurs de Matignon. Les barrières devenues inutiles avaient été remballées et le boulevard des Invalides ne résonnait plus que du brouhaha qui s'échappait du lycée voisin.

Au restaurant, nous étions restés longtemps mutiques, ne sachant que penser de ce moment bizarre où le défoulement d'Éloïse avait balayé les conversations convenues qui nourrissent habituellement ce genre de soirée. Benoît rompit le silence le premier.

– Il faut en avoir sacrément bavé pour se comporter comme elle hier soir, dit-il comme s'il se parlait à lui-même. Franchement, si c'était à ce point, on se demande pourquoi elle n'a pas divorcé. Cela n'était pas une question d'argent, elle en a toujours eu beaucoup plus que lui. Alors c'était quoi le problème ?

– L'amour, sans doute.

Charles avait lâché le mot. Incongru, si loin de ce que nous avions entendu la veille.

– L'amour ? Tu plaisantes, rétorqua Benoît. Tu l'as entendue comme moi, c'était pire que de la colère. De la haine à l'état brut.

– Amour, haine, les deux faces d'une même pièce. Pas impossible que la mort ait effacé l'un pour ne garder que l'autre.

– Charles a raison, dis-je, haine, amour, complicité, un mélange qui peut ne jamais exploser ou vous sauter à la figure sans prévenir. Nous avons assisté à la déflagration en direct.

Le comédien allait ajouter quelque chose quand deux jeunes femmes qui l'avaient reconnu s'étaient approchées de notre table, tandis qu'un député apostrophait Benoît. Le temps d'une dédicace et nous avions été rejoints par les employés des bureaux voisins. De minute en minute, le groupe avait grossi au point que la directrice du restaurant nous avait fait comprendre que ce rassemblement devenait encombrant et risquait de gêner le service, mais rien ne semblait y faire. Les vigiles contemplaient la scène d'un œil impuissant et il fallut que trois policiers à bicyclette passent devant la terrasse pour que le groupe accepte enfin de se disperser. Nous avons profité de cet intermède pour héler un taxi et filer sans même remercier tous ceux qui avaient eu la gentillesse de s'intéresser à nous.

– On va passer pour des gougnafiers, s'insurgea Charles en s'engouffrant dans le van.

– Ce que nous sommes, dis-je sur un ton qui agaça mes amis.

– Parle pour toi ! s'exclamèrent-ils en cœur.

D'ordinaire je leur aurai répondu mais je n'avais pas envie de polémiquer. C'eût été pourtant facile de rétorquer à Benoît que, plus rapide que la girouette, il avait toujours su anticiper le sens du vent, mais je ne fis que sourire avant de les inviter à prendre un verre chez moi.

À ce moment de la mi-journée, la rue des Francs-Bourgeois ressemblait au périphérique à l'heure de pointe. Seule différence ici, peu de voitures mais des vélos et des trottinettes qui confondaient sans vergogne trottoir et chaussée, auxquels se mêlaient des piétons guère plus disciplinés. Marianne et moi habitions au 41, un immeuble du XVIIIe dont les appartements petits et vieillots avaient été regroupés pour attirer des gens comme nous. Suffisamment riches pour acheter des dizaines de mètres carrés de parquets anciens, suffisamment bobos et à gauche pour aimer cet entrelacs de rue qui abritait des communautés disparates et joyeuses. Alors que nous allions entrer dans le hall, un homme jeune m'interpella en me retenant par la manche.

– Vous êtes Rodolphe Shapira ?

Et sans attendre ma réponse, il enchaîna :

– Je suis professeur de français au lycée Victor-Hugo, et je recommande vos livres à tous mes élèves, en particulier le dernier, *Les Années sida.*

– Vous êtes bien le seul, dis-je en souriant.

– Oui, je sais qu'il n'a pas très bien marché, mais je ne comprends pas pourquoi, c'est un grand roman. J'attends la suite avec impatience.

– Dans ce cas soyez patient, le prochain traitera de tout autre chose.

– On peut savoir de quoi ?

– Non, j'en parlerai quand j'aurai trouvé la fin.

Loin d'être sensible à sa flatterie je commençais à trouver ce professeur un peu trop collant. Je mis fin à l'échange en arguant que mes amis et moi étions pressés.

– Eh bien, si tu traites tous tes lecteurs de la sorte, il ne va pas t'en rester beaucoup ! s'exclama Charles. Au moins, moi je fais semblant.

– Oui, mais toi, c'est ton métier, répliquai-je en indiquant le chemin de l'escalier.

On croisa Marianne qui filait au Palais.

– Vous avez une sale mine, la nuit a dû être difficile, dit-elle en riant.

Je me contentai de marmonner :

– Difficile non, étrange sûrement. Je te raconterai.

– Ça va ? Tu n'as pas l'air bien, s'inquiéta Marianne.

– Non tout va bien. À ce soir.

Mais non, tout n'allait pas. La conversation avec cet enseignant avait ravivé une blessure que je croyais cicatrisée. Demi-succès, demi-échec peu importe, *Les Années sida* me restait en travers de la gorge, je m'en voulais presque d'avoir écrit ce roman.

Mes amis se chargèrent de me faire revenir à ce qui nous valait de boire ensemble le verre de chablis que je venais de leur servir.

– Olivier, dit Charles.

– Quoi « Olivier » ?

– Finalement c'était qui Olivier Chanteclerc ?

– Bonne question, Charles.

– Je croyais avoir la réponse…

– Et ?

– Et, j'ai la désagréable impression qu'il en a enfumé plus d'un. Nous les premiers.

Chapitre 6

Mes voisins de TGV, les yeux rivés sur leur écran avaient traversé la France sans lui jeter un regard. À trois cents kilomètres-heure, le Nord et le Sud cohabitent sans se connaître. Ce jour de mai 2022, la gare d'Avignon ressemblait à un immense vestiaire où l'on troquait dans une sorte de ballet improvisé un lourd pardessus noir contre une veste légère. Nous allions dire adieu à notre ami mais indifférente à notre peine, la campagne nous donnait à voir la force du vivant. Des cerisiers en fleur, des vignes reverdies, des oliviers aux feuilles vif-argent, la mort avait le goût du romarin dans ce coin de Provence.

Nous étions arrivés au village ivres de ces odeurs, tristes mais apaisés. Loin d'imaginer qu'en se décomposant à six pieds sous terre le cadavre d'Olivier allait pourrir le reste de notre vie.

Comme un dernier salut, le bruit des balles se faisait entendre jusqu'au bord de la tombe. Les cours de tennis qui jouxtaient le cimetière avaient été envahis par une foule inhabituelle plus intéressée par ces gens venus d'ailleurs que par le jeu incertain des gamins fidèles au cours du mercredi.

La messe à laquelle n'avait pas manqué d'assister le chef de l'État, et tous ceux qui avaient approché le grand homme, avait eu lieu la veille à Paris. Prévu à 15 heures, le convoi funéraire se faisait attendre, suscitant l'impatience émue de cette cohorte multicolore et anonyme qui semblait réunie pour écrire la geste posthume du grand reporter. Les plus anciens rappelaient ses premiers récits de guerre écrits au cœur de la montagne afghane, la majorité, dont beaucoup de très jeunes femmes, semblait plus intéressée par ses dernières années passées à la télévision. Des émissions de grand reportage qui avaient fait de lui une star aussi à l'aise sur un plateau que dans les sables rougeoyants du Sud saharien. Il n'était pas du village mais y avait trouvé refuge loin de l'Atlantique et de la maison familiale. Il aimait ce vent en rafales qui secouait les chênes et pliait les cyprès dans un feulement proche de celui qui avait rythmé ses nuits enfantines au bord de l'océan. Le Café de la place avait remplacé le Bistrot du port, il y avait ses habitudes et venait y griffonner les pages d'un roman toujours recommencé et jamais terminé. Les mots s'accumulaient sur ce grand cahier noir renouvelé cent fois depuis ses premiers reportages. Des mots éparpillés, jetés dans le feu de l'actualité et le bruit des canons, des mots qui avaient fait sa gloire sur une double page de papier journal pour finir anonyme dans un feu de cheminée ou sur l'étal du poissonnier.

Depuis le début de l'après-midi, la foule s'était massée derrière les barrières installées le long de la route étroite qui conduisait au cimetière. La femme d'Olivier avait négocié avec la mairie le tracé de l'ultime voyage. Ce devait être simple et familial, réservé aux proches et à ceux de la commune qu'il croisait à l'aube, mais c'était sans compter l'armée de fans venus des quatre coins du pays. Dès la fin de matinée les accès au village avaient dû être fermés. Jamais la rue principale n'avait connu pareille cohue. Fabrice, le pharmacien qui connaissait les maux et les secrets les plus enfouis de chacun, avait rejoint le groupe de commerçants réfugiés sur le perron de la mairie. L'humeur n'était pas bonne chez ceux qui croisaient quotidiennement Chanteclerc. Ils s'agaçaient de la présence envahissante de ces étrangers venus chercher l'objectif du photographe pour connaître leur seconde warholienne. Fabrice et ses copains, Sophie la fromagère qui faisait elle-même ses yaourts, Marius le pâtissier qui dénonçait ses concurrents de la ville voisine et leurs produits congelés, Noémie la patronne de l'auberge qui recevait avec la même verve provençale les gars du cru et les touristes de passage, tous s'agaçaient de ce remue-ménage envahissant. Leur Olivier n'était pas celui dont la voix savamment travaillée, grave mais pas trop, juste mielleuse à cœur, fascinait encore les jeunes filles alors qu'il avait passé la soixantaine. Ce Chanteclerc-là, ils n'en avaient cure. Ils ne le connaissaient pas et n'avaient pas cherché à le connaître. Eux ne voyaient en Olivier que cet homme affable qui se passionnait le temps d'un pastis pour le travail de tous ceux qui venaient d'achever la construction de sa nouvelle maison, quatre cents mètres carrés, trois hectares et vue imprenable sur les Alpilles, celle-là même qu'il n'occupera jamais. Vingt ans qu'il habitait le village et des années qu'il rêvait d'acquérir ce terrain qui n'était pas à vendre. Et voilà que deux ans plus tôt le propriétaire, mettant à profit la spéculation qui avait saisi ce bout de France, avait cédé à l'offre du journaliste dont il se murmurait qu'elle avait été extravagante. Sur le perron de la mairie, cette maison était l'objet de toutes les conversations. Avec une constatation partagée.

– Tout ça pour ça ! grommelait Fabrice, dissertant sur la mort imprévisible, l'argent inutile, la célébrité éphémère.

Le pharmacien était intarissable. Et soliloquait devant le groupe de villageois qui jouait des coudes pour l'écouter.

– C'est bien la peine d'avoir traversé la planète dans tous les sens pour se retrouver à six pieds sous terre à côté des courts de tennis. Ça lui fait une belle jambe d'avoir rencontré tous ces présidents qui se sont servis de lui comme on se sert d'une carpette. Et puis ses émissions à la télé, c'était pour donner à écouter le monde, comme il le prétendait pompeusement, ou pour faire le show et se donner en spectacle ?

Glissement des mots. De la réflexion sur la mort qui frappe sans prévenir au dérisoire d'une lumière factice, Fabrice était passé en mode interrogation agressive. Au point que l'aubergiste l'interrompit sèchement :

– Arrête Fabrice, tu deviens odieux. D'accord Olivier n'était pas de chez nous, mais en vingt ans je ne l'ai jamais vu arrogant ni méprisant avec qui que ce soit. Tu peux d'autant moins dire le contraire que tu étais le premier à l'inviter dans mon restaurant. Avoue-le, tu étais même plutôt flatté.

– Tu te trompes, s'exclama Fabrice, contrairement à vous je n'ai jamais été dupe de cette simplicité surjouée. J'ai toujours trouvé que lorsque tu frappais chez lui, ça sonnait creux.

Marius allait lui répondre lorsqu'un silence frissonnant s'abattit sur la place. Le convoi venait de passer devant eux. Le corbillard, un long break noir était précédé de deux motards de la gendarmerie et suivi d'une vingtaine de limousines qui roulaient au pas. Dans la première, Éloïse, sa femme, accompagnée de ses deux garçons, semblait ailleurs, loin de cet endroit qu'elle n'aimait pas. Depuis des années le couple affichait une complicité de façade qui masquait les blessures qu'Olivier n'avait cessé d'infliger à sa famille. Éloïse, pour des raisons qu'elle seule connaissait, avait accepté de suivre les chemins chaotiques tracés par son mari. Dans cette voiture, étrangère à la foule qui se pressait de part et d'autre de la rue, elle repensait à ces quarante années et se disait que mieux valait le vide à venir que le chaos passé. Éloïse n'était pas malheureuse, seulement angoissée.

En apercevant derrière la vitre fumée ce visage impassible, Fabrice pensa qu'au fond ni lui ni ses amis ne connaissaient vraiment ces gens. Au point qu'il se demanda à cet instant pourquoi Chanteclerc avait décidé de dormir dans cette terre qui n'était pas la sienne. Volonté sincère d'un retour à l'anonymat éternel ou dernière mise en scène d'un saltimbanque de haut vol ? À l'entrée du cimetière une salve d'applaudissements avait brisé le mutisme que s'étaient imposé les milliers d'anonymes coincés au bord de la route. La messe de la veille à Saint-Roch n'avait été que la première partie du spectacle. Discours convenu, hommage républicain ponctué d'un zeste de Bach et de l'inévitable Verdi. Imposant mais banal. La fête mortuaire, la vraie, ses amis avaient prévu de la faire sur ce bout de terre où bruisse l'incessant bavardage des platanes et des pins parasols. Un demi-millier de sièges mêlant chaises en bois et fauteuils en plastique avaient été disposés dans le champ qui jouxte le cimetière. L'estrade n'était pas grande mais suffisante pour accueillir les orateurs invités à chanter les louanges du défunt. Deux immenses baffles avaient été installés de part et d'autre de cette miniscène et deux autres à l'arrière de la vingtaine de rangées séparées par une allée centrale. Pour ma part j'avais refusé d'ouvrir le bal des faux-culs. Après m'être si souvent agacé de ces discours où les prétendus amis prenaient prétexte de la situation pour raconter leur vie devant le cercueil d'un mort qui n'en avait plus rien à faire, c'eût été ridicule. Charles et Benoît sauraient aussi bien que moi dire qui était Olivier. Sauf que Benoît, empêtré dans une affaire de conflit d'intérêts, avait prudemment refusé de s'exposer. C'est donc Charles qui s'y colla. L'orateur, personne n'en doutait, allait faire merveille. Mais interprète génial, l'acteur était un piètre écrivain, il lui avait fallu trois journées d'enfermement et deux nuits blanches pour rédiger une dizaine de feuillets.

Jouant dans un espace à ciel ouvert, il fallait donner de la voix et moduler le timbre au rythme des mots ; Charles s'y employa avec un savoir-faire que même ses pires ennemis qualifiaient d'incomparable. L'âge qui avait abîmé nombre de comédiens avait glissé sur lui comme si les auteurs contemporains s'étaient donné le mot pour le maintenir au sommet de l'affiche. Dès qu'il se mettait en mouvement et que sa voix allait fouiller les entrailles des spectateurs, le vieil acteur se diluait dans l'apparence de ce qu'il fut. Charmant et charmeur, sensuel et sexuel, séduisant les femmes et agaçant les hommes, gênés d'éprouver des sentiments pour lui.

En professionnel averti, Charles avait laissé passer de longues secondes pour que le cimetière ne soit perturbé que par le chant des rossignols. Le mistral avait opportunément pris la poudre d'escampette ne laissant qu'un souffle léger à peine amplifié par les micros. Étrange fond sonore qui accentuait sans l'étouffer la solennité du moment. Après un dernier regard jeté à la foule, comme s'il voulait s'assurer la bienveillance du public, l'acteur baissa les yeux vers le cercueil posé à même le sol au pied de l'estrade. Habile mise en scène puisque personne ne pouvait distinguer si Charles lisait un papier ou parlait sans note, aidé d'un souffleur imaginaire qui n'était autre que le mort. Chapeau l'artiste !

Qui attaqua d'une voix forte :

– Olivier, nous sommes tous là. Ta femme, Éloïse, tes enfants, Nathan et Boris, tes amis Benoît et Rodolphe et la cohorte de tes fidèles qui depuis trois générations ont appris le monde à travers ce que tu leur en disais. Ils ont eu peur pour toi lorsque tu leur montrais l'enfer en Irak, t'ont soutenu dans ta défense de ces milliers d'enfants pas comme les autres, t'aimaient lorsque tu montrais la détresse des plus précaires et dénonçais la pauvreté qui tue. Et comme nous, ils ne comprennent rien à ce départ précipité. Toi qui avais dialogué mille fois avec la mort, lui refusant ta porte là où d'autres auraient lâché l'affaire, tu t'es laissé avoir comme un enfant. En une seconde, la grande faucheuse a dit stop et ton cœur s'est arrêté nous laissant dans cet entre-deux vertigineux où il va falloir apprendre à vivre sans toi. Pour la première fois Olivier, je ne te dis pas merci. La plupart de ceux qui m'écoutent n'imaginent pas combien tu étais drôle et amateur de canulars. Mais celui-ci ne fait rire personne.

Charles avait relevé la tête, laissant voir ses yeux rougis par l'émotion. Feinte ou réelle, elle imposa un silence qui priva l'orateur de la salve d'applaudissements devenue fréquente en pareille circonstance.

En nous rejoignant, l'acteur ne put s'empêcher de poser la question rituelle :

– J'étais comment ?

– Tu étais parfait, lui glissa Benoît, mi-complice, mi-moqueur. Enfin presque… Les yeux humides à la fin c'était quand même un peu surjoué.

– C'était sincère, s'insurgea Charles qui n'eut pas le temps d'en dire plus.

Le fils aîné, Nathan, s'était emparé du micro. Curieux hommage où la violence et l'aigreur l'emportaient sur la tristesse. Avocat, Nathan Chanteclerc avait décidé de plaider la cause de la partie civile, c'est-à-dire de lui-même. Au banc des accusés, Olivier, décrit par son fils comme inaccessible et méprisant, seulement soucieux de sa gueule et de son image médiatique. Père indifférent à l'heure où le jeune adolescent laissait des messages sur un téléphone qui ne répondait jamais.

D'abord surprise, la foule s'étouffait sous l'avalanche des mots. À l'inverse de ses admirateurs qui ne connaissaient de Chanteclerc que l'image déformée par l'écran, je savais que le fils disait vrai. Cela faisait dix ans que l'aîné des Chanteclerc avait décidé d'enterrer ses rancœurs sur le sol américain après avoir intégré le cabinet Mayer Brown à Chicago. Exil réussi, les fusions-acquisitions et les promenades au bord du lac Michigan avaient eu raison de sa détestation. Il pensait arriver guéri, mais neuf heures d'avion avaient suffi pour que la violence qu'il croyait à jamais disparue ressurgisse intacte. La mort n'implique pas la rédemption et le pardon des carences paternelles n'a rien d'obligatoire.

Devant ces fidèles, stupéfaits par ce crime de lèse-grand homme et qui grommelaient leur réprobation, le fils indigne avait démonté méthodiquement le portrait de l'icône médiatique. Doux à l'écran, violent dans la vie, généreux face caméra, médiocre et mesquin loin des projecteurs, père exemplaire aux yeux de qui voulait le croire, géniteur malfaisant dans la réalité. La voix d'abord faible et tremblante au pied de ces tombes centenaires était désormais puissante et sûre d'elle-même. Le visage défait, Éloïse fixait son fils – un inconnu désormais – sans comprendre. Des années durant, elle avait plaidé auprès de Nathan la cause d'Olivier, défendant le métier du grand reporter, la noblesse de son travail, les causes qu'il portait sur les plateaux de télévision et justifiant d'un même élan ses départs précipités, ses retours au petit matin après des nuits passées on ne sait où. L'adolescent écoutait sa mère sans y croire, s'agaçant de l'indulgence dont elle faisait preuve. Jusqu'au jour où il décida de fermer la porte. C'était il y a dix-huit ans. Et quinze ans qu'il laissait le téléphone sonner dans le vide lorsqu'il voyait s'inscrire sur l'écran le nom de sa mère et celui de Boris le fils cadet chéri et docile. Il avait fallu ce message : « Ton père est mort, viens s'il te plaît » pour qu'il se décide enfin. Il n'avait rien prévu et certainement pas cette diatribe assassine qui venait de s'achever sous les huées des énamourés du grand reporter. Le cimetière n'avait plus rien de ce lieu sacré où les haines les plus féroces se dessèchent au pied des grands arbres. Une pluie de graviers et des roses blanches réservées à la tombe d'Olivier s'était abattue sur l'estrade accompagnée d'insultes et de menaces à l'endroit du fils sacrilège. Ce n'était plus un enterrement mais un meeting où la foule hurlante était prête à se battre pour défendre la mémoire du défunt. Les gendarmes venus à l'origine pour canaliser des fidèles éplorés, avaient prudemment pris position autour de l'estrade pour protéger Nathan. Après cette déferlante parricide, Boris, le cadet qui n'avait pas prévu de parler se précipita à la tribune pour réparer l'outrage. Non sans avoir auparavant saisi Nathan par le revers de sa veste. Plus grand et plus fort que son frère, le cadet l'avait secoué violemment en lui crachant son dégoût à la figure.

– Ce que tu viens de faire est immonde. Tu es un ignoble salopard.

Le micro n'avait pas été coupé et les propos de Boris résonnaient jusque sur les courts des tennis voisins. Toujours assise au premier rang, Éloïse qui assistait impuissante à cette empoignade dérisoire et grotesque rembobinait le film de ces années de solitude où elle avait dû faire face aux conflits incessants des deux garçons. Ces deux-là ne s'étaient jamais entendus. Nathan avait affiché très tôt son indépendance et trouvait chaque jour un prétexte pour échapper à l'antre familial, à l'inverse de Boris qui n'avait de cesse de s'abriter sous l'aile étouffante de sa mère. Les deux frères n'étaient d'accord sur rien et trouvaient dans leurs algarades quotidiennes une inépuisable source de vie. Quand l'un faisait hurler la trompette de Miles Davis, l'autre ripostait au bout de l'appartement à coups de cymbales wagnériennes. Un jeu qui amusait les deux ados, exaspérait leur mère et provoquait régulièrement la plainte des voisins. Il avait fallu le départ de Nathan pour que le domicile qu'Éloïse voulait encore croire conjugal retrouve la sérénité de façade qu'affectionnent ceux qui ont beaucoup à cacher. Le jeune homme avait négocié avec son père un silence mensonger contre un studio niché au pied de Montmartre. Acheté à vil prix, l'endroit était exigu, mal chauffé et privé de soleil depuis qu'un bloc d'immeubles occupait l'autre côté de la rue. Mais Nathan s'y sentait bien. Le « village » comme l'appelaient les anciens du quartier avait résisté jusqu'alors à la tentation des tours de grande hauteur. Nathan aimait ce coin de la capitale qui affichait l'opposition des vieux grognards. Il s'y était fait de solides amis, du droguiste et ses bougies parfumées au caviste, vantant ses vins de pays en passant par Albert, le kiosquier qui lui racontait la politique aux premières heures du matin. Tous se retrouvaient chaque mardi chez Pépone pour dîner d'un plat de pâtes ou d'une pizza. C'était l'occasion pour ces compagnons improbables de le charrier sur sa découverte de la vraie vie. Nathan avait dû se faire tout petit pour entrer dans leur monde, celui de cette majorité de téléspectateurs qui s'étaient laissé berner des décennies durant par un défilé d'étoiles filantes. Eux ramaient, manifestaient, cédaient parfois aux sirènes des extrêmes sans y croire, juste pour signifier qu'on ne leur ferait plus gober la démocratie en trompe-l'œil des costumes cravates. Albert était le plus virulent. Ancien communiste, fils de communiste, ses stars à lui c'étaient Duclos et Marchais qui, disait-il dans un grand éclat de rire, s'étaient fait avoir comme des bleus par Mitterrand. Le kiosquier était à l'initiative de ces dîners du mardi, un club qui comprenait une cinquantaine de membres, autant de femmes que d'hommes et une devise qui avait cimenté l'amitié du groupe. Six mots gravés en eux comme un tatouage invisible : « Aide-toi et le groupe t'aidera. » Une amitié solidaire qui ne s'était jamais démentie. On ne trichait pas chez Pépone, celui qui était dans la mouise savait pouvoir compter sur les autres. Bref, la pizza du chef avait le goût du bonheur et la revue de presse qu'Albert faisait traditionnellement à l'ouverture du dîner, était ponctuée d'approbations bruyantes et vengeresses. La parole était abondante au mépris des plats qui repartaient souvent à peine consommés, en revanche les bouteilles se vidaient plus vite que les assiettes provoquant un niveau sonore qui rendait inaudibles les échanges des tables voisines. La période probatoire passée, Nathan avait su se faire apprécier, troquant l'affection de ses nouveaux amis contre les conseils de droit qu'il puisait dans ses livres. À tout juste vingt ans, il achevait sa troisième année à l'université d'Assas. Pressé d'enfiler sa robe d'avocat, il traînait d'autant moins à la faculté qu'il n'avait aucun goût pour les jeunes gens qu'il côtoyait dans les amphis. Pour vivre, l'étudiant avait proposé à Albert, fatigué d'ouvrir son kiosque à l'heure du laitier, de partager la journée. Il ne roulait pas sur l'or mais gagnait suffisamment pour assurer son quotidien. Nathan passa ainsi cinq années au pied de Montmartre, loin d'Olivier et d'Éloïse avec qui il avait rompu tout contact. Le CAPA en poche, il s'envola l'année suivante pour Londres. Jeune stagiaire chez Mayer Brown, installé au cœur de la City, travaillant au gré des dossiers avec les meilleures équipes américaines ou asiatiques, il comprit rapidement que la France n'était pas seulement séparée de l'Angleterre par trente kilomètres de mer mais par un océan de certitudes chauvines. Au Brass Monkey, à deux pas de Westminster, où il aimait traîner le soir ou dans les pubs beaucoup moins chics de Soho, il découvrit que la diversité culturelle avait depuis belle lurette pris ses quartiers du côté de la Tamise charriant avec elle dans les années 70 une liberté sexuelle d'autant plus enviée par les adeptes du « jouir sans entraves », que ce concept soixante-huitard n'avait duré en France que le temps d'un mois de mai.

Jusqu'à son arrivée à Londres, Nathan avait eu une vie amoureuse banale. Joli garçon, affichant une ressemblance troublante avec son père, ce qui ne manquait pas de l'agacer, il ne faisait rien pour susciter l'intérêt des adolescentes de son âge. Ces premières expériences furent plus hygiéniques que sexuelles, histoire de vérifier que tout était en ordre. Sur un plan comptable, d'aucuns diraient qu'il collectionnait les rencontres, cultivant une instabilité amoureuse qui le rassurait. Chez Mayer Brown, Madeleine, la jeune consœur de Nathan s'amusait de ces jeux de l'amour auxquels se livraient la plupart de ses collègues. Au cabinet, on ne lui connaissait ni amant ni liaison durable. Peu loquace sur sa vie privée, la jeune fille avait été décrétée par les garçons, l'intouchable de la bande.

Très brune, la peau mate, dorée à l'or fin dès qu'un rayon de soleil s'accrochait au sommet des gigantesques érables plantés au cœur de Hyde Park, Madeleine n'avait rien de mystérieux, elle était seulement d'une beauté impressionnante. À deux reprises, elle avait fait le voyage à Hong Kong avec Nathan. Au deuxième séjour les deux jeunes gens avaient profité d'un break obligé pour découvrir une partie de cette Asie qu'ils ne connaissaient qu'à travers ce que leur en disaient les avocats japonais et sud-coréens du cabinet. Séoul, Shanghai, Tokyo, des villes en surchauffe à l'âme millénaire qui conjuguent les contraires au présent. Ils ont aimé et s'y sont aimés. Sans trouver le temps ni l'envie de se raconter.

Peu après leur retour, Mayer Brown avait proposé à Nathan de rejoindre le siège de Chicago. Madeleine n'était pas du voyage, l'explication eut lieu un soir de charrette. Ils devaient boucler une affaire avant l'aube, Nathan profita de cette nuit pour conter son histoire, son enfance à Paris, son père journaliste aux abonnés absents, sa mère protégeant une famille qui n'existait pas, son studio et ses copains de Montmartre, enfin Londres et la Manche qu'il voulut infranchissable. Des attaches rompues et le grand large qui s'offrait enfin, pour noyer ses vingt-cinq premières années. L'avocat avait parlé d'une traite, plaidant sa cause et son désir d'ailleurs, il allait conclure en disant tout ce qu'il espérait de son exil américain quand Madeleine l'interrompit sèchement :

– Et moi dans tout ça ?

La réponse fusa dans un souffle dont la jeune femme n'arriva pas à distinguer s'il s'agissait d'un ordre ou d'une supplique :

– Viens avec moi.

Devant le silence de Madeleine, il revint à la charge.

– Viens avec moi, s'il te plaît.

Pour la première fois, la jeune femme eut le sentiment désagréable que les deux ne jouaient plus dans la même cour. Et plus encore lorsque Nathan lâcha :

– C'est toi qui décides. Si tu ne viens pas, je refuse Chicago.

La sincérité du jeune homme, sa manière d'avouer son amour sans jamais le dire accentua le malaise et provoqua une explosion de colère dont Madeleine ne se croyait pas capable.

– En somme, tu m'expliques que c'est à moi de décider de ta vie. Qu'en choisissant de ne pas t'accompagner à Chicago je t'oblige à renoncer à tes projets. C'est tout simplement dégueulasse. Moi, ma vie n'est pas aux États-Unis, j'ai une famille que j'aime et avec laquelle je n'ai aucun compte à régler. Mes parents habitent Bordeaux, mes amis sont à Paris, je n'ai aucune raison de mettre l'Atlantique entre eux et moi. Contrairement à toi, j'ose prononcer les mots. Je t'aime Nathan, mais je ne suivrai pas un mec qui me traite comme tu viens de le faire.

C'était il y a dix ans, Nathan avait découvert les rives du lac Michigan et Madeleine quitté Mayer Brown pour un cabinet de jeunes avocats parisiens. Les deux avaient vécu trois ans de nuits décevantes et d'histoires sans amour, guettant le coup de téléphone de l'autre, sans qu'aucun jamais ne compose le numéro. Jusqu'à ce lundi de septembre 2016.

Lakefront Trail, passage obligé des joggeurs de Chicago, n'avait plus de secret pour le fils aîné des Chanteclerc. Il aimait y courir et surtout se poser face au Millenium Park. Ce 5 septembre à 17 h 15, un numéro inconnu s'était inscrit sur son téléphone alors qu'il tentait de se frayer un chemin au milieu de la foule venue célébrer la fête du Travail.

– C’est moi.

Bousculé par un groupe de jeunes gens agacés par cet homme immobile, il réussit à répondre avec le ton naturel qu’il aurait eu si elle avait appelé la veille.

– Tu vas bien ?

Il avait failli dire : « Depuis… » Il s’est repris, lâchant seulement :

– Je suis content de t’entendre où es-tu ?

– À Chicago.

Il avait ricané, incrédule.

– À Chicago ? Mais où ?

– Au bar du Four Seasons, mais tu préfères peut-être la chambre. La vue sur le lac est superbe…

Nathan ne répondit pas, Madeleine comprit et enchaîna d’une voix claire :

– Chambre 1748.

Elle n’avait pas changé : juste un peu plus bronzée que d’ordinaire, ses cheveux plus longs et bouclés. Elle retrouva dans l’instant les gestes du désir qu’elle s’était interdits depuis leur séparation, les caresses légères et les baisers interminables. Trois ans qu’elle ne trouvait la jouissance qu’en l’imaginant lui. Il ne lui fallut que quelques minutes pour effacer ces mille jours. Elle ne savait rien de ce qu’il était devenu. Il aurait pu être marié, avoir des enfants, c’était un pari. De toute façon elle n’avait rien à perdre, elle n’aimait pas sa vie à Paris, elle ne s’aimait pas sans lui. Depuis plusieurs mois elle négociait son entrée chez Winston & Strawn à Chicago. Elle était arrivée une semaine auparavant, le temps de se renseigner sur Nathan et de digérer le décalage horaire. Elle prenait ses fonctions le lendemain et se cherchait un appartement à moins que… À moins que Nathan qui avait écouté son histoire sans broncher lui dise autrement ce qu'il n'avait pas su exprimer trois ans plus tôt. Lui non plus ne s'aimait pas sans elle.

C'était il y a sept ans. Nathan et Madeleine n'ont pas d'enfant. Les autres les regardent d'un air condescendant, désolés ou envieux. Ils ont chacun leur vie professionnelle, continuent de se déplacer beaucoup et font l'amour avec un désir qui ne faiblit pas. Bref, ils sont bien.

Il avait souhaité que Madeleine l'accompagne en France aux obsèques d'Olivier, la plus belle des manières de montrer que sa vie était ailleurs, sans cette famille toxique. Mais Madeleine n'avait pas envie de jouer les agents provocateurs. Arrivée à Paris, elle avait pris le premier TGV pour Bordeaux. Nathan lui avait assuré que le détour par sa famille ne durerait que le temps de l'enterrement.

Après l'esclandre au cimetière et le rituel des condoléances, deux hommes restés en retrait loin de la tombe avaient abordé l'avocat. J'avais repéré ces deux gaillards assis au dernier rang, bien avant que la cérémonie ne commence. Ils ne se parlaient pas, dévisageaient ceux qui s'installaient et s'étaient levés les premiers avant que les discours ne s'achèvent. À plusieurs reprises, Nathan avait paru vouloir mettre fin à cette conversation qui visiblement n'avait rien d'amical mais chaque fois l'un des deux l'avait retenu sans ménagement. Au point que je m'étais approché pour tenter de comprendre mais on me fit sèchement entendre que je n'étais pas le bienvenu. En m'éloignant, j'avais seulement entendu quelques bribes : « rester en France… » « Paris… » « convocation… »

Les trois cafés du village avaient installé à la hâte des tables au beau milieu de la rue principale, pour accueillir les centaines de badauds qui s'interrogeaient sur l'étrange cérémonie à laquelle ils venaient d'assister. Beaucoup étaient choqués mais d'autres ne cachaient pas leur trouble. Et si Nathan avait dit vrai ? Si Olivier s'était seulement servi des écrans pour ensevelir sous les mots la part d'ombre dénoncée par son fils ? Au Café de la place, le nombre de ceux qui s'étaient mis à douter avait augmenté à proportion des litres de bière et de pastis consommés. On parlait fort et on commençait à s'invectiver autour de Benoît et de Charles, installés au centre du rond-point, à deux pas de la mairie. Le village n'avait pas connu une telle agitation depuis les fêtes votives organisées chaque année au creux de l'été.

J'avais retrouvé mes deux amis fascinés par le spectacle qui se jouait autour d'eux. Ils m'avaient désigné une chaise, hochant la tête pour m'enjoindre d'écouter comme ils le faisaient depuis un moment.

– C'est chaud, me dit Benoît, j'ai le sentiment qu'on n'a pas fini d'entendre parler d'Olivier. Cela me rappelle les nuits d'après réunions électorales lorsqu'elles tournaient au vinaigre.

Et il était parti d'un rire nerveux avant d'être interrompu par un journaliste de *La Provence* qui ne cachait pas son bonheur. L'homme était venu pour écrire quelques lignes de légende sous une photo et voilà qu'on lui demandait un papier de une sur ce charivari inattendu.

– Vous connaissez bien ce Nathan ? demanda-t-il en s'adressant à moi.

– On l'a vu naître, répondis-je. Olivier, Charles, Benoît et moi – je m'appelle Rodolphe –, nous nous connaissons depuis plus d'un demi-siècle, nous étions gamins à La Rochelle, étudiants à Paris, on s'est beaucoup amusés, beaucoup engueulés. Quatre copains, un journaliste, un comédien, un politique et un écrivain, tout ce qu'il est urgent de détester aujourd'hui, dis-je en souriant.

Mon interlocuteur ne releva pas et se tourna vers Charles et Benoît, mais ses questions restèrent sans réponse et l'interview tourna court. Les secrets de famille appartiennent à la famille et il n'en faisait pas partie. Les deux anonymes du cimetière nous avaient rejoints et nous avaient brièvement montré leur carte. Pas le temps de lire leurs noms, juste celui de nous faire comprendre qu'ils étaient flics. Et de convenir que l'endroit était peu propice à la conversation. Rendez-vous avait été pris le lendemain à Paris, 14 heures chez Benoît.

D'ici là nous avions bien tenté de cuisiner Nathan qui nous avait rejoints, mais sans succès. Il s'était seulement offusqué de s'être vu interdit de retour à Chicago pour une durée indéterminée.

– Qu'est-ce que je vais dire au cabinet et à Madeleine qui m'attend à Bordeaux ?

– Que veux-tu qu'on te réponde ? Tu ne nous dis rien et les deux Dupond non plus ! s'exclama Benoît, manifestant un agacement que nous partagions.

– Attendez demain, vous comprendrez.

Nous étions rentrés à Paris avant que *La Provence* ne paraisse et nous n'avons jamais lu l'article. Qu'importe, la presse nationale s'était déjà emparée de l'affaire.

Le Parisien avait barré sa une de ces trois mots :
DÉBOULONNAGE D'UNE IDOLE

Quant à *Libération* qui avait toujours détesté Olivier :
RÈGLEMENT DE COMPTES EN PROVENCE

Même *Le Figaro* s'était fendu d'un billet pour commenter :
L'ENTERREMENT MASCARADE

Quant aux chaînes d'info, elles diffusaient en boucle le discours de Nathan. Le fils aîné d'Olivier avait refusé de leur répondre, mais leurs reportages n'étaient qu'un long point d'interrogation : que venaient faire ces deux inconnus qui avaient apostrophé le jeune homme à la sortie du cimetière ?

Chapitre 7

Benoît venait de déménager. Il avait occupé un appartement sans charme mais discret rue d'Auteuil pendant ses vingt années politiques. Du pouvoir, mais peu d'argent. Du moins officiellement. Depuis l'ouverture de son cabinet de consultant, il avait multiplié ses revenus par dix et ouvrait ses derniers cartons dans le deux cent cinquante mètres carrés qu'il avait acheté boulevard de Courcelles. L'avenue était bruyante, mais la vue sur le parc Monceau rafraîchissante. Les croissants sur le balcon-terrasse à l'heure du soleil levant avaient le goût de cet argent accumulé. Le petit gars du Mireuil avait gommé tant bien que mal son parcours en zigzag, et ses virages sur les chapeaux de roue, pour célébrer chaque matin une réussite qui l'avait porté à hauteur de ces platanes d'Orient qu'il surplombait désormais. Dans ce nouvel appartement, Benoît n'avait pas eu le fric discret, laissant le décorateur star des journaux féminins donner forme à ses goûts les plus extravagants. J'avais l'impression d'être chez Lecœur, avenue Foch. C'était beau et froid comme un musée ou comme un appartement de parvenu dans lequel notre ami avait eu l'intelligence de ne rien choisir.

Depuis son divorce, il avait multiplié les maîtresses sans jamais leur proposer autre chose que de rares week-ends, des vacances tronquées et des soirées tardives. Mal vu quand on fait de la politique, mais Benoît s'en moquait, sa seule fidélité s'appelait Khadidja, d'origine algérienne venue en France avec ses parents en 90 pour fuir les années de plomb et les islamistes du FIS. Plus qu'une attachée parlementaire, plus qu'une cheffe de cabinet, Khadidja était la gardienne du temple qui gérait la vie de Benoît et l'empêchait de s'embarquer dans des tête-à-queue politiques qui auraient pu lui coûter ses portefeuilles. À l'occasion, elle lui servait de compagne dans les dîners officiels, si bien que personne ne doutait qu'elle fût la maîtresse des soirs de déprime. Ce qui n'a jamais été le cas.

J'étais arrivé en avance pour vérifier que mes amis pensaient la même chose que moi. Nathan n'avait pas exagéré et j'en voulais à Charles d'avoir pondu ce discours stupidement laudateur. Olivier n'était pas un saint et son fils aîné n'avait fait que dire haut et fort ce que beaucoup pensaient en regardant leurs pieds. De peur d'être écrasés par le grand homme.

Charles avait tenté maladroitement de se défendre en arguant que cracher sur une tombe n'était pas son truc quand les deux flics se firent annoncer.

Nous avions regardé nos montres en souriant, 13 h 58. Rue du Bastion, on a un chronomètre dans le ventre. Et l'art d'assener les mauvais coups sans crier gare. Le plus grand avait gardé son uniforme de la veille, chemise blanche et cravate noire, l'autre, qui ressemblait à s'y méprendre au Gilles Lellouche de *BAC Nord*, massif et gargantuesque, avait troqué son costume du dimanche pour un blouson de cuir, un pantalon de toile et d'inattendus mocassins à pompon. Sans prendre le temps de s'asseoir, nous obligeant à rester face à eux les bras ballants, vaguement ridicules, Lellouche commença très fort.

– Votre ami n'est pas mort d'un infarctus. Chanteclerc a été assassiné. Sa femme nous a demandé de garder le secret.

Il avait martelé ces derniers mots et pensait sans doute nous assommer, la surprise fut de leur côté. Pas de cris feints ou sincères. Lui et son acolyte en avaient été pour leurs frais. Nous n'avions pas réagi parce que sans nous concerter nous pensions la même chose. Olivier assassiné ! Pourquoi pas ? Nous attendions seulement qu'ils nous expliquent comment. C'est Charles qui prit la parole le premier :

– Vous êtes sûr de ce que vous avancez ? Nous étions chez Olivier quelques heures après sa mort, je peux vous assurer qu'il n'y avait aucune trace de violence encore moins de blessures. Juste le visage paisible du sommeil sans fin.

– C'est précisément ce qui a alerté sa femme. Aucune marque de douleur pre-mortem, aucun de ces rictus qui accompagnent habituellement les infarctus violents. C'est elle qui nous a contactés, exigeant une autopsie. Elle fut inutile, il fallut moins d'une demi-heure au médecin de l'IML pour conclure au meurtre.

Les deux flics furent ensuite tristement banals. Leurs questions semblaient sorties tout droit d'une série télévisée.

– Vous lui connaissiez des ennemis ?

Plutôt que de répondre, Benoît, qui avait appris depuis sa première élection à emprunter des chemins de traverse, proposa aux deux hommes de s'asseoir. Le grand ne se fit pas prier, le faux Lellouche, qui avait manifestement décidé de jouer le « *bad cop* », reposa la question en repoussant d'un geste le fauteuil qui lui était proposé.

– Est-ce qu'à votre avis il avait des ennemis ? Nous avons assisté hier au cirque provoqué par son fils aîné. Comment s'appelle-t-il déjà ?...

– Nathan.

– Oui, c'est ça, Nathan. Avec un fils pareil on n'a pas besoin d'ennemi. Quand on lui a balancé que son père avait été assassiné, ça ne l'a pas beaucoup attristé. Sa seule réaction fut de marmonner que ça ne l'étonnait pas.

– Mais vous n'imaginez pas qu'il ait pu faire quoi que ce soit contre son père ! s'insurgea Charles.

– Directement non, nous avons vérifié qu'il était à Chicago à l'heure où Chanteclerc a été tué mais il a fait un aller-retour à Paris il y a moins de trois semaines. Il faudra qu'il nous dise pourquoi. On peut en faire des choses en quatre jours, n'est-ce pas ?

Benoît lui avait à nouveau proposé de s'asseoir en l'interrogeant à son tour :

– C'est quoi ces questions ? Une visite de courtoisie ou un triple interrogatoire ? Parce que dans cette hypothèse, ce serait plus convenable et surtout plus conforme aux procédures de nous convoquer au 36.

Le collègue de Lellouche, qui n'avait pas parlé depuis son arrivée, comprit qu'il était temps d'intervenir et de jouer sa partition de « *good cop* ».

– Vous avez raison, dit-il d'une voix qui se voulait aimable.

Et se tournant vers son acolyte, il lui intima l'ordre de s'asseoir. Après tout, c'était lui le chef – ce que nous avions compris en consultant les cartes qu'ils venaient de poser sur la table basse. L'homme en noir s'appelait Philippe Barnier, commissaire divisionnaire, 36, rue du Bastion Paris XVIIe. Téléphone : 01 53 71 53 71. Portable : 06 03 37... Lellouche se prénommait en réalité Gérard Spinoza, capitaine de police, 36, rue du Bastion Paris XVIIe. Téléphone : 01 53 71 53 71. Portable : 06 42 18…

Les deux travaillaient ensemble depuis que la PJ parisienne avait abandonné les bords de Seine pour se nicher au pied du périphérique. Et le commissaire Barnier enchaîna :

– Appelez ça comme vous voulez, visite de courtoisie ou d'information, notre boulot c'est de trouver l'assassin de Chanteclerc.

Manifestement, ils s'étaient amusés à jouer à front renversé depuis leur arrivée, mais il n'y avait qu'un boss, Barnier qui avait abandonné le ton mièvre et indifférent du fonctionnaire pour nous faire comprendre qu'il avait déjà passé de longues heures à fouiller nos vies. Mes livres, du premier jusqu'aux *Années sida*, avaient été épluchés, l'homme semblait ne rien ignorer ni de mes amours ni de ma vie avec Marianne, pas plus que de mes démêlés récents avec Bernard Lecœur. Député, ministre puis grand communicant, Benoît avait un dossier plus épais encore. Suivi dans tous ses déplacements, Barnier n'avait pas eu de mal à retracer l'itinéraire de notre ami. Pas plus que celui de Charles qui, depuis ses premiers pas au cinéma jusqu'à ses derniers succès sur les planches parisiennes, avait parcouru tous les sentiers de la gloire grevés de quelques passages à vide douloureux.

Après avoir tenu le rôle principal au premier acte de cet étrange après-midi, le capitaine Spinoza s'était mué à l'heure du thé en greffier silencieux, notant dans un script précis nos réponses aux questions de son patron.

Lellouche-Spinoza m'avouera plus tard qu'il n'aimait pas ce métier, choisi pour répondre au souhait de son père. Originaire d'une banlieue populaire aux portes de la capitale, il voulait être footballeur professionnel et rêvait encore de ballon rond au point d'exécrer ces soirées de permanence au Bastion qui l'empêchaient de se précipiter au Parc les soirs de match. Malgré ce peu de goût pour l'intrusion dans la vie des autres, il était suffisamment bon flic pour avoir pris rapidement du galon au point d'être l'un des plus jeunes capitaines du 36. Un soir de déprime, alors que Barnier l'avait envoyé m'interroger, l'obligeant à annuler sa réservation pour un PSG-Marseille décisif, je le vis arriver chez moi avec un Chivas dix-huit ans d'âge, bien décidé à vider son sac et le contenu de la bouteille. Il était censé me questionner sur Olivier dont la vie dévoilée faisait apparaître un personnage plus proche du docteur Jekyll que de Joseph Kessel, mais ce soir-là, la fin brutale de Chanteclerc l'intéressait beaucoup moins que sa propre vie qu'il me conta par le menu. Fils d'un immigré portugais dont les parents avaient fui la dictature de Salazar, il avait passé son enfance à taper le ballon avec ses copains de la rue de l'Épine-Prolongée, à Montreuil. Bon élève il avait abandonné dès l'entrée en sixième ses potes du quartier pour le meilleur collège de la ville. Père fonctionnaire municipal, mère aide-soignante, la famille Spinoza ne roulait pas sur l'or et obtint sans difficulté pour ce fils unique et chéri une bourse qui accompagna le futur flic jusqu'à la fin de ses études de droit. Ses débuts Quai des Orfèvres l'avaient amusé. Le côté mec ne lui déplaisait pas, les amateurs de foot étaient nombreux et il n'avait longtemps rien trouvé à redire aux effluves machistes qui embaumaient les bureaux du 36. Jusqu'au jour où Mathilde, psychiatre qui se partageait entre le centre de santé mentale René-Capitant et une consultation à Sainte-Anne, entra dans sa vie. Ils s'étaient rencontrés à l'occasion d'une expertise dans une affaire d'assassinat camouflé en suicide et les deux s'interrogeaient depuis sur leur choix de vie. Elle, fatiguée de n'être que le réceptacle de la folie des hommes, lui qui en avait plus qu'assez de patauger dans le sang des autres. Spinoza avait conclu en reposant la bouteille de whisky aux trois quarts vide :

– On en a marre, j'ai décidé que Chanteclerc serait ma dernière affaire, après nous partons. Mathilde de son côté abandonnera la psychiatrie, elle veut retourner à ce qui était sa vocation, soigner les corps. Elle laisse les âmes à d'autres et va ouvrir un cabinet de généraliste dans un gros bourg du Pays basque qui n'a plus de médecin depuis deux ans. Là-bas elle est attendue comme le messie.

– Et vous ? glissai-je incrédule.

– Moi je vais reprendre mes études et tenter le barreau à Toulouse.

J'avais regardé ce colosse en me demandant si le Chivas n'avait pas provisoirement embué son esprit mais non, l'alcool l'avait seulement aidé à vider son sac. La nuit était tombée sur la rue des Francs-Bourgeois, j'avais ouvert la fenêtre du salon et la rumeur de la ville joyeuse et grouillante avait envahi la pièce. Si bruyante que Gérard dut forcer la voix pour conclure :

– Je pense qu'aujourd'hui on n'ira pas plus loin. C'est ma faute je n'ai pas lâché le micro, du coup je ne suis pas plus avancé sur Chanteclerc. Je vais me faire engueuler par Barnier mais je m'en fous. Dînons ensemble et proposez à votre femme de nous rejoindre, j'appelle Mathilde, elle sera ravie de vous rencontrer, elle a lu tous vos romans. Pas tous géniaux selon elle, mais vous avez une plume, paraît-il.

Ce Spinoza me plaisait de plus en plus. Il parlait cash et maniait l'humour à bon escient. La soirée fut étrange, nous étions au moins trois à ne penser qu'à Olivier mais la règle implicite fut de n'en pas dire un mot. Ma femme s'était appliquée à jouer le jeu. Elle avait évoqué avec gourmandise les orgies qui abritaient les hôtels particuliers du quartier, transformés depuis en respectables musées. Amoureuse du ventre de Paris et de ses mélanges improbables, elle disait s'être sentie renaître dans le méli-mélo culturel du Marais. La suite du dîner fut occupée par un débat dont je ne fus qu'un spectateur prudemment silencieux. Mathilde, après avoir interrogé Marianne sur l'accueil des femmes battues dans les commissariats, avait apostrophé son compagnon sur le sexisme des policiers. Gérard avait dû batailler pour convaincre sa compagne que tous les flics n'étaient pas des porcs et que la police avait appris à accueillir les femmes en détresse. Une crème brûlée aux noisettes du Piémont avait interrompu opportunément cette conversation qui n'était manifestement pas la première du genre au sein du couple.

– Vous comprenez pourquoi nous avons envie de changer d'air, grinça le capitaine, s'adressant à Marianne.

Entre les cadavres et les femmes battues on ne peut pas dire qu'on laboure un champ de tendresse !

Je me souviens que ce soir-là nous nous étions séparés en payant chacun notre part, après une explication de Spinoza dont je n'ai pas compris s'il fallait la prendre au sérieux ou s'en esclaffer avec lui.

– Je ne peux soudoyer le témoin que vous êtes, ajoutant dans un éclat de rire, témoin et peut-être un jour suspect… Quant à moi je n'ai nullement l'intention de me faire inviter. Ou dans quelques mois, mais nous serons déjà dans une autre vie.

Chapitre 7 (suite)

– Vous m'entendez, monsieur Shapira ? Je vous parle. Je répète pour la troisième fois ma question : vous avez une idée de qui aurait pu vouloir tuer Olivier Chanteclerc ?

La question du commissaire Barnier me saisit alors que j'avais lâché l'affaire depuis un moment. J'ai dû mettre quelques secondes pour comprendre que le flic s'adressait à moi.

– Répondez-moi, s'énerva Barnier, agacé par le mutisme que je lui opposais depuis que j'avais compris que la situation était trop sérieuse pour qu'on se laisse embarquer dans cette conversation de salon.

Benoît pensait la même chose, c'est lui qui répondit.

– Je ne comprends pas votre démarche commissaire et je doute qu'elle soit légale, répliqua notre ami sur un ton glacial. Vous nous annoncez qu'Olivier a été assassiné, vous nous dites dans la foulée que sa femme le savait et vous a demandé de n'en rien dire, vous avez informé son fils à peine sorti du cimetière, vous ajoutez que le procureur aurait ouvert une instruction et vous concluez sans sourciller que, main dans la main, justice et police souhaiteraient que le crime reste inconnu. C'est un gag, un remake de *Surprise sur prise !*

– Ou un mauvais scénario, surenchérit Charles. À moins que vous nous disiez qu'il s'agit d'arranger les affaires d'on ne sait qui. Et vous pensez qu'on va vous aider à couvrir cette mortelle tartufferie ? Vous galégez ! s'exclama-t-il encore sur un ton grandiloquent qui en d'autres circonstances nous aurait fait éclater de rire.

– Je pense qu'on va s'en tenir là, dis-je en faisant mine de me lever. Si vous souhaitez nous interroger faites-le dans les formes.

– Entendu, se contenta de lâcher Barnier. Donc à bientôt. Au 36.

Il était à peine 18 heures, devant les deux flics nous avions fait bonne figure mais une fois la porte fermée, Charles explosa le premier.

Chapitre 8

– Olivier assassiné ! Mais qu'est-ce qu'il a fait ce con pour se faire trucider comme un minable dealer !

– Plutôt comme un truand de haut vol, enchaînai-je en réfléchissant tout haut. Le crime n'est pas banal puisque nous n'avons rien vu, pas la moindre blessure.

– Et Éloïse qui aurait demandé que l'on cache la vérité, renchérit Charles, mais pourquoi bon Dieu ? Pour protéger son grand homme ? Cette histoire ne tient pas debout.

La dernière phrase de Charles avait été couverte par des cris mêlés à des chants qui montaient de la rue. Si forts que nous devenions inaudibles. Charles finit par se taire. Benoît venait d'ouvrir la fenêtre du salon, la voix féminine qui semblait entrer par effraction criait son amour de l'Arménie. Au pied de l'immeuble, elle était entourée d'une centaine de personnes qui communiaient avec cette musique venue des contrées du Haut-Karabagh. Peu habitués aux manifestations de rue, les habitants du boulevard de Courcelles s'étaient précipités aux fenêtres pour entendre ce petit groupe entonner les chants traditionnels, venus du tréfonds de ce bout de terre coincé entre Turquie et Azerbaïdjan.

Oubliée du barnum circus de la presse internationale, la terre arménienne semble n'attirer les projecteurs que lorsqu'elle ensevelit les siens. Combien de morts à Erevan ? Cinquante-cinq mille, c'est bon Coco on peut y aller. Sinon l'Arménie, combien de divisions ? Franchement, le Haut-Karabagh ! On va intéresser qui avec ça ?

Dans ce quartier où il ne se passe rien, la manif avait des allures de concert. Les habitants des immeubles alentour, photoreporters d'occasion, postaient déjà sur les réseaux sociaux l'enregistrement d'une chanteuse inconnue et sublime. Et les commentaires des mélomanes, habitués du Théâtre des Champs-Élysées, déferlaient sur la toile pour témoigner que la jeune femme serait plus à sa place sur les planches d'une salle parisienne que sur un trottoir du XVIIe arrondissement. Après quoi la plupart se précipitèrent sur Google pour localiser l'Arménie. Dans quelques jours ils auraient oublié jusqu'au nom du Haut-Karabagh mais d'ici là, la manif aura animé quelques dîners en ville.

Benoît, lui, n'avait pas oublié l'Arménie, Charles encore moins. Refermant à son tour les fenêtres, Barrioul se tourna vers nous pour nous rappeler un épisode qui avait fait grand bruit à l'époque. Chanteclerc revenait d'un reportage consacré à la crise sanitaire qui avait anéanti le pays. Sur le chemin du retour il avait obtenu une interview du tout nouveau chef de l'État. L'homme était peu loquace et notre ami nous avait dit avoir bataillé ferme pour obtenir cet entretien exclusif.

Jamais à court de détails, Olivier nous conta plutôt mille fois qu'une ces trois heures passées avec le président Levon Ter-Petrossian, élu l'année précédente, après avoir mené la lutte contre l'Azerbaïdjan. À soixante-dix-huit ans, il est encore aujourd'hui un universitaire mondialement reconnu, ses travaux sur les anciens manuscrits arméniens rassemblés à l'institut Matenadaran font autorité. À l'époque Olivier n'avait pas eu de mots assez élogieux pour nous décrire ce chercheur qui publiait en arménien, en russe, en français et s'exprimait avec autant de facilité dans la langue de Shakespeare que dans celle de Goethe. L'interview, diffusée par la plupart des chaînes européennes à forte audience, avait été reprise et d'autant plus commentée par les grands quotidiens occidentaux que trois ans après la chute du Mur et l'effondrement de l'URSS, ils y voyaient la confirmation de la suprématie de l'Ouest sur un Est asservi. L'ode à la liberté chantée par l'homme d'Erevan avait été particulièrement douce aux oreilles occidentales. Et Olivier, messager de la parole présidentielle, avait couru de plateau en plateau pour narrer minute par minute les coulisses de l'entrevue. À l'entendre, le président arménien ayant d'abord accepté puis refusé de parler, il avait fallu tout le savoir-faire, la patience et l'expérience du grand Chanteclerc non seulement pour obtenir l'interview promise mais pour affronter ensuite les collaborateurs de Ter-Petrossian qui prétendaient vouloir réécouter et tailler les propos présidentiels. Se drapant dans sa vertu journalistique, notre ami expliquait à qui voulait l'entendre qu'il avait refusé la moindre coupe, menaçant ses censeurs de renoncer à diffuser le document s'il était caviardé. Bref, le parcours du combattant était devenu au fil des interviews celui d'un héros solitaire : Olivier Chanteclerc.

Le conte était beau et l'histoire exemplaire. Las ! Le one-man show d'Olivier ne tint pas très longtemps. Une équipe française s'était quelques semaines plus tard installée dans la capitale arménienne pour les besoins d'un long métrage. À plus de minuit, un coup de téléphone à Charles de sa maquilleuse habituelle sonna comme une déflagration. Au point d'embraser peu après le tout-Paris médiatico-politique.

– Il faut que tu saches qu'on parle beaucoup de ton ami Chanteclerc ici, dit-elle en riant.

– Après l'interview qu'il a faite de Ter-Petrossian, ça ne m'étonne pas, murmura-t-il comme s'il voulait éviter de réveiller Raphaëlle qui dormait dans la pièce à côté.

Depuis très longtemps, le couple avait pris l'habitude de faire chambre à part, l'une se couchant tôt et travaillant dès l'aube, l'autre répétant ses textes dans le silence de la nuit. Ce mode de vie leur convenait, même s'il avait longtemps suscité des interrogations ironiques sur leur vie sexuelle. Quand on les interrogeait sur le sujet, ils se contentaient de répondre qu'une cloison n'a jamais empêché personne de faire l'amour.

Charles s'installa dans le salon avant de poursuivre, cette fois bien réveillé.

– Bon, sérieusement, pourquoi m'appelles-tu ? demanda-t-il, en s'approchant de la fenêtre.

De l'autre côté du carrefour, seule une dizaine de chambres du Palace étaient allumées. La brasserie où Raphaëlle et lui dînaient au moins une fois par semaine était fermée depuis longtemps. En revanche la façade restait éclairée toute la nuit.

– C'est beau, dit-il.

– De quoi parles-tu ? s'étonna à son tour Fabienne.

– Du Lutetia.

– Mais je m'en fous du Lutetia, répliqua la maquilleuse, écoute plutôt ce que j'ai à te dire.

Comme s'il n'avait pas entendu, Charles continua :

– Tu connais l'histoire de cet hôtel ? Bâti pour loger les clients étrangers du Bon Marché qui n'avaient qu'un square à traverser, il est vite devenu un lieu de rendez-vous incontournable jusqu'à ce mois de juin 40 où les Allemands l'occupèrent pour y installer le siège de la Gestapo. C'est de Gaulle lui-même qui les en a chassés pour en faire le lieu d'accueil des déportés revenant des camps. Tu savais ?

– Oui. Pas depuis très longtemps d'ailleurs, c'est grâce à Juliette que j'ai découvert cet endroit.

– Quelle Juliette ?

– Binoche. J'étais sa maquilleuse sur *Fatale*, le film de Malle qui va sortir à la fin de l'année. Jeremy Irons y joue le rôle d'un ministre quittant une réunion à Bruxelles pour la rejoindre au Lutetia. C'est chaud.

– Et c'est bien ?

– Je ne sais pas, je n'ai pas encore vu le film monté. De toute façon je ne t'appelle pas en pleine nuit pour te parler des exploits amoureux de Binoche. Je sors d'un dîner où j'ai entendu des trucs bizarres sur l'interview de ton copain Olivier. À mon avis ça ne va pas tarder à arriver jusqu'à vous. À ce dîner il y avait deux journalistes arméniens venus pour couvrir notre tournage, ils ont passé une partie du repas à nous expliquer qu'il n'y a pas eu d'interview.

– C'est quoi cette connerie ? sursauta Charles. On a tous vu et entendu cet entretien, il a fait le tour du monde.

– Bah non justement. Ce qui a été diffusé est un montage. D'ailleurs tu verras si tu le retrouves il n'y a pas un seul plan où l'on voit Ter-Petrossian et Chanteclerc sur la même image.

– Ça veut dire quoi ?

– Ça veut dire que votre ami est un sacré faussaire, un bidonneur comme ils disent dans leur jargon.

Dès le lendemain après-midi, un entrefilet en page quatorze du *Monde* rapportait la rumeur d'Erevan. Face aux journalistes qui l'avaient appelé, Chanteclerc avait d'abord tenu bon, rétorquant que cette rumeur n'était qu'un fruit moisi produit par des confrères jaloux.

Jusqu'au coup de massue assené par *Libération*, trois jours plus tard :

LA VRAIE FAUSSE INTERVIEW DE TER-PETROSSIAN

Le titre barrait la une sur une photo déchirée de Chanteclerc. En page deux, le papier était dévastateur et commençait par ces mots :

Le grand reporter qui a sans doute perdu la ligne (téléphonique) du président arménien s'est affiché sans vergogne avec un sacré bidon. Nous ne saurons jamais si Ter-Petrossian avait accepté de donner une interview au journaliste français ou si l'entourage du chef de l'État arménien s'était avancé imprudemment, à moins qu'Olivier Chanteclerc l'ait seulement rêvé, toujours est-il que le montage grossier livré aux chaînes de télévision n'a fait que reprendre des extraits d'une conférence de presse entrecoupée de questions enregistrées après coup par le grand homme.

Un bidonnage aussi manifeste où s'entrechoquaient l'ego bafoué et la persévérance dans le mensonge aurait mis fin dans l'instant au parcours de n'importe quel journaliste. Mais notre ami n'était pas un grand reporter ordinaire. Avec une plume cent fois couronnée, des reportages télévisés qui faisaient le tour de la planète, Olivier valait de l'or. Il fallait protéger la star et couper les petites mains qui devaient assumer la faute. C'est ce qui fut dit et répété à tous ceux qui s'étaient indignés de cette manipulation. À ce jeu de « qui ment dit vrai », Olivier était devenu imbattable.

– Et s'il n'y avait que cette histoire, grinça Charles en se dirigeant vers la porte.

– Tu t'en vas ? grogna Benoît. On pourrait dîner ensemble.

– Plus tard. Ce soir je joue un truc qui s'appelle *Amitiés d'enfance*.

– Ça parle de quoi ?

– De nous. Quand on se retrouve avec nos poches bourrées de secrets. Mais on peut se voir lundi si vous voulez. C'est relâche, je peux même vous rejoindre dimanche soir.

– Et pourquoi pas chez moi dans le Sud ? dis-je en suivant Charles dans l'entrée.

Chapitre 9

Rendez-vous avait été pris dans ces collines qui surplombent le golfe, plantées de vignes et protégées des vents venus de la mer par un épais mur de pins. Les parents de Marianne avaient découvert cet endroit à l'époque où le prix d'une bergerie était inférieur à la valeur du troupeau qu'elle hébergeait. Depuis, la bâtisse dont ma femme avait hérité s'était muée en un confortable mas dans lequel je m'enfermais pour écrire. J'avais tout de suite aimé cet enchevêtrement de terrains bosselés qui tranchaient avec le plat pays qui borde les côtes de mon enfance. Abandonnée depuis les fêtes de fin d'année, la maison sentait l'hiver et ses feux de bois. La piscine, encore inutile en ce début mai, ressemblait plus à une mare aux crapauds qu'à un bassin de nage. J'avais prévu deux jours de remise en état avant l'arrivée de mes amis. Juste mais suffisant pour que Charles et Benoît redécouvrent ce lieu qu'ils avaient connu au début de mon mariage lorsqu'ils venaient s'enivrer des odeurs de jasmin à l'été naissant. Cela faisait près de trente ans qu'ils n'étaient pas venus. Les quatre de La Rochelle avaient vieilli chacun dans son couloir. Entre Charles, sautant d'un tournage à l'autre, Benoît, député puis ministre, courant d'opportunités en recherches de postes, Olivier étourdi par le brouhaha de sa célébrité télévisuelle et moi enfermé dans cette maison pour écrire, nos rencontres s'étaient naturellement espacées, réduites à des dîners à deux, trois ou quatre selon les disponibilités de chacun. Nous nous étions promis une amitié éternelle, ça n'était plus qu'une fidélité réduite aux acquêts de ces repas étoilés.

La mort d'Olivier inattendue et brutale nous avait plongés dans une tristesse que nous n'imaginions plus. C'était notre adolescence et nos premiers pas d'adultes qui explosaient sous nos pieds. Et voilà que ces deux policiers, nous volant cette amitié retrouvée, nous obligeaient à fouiller dans l'histoire de l'un des nôtres. Est-ce que Chanteclerc avait des ennemis ? Bien sûr qu'il avait des ennemis, il n'avait même que ça hormis ses millions de fans. Des jaloux, des cocus, des éconduits, des déçus, des insultés, des méprisés, bref tous ceux qu'il avait piétinés souvent. Détruits parfois. À l'époque que savions-nous vraiment ? L'écume des choses. Tout pour sa gueule. Caméléon version 2000. C'est ce que nous dirons à Barnier et Spinoza mais on leur dira également que ça ne fait pas forcément de ces laissés-pour-compte, des criminels.

Chanteclerc, égorgé, étranglé, une balle logée en plein cœur, Olivier qui dormait sans rêves depuis une semaine à six pieds sous la terre provençale m'avait fait passer une très mauvaise nuit. D'autant plus cauchemardesque que le vent fort qui bousculait les palmes du phoenix planté devant la maison sonorisait les images sanguinolentes qui défilaient en boucle sur les murs de ma chambre. Au point que la sonnerie de mon portable, peu habituelle à cette heure matinale, me fit l'effet d'une libération. De courte durée. La voix du commissaire Barnier n'était pas celle d'un réveil en douceur.

– Vous avez vu *Le Parisien* ?

– Non, j'aurais dû ? Il est 6 heures. Et je suis chez moi dans le Var.

– Ils balancent tout. Pleine page à la une.

– Balancent quoi ?

– Mais l'assassinat de Chanteclerc, bon Dieu. Ça vient de chez vous forcément.

– Vous êtes malade. D'abord « chez nous » ça n'existe pas. Il y a moi, ici dans le Sud, et Pietragalli et Barrioul à Paris. Je n'ai parlé à personne et les deux autres non plus. Cherchez plutôt de votre côté ou de celui de la famille. Éloïse sûrement pas, mais Nathan… Vous avez appelé Nathan ?

– Pas encore. Pour l'instant, je pare au plus pressé.

– Et le plus pressé c'est de m'appeler, dis-je ironique.

– Vous êtes celui qui le connaît le mieux.

– Qui croyait le connaître.

– Oui, enfin ne jouons pas sur les mots. Dans l'immédiat, j'ai le ministre de l'Intérieur sur le dos, le secrétaire général de l'Élysée vient de m'appeler et Spinoza croule sous les coups de téléphone des confrères de Chanteclerc.

– Ça vous étonne ? Faites une conférence de presse ce sera plus simple.

– Pour dire quoi ?

– Je n'en sais rien et ça m'est égal. C'est votre problème. Pas le mien.

– Il faut qu'on discute.

– De quoi ? Je vous l'ai déjà dit, si vous voulez m'interroger, faites-le dans les formes. Convoquez-moi et pas avant le milieu de la semaine prochaine. Je reste dans le Sud jusqu'à mardi.

Le phoenix ployait de plus en plus sous les rafales. Au fond du jardin, les lauriers s'étaient lancés dans une danse folle autour de la piscine dont l'eau avait pris l'apparence d'une mer déchaînée. Ce n'était plus un coup de vent, mais une tempête confirmée par la voix de France Inter qui égrenait la puissance des rafales balayant le sud de la France. Cent vingt kilomètres-heure à Marseille, cent soixante dans le golfe de Saint-Tropez, deux cents dans le nord de la Corse. Selon le journaliste, les avions étaient interdits d'atterrissage à Toulon. Il n'était pas prévu que la tempête se calme avant la fin de la journée. Compliqué d'arriver pour Charles et Benoît, me dis-je en montant le son de ma radio. France Inter venait d'ouvrir son journal de 7 heures avec l'information du *Parisien*. Impossible d'obtenir confirmation, disait le journaliste qui évoquait un incroyable coup de théâtre. RTL parlait d'une histoire folle en soulignant que le crime était connu de la famille et de la police avant même qu'Olivier ne soit enterré. Sur les plateaux des chaînes d'info les éditorialistes politiques dénonçaient un mensonge sans précédent. À 8 heures, le journaliste de France Info précisait que la police confirmait l'assassinat et ferait une conférence de presse dans la matinée.

S'il ne s'était agi de notre ami nous en aurions presque ri avec Charles et Benoît. Les deux m'avaient appelé pour s'assurer que le week-end prévu était maintenu malgré la tempête. Plus que jamais. Si les avions n'atterrissaient plus, les trains étaient censés arriver à l'heure.

À Paris, la rue du Bastion, encombrée par les camionnettes de direct, avait été fermée à la circulation. Les badauds bloqués derrière les barrières attendaient en vain que les journalistes alignés en rangs serrés, dos au 36, leur donnent des informations. Mais ils n'avaient rien d'autre que la confirmation de l'assassinat. Condamnés à répéter qu'ils ne savaient rien, ils se réfugiaient prudemment dans les questions que le premier venu aurait pu imaginer à leur place. Pourquoi avoir maquillé le crime en banal infarctus ? Qui a pris cette décision insensée ? La famille Chanteclerc ? Les flics ? Certains parlaient de scandale d'État. Gardons-nous d'employer les grands mots, disait l'un, tandis qu'un autre croyait savoir que plusieurs suspects avaient déjà été interrogés. C'est ce qu'un enquêteur lui aurait glissé à l'oreille. Qui ? Quand ? Aucun détail, ni même aucune certitude sur la véracité de l'information.

Après tout, peut-être que les responsables de ce gigantesque tohu-bohu n'étaient autres que Barnier et Spinoza. Crier d'autant plus fort que l'on est responsable de ce qui est dénoncé, un grand classique chez les flics, d'autant plus crédible que le 36, habituellement si discret dans une situation qui met en cause la police, avait été particulièrement prompt à confirmer l'information.

Les caméras avaient abandonné la rue du Bastion pour filmer un pupitre encore vide, installé au fond d'une immense salle où se bousculaient sous nos yeux la centaine de reporters bien décidés à montrer qu'ils ne s'en laisseraient pas conter par des policiers en service commandé. On attendait le commissaire Barnier ou le capitaine Spinoza, c'est Maurice Scipion, le directeur général de la police qui prit le micro. Les deux enquêteurs à ses côtés avaient adopté une pose de circonstance, visages fermés et regards noirs, mais Charles qui m'avait appelé en voyant la scène avait trouvé comme moi qu'ils étaient de bien piètres acteurs. Nous ne doutions plus ni l'un ni l'autre qu'ils n'étaient pas étrangers à la fuite et au papier du *Parisien*. Scipion s'en tint au texte qu'il avait rédigé dans la précipitation d'un matin qu'il se serait volontiers épargné. Abreuvé de noms d'oiseaux par le ministre de l'Intérieur, il avait dû faire relire sa copie par les juristes de la place Beauvau et attendre le blanc-seing du directeur de cabinet. Le texte était court et se voulait sans ambiguïté. Il reposait sur deux points :

1. C'est Éloïse Chanteclerc et elle seule qui a décidé de ne pas rendre public l'assassinat de son mari. Le crime n'a été en aucune manière maquillé, puisque la police qui l'a découvert après l'autopsie s'est immédiatement saisie de l'affaire.

2. La décision d'ouvrir l'enquête a été prise sans délai par le procureur et la confidentialité exigée par Mme Chanteclerc n'avait rien d'illégal. Dans ces conditions parler de scandale d'État est absurde.

La déclaration de Maurice Scipion, lue d'une voix forte et monocorde n'avait pas duré cinq minutes. Le directeur de la police ne leva la tête qu'à la toute fin pour expliquer qu'il n'avait rien d'autre à dire. Barnier et Spinoza qui avaient écouté leur chef les yeux ailleurs s'étaient empressés de tourner les talons à l'instant où Scipion avait cessé de parler.

Les questions avaient malgré tout fusé. Dans le vide. Les caméras ne filmaient plus qu'une tribune désertée. Y avait-il des suspects comme certains le disaient déjà ? De quelle manière Chanteclerc avait-il été tué ? Autant d'interrogations que les envoyés spéciaux rue du Bastion se contentèrent d'émettre face caméra. Non sans dénoncer d'un même chœur la légèreté et le mépris avec lesquels la police et le gouvernement traitaient la presse. Rien que de très ordinaire dans ce spectacle où chacun jouait son rôle, les méchants côté policiers et les gentils journalistes qui défendaient, la main sur leur charte, la liberté d'expression.

– Tu as vu leur numéro ? s'esclaffa en riant Benoît, qui m'avait appelé sur le chemin de la gare de Lyon. J'espère qu'il fait beau chez toi parce que ici c'est un festival de pluies. Après l'orage, pluie normande. Bref, j'ai hâte. Qu'est-ce que je disais ? Ah oui : ils nous prennent vraiment pour des cons. Moi qui ai connu ça pendant trente ans, je peux te dire qu'il n'y a vraiment que les gogos pour croire à ce numéro de faux-cul.

– De quoi tu parles ?

– Mais de la conférence de presse de Scipion et de la réaction des journalistes, je suis sûr qu'à peine les projecteurs éteints, ceux qui n'avaient pas de mots assez durs pour dénoncer la police se sont précipités sur leur portable pour appeler leurs copains flics. À moins que ce ne soit l'inverse. Ce cinéma je le connais par cœur. Au générique, il n'y a pas seulement les politiques, les policiers ou les journalistes, même les curés au royaume du bluff ne sont pas les derniers.

– Arrête Benoît, tu délires.

– Pas du tout, rétorqua mon ami. Pourquoi crois-tu qu'Olivier est mort sinon parce qu'il a passé sa vie à tromper sa femme, ses amis, ses millions de fidèles, ces imbéciles énamourés qui lui pardonnaient tout, bref à vouloir à tout prix paraître ce qu'il n'était pas ? Et nous, est-ce qu'on est vraiment mieux ? Qu'ai-je fait, moi, pendant si longtemps ? Sinon de vendre des rêves impossibles et de faire des promesses de campagnes intenables ? Que fais-je d'autre aujourd'hui que de raconter des bobards pour en faire la vérité du moment ? Tu jettes tes saletés dans la grande lessiveuse des mots et tu en ressors plus blanc que blanc. Mensonge et couardise, les deux mamelles de la communication de crise. À tout à l'heure, conclut-il sèchement.

Et il raccrocha.

Chapitre 10

Entre Marseille et Nice, la plupart des gares ont le charme du chemin de fer à l'ancienne. On s'attend presque à voir arriver, plutôt qu'un TGV rutilant, une vieille machine à vapeur fumante et hoquetante sur fond de sifflement strident. La bâtisse sans charme qui sert de gare à Hyères fait exception. Les trains venant directement de Paris s'y font rares et les passagers plus encore. Benoît et Charles avaient accepté de faire ce bout de trajet supplémentaire pour m'éviter les embouteillages à l'entrée de Toulon. Cette route entre Hyères et le mas, je l'avais faite des centaines de fois. J'en connaissais le moindre virage et ses pièges nombreux à l'entrée de la forêt du Dom, dangereuse et rebelle comme ce coin du Var, résistant à la folie des hommes qui ont jeté leur dévolu spéculatif sur le bord de mer.

Le vent était tombé et la lumière d'avant crépuscule peignait d'un rouge profond les cimes des pins maritimes dont les troncs à moitié couchés semblaient saluer leurs hôtes de passage. Plutôt que de passer cette soirée enfermés à la maison, j'avais réservé au café de la Môle, une auberge d'un autre temps où l'on dînait au pied d'une cheminée les soirs d'hiver et sous une tonnelle parsemée de lampes multicolores dès les premières chaleurs. Le repas était gargantuesque et n'avait qu'un rapport lointain avec la cuisine locale. Des foies gras, des pâtés aux saveurs diverses, des fricassées de champignons, des salades de la mer précédaient poissons, volailles et viandes. Pour finir, l'aubergiste invitait ses hôtes à piocher dans d'immenses saladiers de fruits rouges, de mousse au chocolat ou de crèmes caramel. Amateurs de salades légères, passez votre chemin. D'autant que le bistrotier n'imaginait pas que l'on puisse consommer ces plats sans les arroser de vins de pays aussi ensoleillés que puissants. Charles ne buvait plus au restaurant depuis qu'une alcoolémie excessive lui avait fait provoquer un accident, fort heureusement sans gravité. J'avais laissé le volant à notre ami, non sans l'avoir mis en garde contre cette route si traîtresse qu'il n'était pas rare de croiser une voiture basculée sur le bas-côté. Par chance, cette nuit-là la pleine lune éclairait si puissamment le bitume que les sangliers familiers des lieux avaient déserté l'endroit pour des chemins plus discrets. Nous arrivâmes sans encombre à la maison. Le vent tempétueux avait quitté la plaine pour s'éclater plus au nord, sur les cimes alpines mais il n'avait pas eu le passage léger. Palmes du phoenix arrachées, branches d'olivier cassées, pétales de glycines éparpillés en tapis sur le sol détrempé, le jardin méditerranéen que j'étais si fier de faire découvrir à mes hôtes avait une sale mine. Charles et Benoît, plus habitués au loup arrosé d'huile d'olive qu'à la côte de bœuf-frites allèrent se coucher sans demander leur reste. Aucun de nous n'avait prononcé le nom d'Olivier. Trop heureux de retisser une amitié trouée par le temps, nous n'avions pas trouvé une minute pour évoquer l'assassinat de Chanteclerc. Pas trouvé ou pas cherché. Au fond de nous-mêmes, nous savions que l'heure du grand déballage allait sonner. Et que la pluie de vérités malodorantes ne nous épargnerait pas.

Couché à l'aube, levé le premier, j'admirais mon travail de la nuit. La nature avait repris ses droits, bousculée la veille par un souffle venu des côtes africaines. Seule trace encore visible, le sable rouge qui couvrait le capot de la vieille Méhari garée dans la cour. Benoît, qui venait de me rejoindre, proposa de la passer au jet mais je trouvai plus amusant de lui conserver cette apparence qui la renvoyait à un imaginaire lointain. Faux 4×4 bobo des années 60 qui n'avait connu que le sable de Pampelonne, elle allait avoir pour quelques heures l'allure héroïque des véritables sahariennes. Si même les voitures s'y mettent !

– Finalement, dis-je en riant, on aura passé notre vie à maquiller les brêmes.

– Et toi le premier, rétorqua, faussement indigné, Benoît. Qu'as-tu fait depuis trente ans sinon inventer des personnages qui surfent banalement sur l'air du temps ? Un livre efface l'autre, butant chaque fois sur le mur de l'éphémère. N'est pas Zola qui veut et ta vie n'est pas moins bidon que les nôtres.

La salve était sévère. Si rude à l'heure des croissants que Benoît crut bon d'ajouter, comme pour s'excuser :

– Si entre amis on ne se dit pas tout, alors qui nous dira quoi que ce soit ?

J'avais pâli sous les mots, d'autant qu'ils faisaient écho à ceux que m'avait balancés Marianne peu de temps auparavant. J'étais face à Benoît comme je l'avais été face à ma femme. Incapable de répondre.

C'est Charles qui rompit ce silence en nous racontant le rêve dont il sortait à peine. Éloïse, un poignard ensanglanté à la main, riait en contemplant le cadavre d'Olivier. Il avait le cœur arraché posé sur son sexe. Les paupières découpées, ses yeux semblaient fixer sa femme qui avait cessé de rire et l'insultait désormais.

S'adressant à nous comme s'il n'avait pas remarqué notre mutisme, il conclut en me questionnant :

– Toi qui écris des romans, ça veut dire quoi ce cauchemar ?

– Que tu as trouvé en Éloïse la coupable idéale.

– Mais je ne pense pas cela, s'était offusqué notre ami.

– Et pourtant c'est bien ce que tu nous dis. D'ailleurs, pourquoi pas ? Au fond que connaît-on d'Éloïse ? Une femme aimante ? Une mère attentionnée ? Cette vie rêvée en Cinémascope, nous savons vous et moi que ce n'est qu'un écran de fumée vieux de quarante ans.

– Mais pourquoi dans ce cas aurait-elle alerté la police ?

– Sans doute parce que la mort de Chanteclerc lui donne enfin l'occasion de se venger. Elle qui se rêvait Prix Nobel de physique, et qui a passé sa vie à n'être que la couverture utile de son mari, la voilà désormais à l'origine d'une histoire hors du commun.

– Ouais, marmonna Charles et il enchaîna : Vous faisiez la gueule tout à l'heure ? Vous parliez de quoi avant que j'arrive ?

– De moi, dis-je en fixant Benoît.

La grimace de mon ami avait quelque chose de jouissif, comme s'il n'assumait plus ce qu'il m'avait jeté à la figure sans préavis ni scrupule. Et j'avais enchaîné en rapportant notre conversation. D'autant plus fidèlement que les propos de Benoît avaient réveillé en moi une petite musique qui m'obsédait depuis que j'avais claqué la porte de Lecœur. Lancinante et cruelle.

Parenthèse

Barrioul avait formulé haut et fort, ce qu'une voix intérieure me susurrait depuis mes premiers succès : je n'étais rien d'autre que le faussaire de moi-même pour plaire au plus grand nombre. Des romans qui n'étaient ni plus ni moins qu'un ramassis d'idées à la mode. Durée de vie, six mois. Y croyais-je ? Sûrement, comme l'on finit par croire aux histoires qu'on se raconte. Je n'étais pas plus mauvais que les autres, j'avais même du style, paraît-il. Et une belle écriture. Mais pour habiller quoi ? Au royaume du toc, j'avais régné plus longtemps que beaucoup. Dans la société du paraître, le bidonnage est souvent si peu discret que la bulle éclate avant d'avoir pris son envol, je l'avais joué plus habile, mais le bilan n'était guère plus brillant. Que restait-il de cette agitation sinon la conscience qu'il était temps de tourner la page ? Ce que je fais en écrivant ces lignes sous vos yeux, amis lecteurs. Enfin… amis ! C'est comme « ami auditeur », ces mots n'ont aucun sens. Formule passe-partout revisitée par Facebook. Amis en carton-pâte qui ne sont d'aucun secours et disparaissent sans dire pourquoi ni comment. Solidarité illusoire mise en avant pour le seul intérêt du tiroir-caisse d'un Zuckerberg. Pires encore sont les accros du clavier, ceux que vous côtoyez dans le métro, le train ou à deux pas de chez vous, dans la chambre ou le salon, effondrés sur un lit ou vautrés sur votre canapé. Ils tapent frénétiquement sur leur smartphone ivres de leur puissance anonyme, jonglant avec l'insulte comme d'autres manient les armes à feu. La mondialisation de la délation et ses instruments meurtriers – photo-montages, fake-news, deep-fake – ont fait plus pour le malheur de l'humanité en vingt ans que les lettres anonymes en six siècles. Plus besoin d'affiches rouges pour crucifier les résistants ni d'étoiles jaunes pour dénoncer les juifs, les deux cent quatre-vingts caractères de Twitter feront l'affaire. Quant aux services secrets russes, ils font figure d'amateurs face à l'avalanche de *revenge porn* balancée sur les écrans par des cocus revanchards. Tous âges, tous milieux. Même Marianne m'a avoué récemment avoir fait partie de ces voyeurs involontaires. Ce jour-là son ordinateur l'avait alertée avec une insistance peu ordinaire. D'un lien anonyme surgit l'image d'une femme jouissant bruyamment. Dix minutes de porno amateur mettant en scène Clothilde, son amie d'enfance, filmée par une caméra dissimulée dans la chambre de l'amant. Images volées, images violées, balancées dans un cloud qui n'avait rien de virtuel. Sidérée mais animée d'une curiosité dont elle n'était pas fière, Marianne m'avoua avoir regardé la vidéo jusqu'au bout avant de l'effacer d'un clic rageur. Mais combien n'avaient pas eu ce réflexe et l'avaient relayée à leur tour ? Elle m'avait dit avoir pris son téléphone et l'avoir reposé sans même avoir composé le numéro de cette amie à qui elle ne savait que dire. À quoi bon des mots de compassion et d'indignation qui n'auraient d'autres résultats que d'ajouter l'humiliation à l'humiliation. En parler, c'est dire qu'on a vu. Faire semblant de ne pas savoir c'est enfermer l'autre dans un silence étouffant. Du coup, ma femme si calme d'ordinaire m'avait pris à partie dans un accès de violence que seul un désarroi inhabituel chez elle pouvait justifier.

– Que ferais-tu à ma place ?

Devant mon silence qui ne faisait que témoigner de mon embarras elle enchaîna sans attendre :

– Évidemment tu t'en fous.

– Mais pas du tout.

– Mais si, tu t'en fous parce que, je te connais, tu te dis que tu es un type bien, que jamais tu ne ferais ça et que jamais on ne te ferait un truc pareil. Le grand Rodolphe, l'écrivain à succès, ne vit pas dans ce monde. Mais dans quel monde vis-tu ? Tu t'es arrogé une fois pour toutes un droit de vie et de mort sur des noms sans visage et des visages façonnés à ton goût aussi transparents qu'une feuille de papier calque. Tu n'es pas mieux que les autres, tu brouilles les pistes, tu manipules ceux qui te lisent comme d'autres manipulent leurs électeurs, leurs collaborateurs ou leurs proches.

– Tu dis n'importe quoi, tu mélanges tout. Ça n'est pas parce que tu ne sais pas quoi faire de cette vidéo que tu dois t'en prendre à la terre entière.

Mais plus rien ne semblait devoir arrêter l'avocate qu'était Marianne. Au banc de la partie civile, les femmes maltraitées, les victimes des puissants. Au banc des accusés, les menteurs, les tricheurs, les maquilleurs et les maquillés, les camoufleurs et les camouflés, la ribambelle de bêtes immondes ordinairement coiffées d'une tête d'ange.

Je n'avais jamais vu ma femme dans cet état. Ses lèvres tremblaient, sa voix dont elle jouait si bien dans les prétoires se cassait sur les mots au point qu'elle dut s'arrêter.

– J'ai soif, avait-elle dit, donne-moi quelque chose de fort.

Un vieux cognac planqué sous le lit avait fait l'affaire. Le premier verre n'avait pas suffi. Avalé cul sec, il fut suivi d'un autre puis d'un troisième. Je découvris ce soir-là chez ma femme une capacité de résistance à l'alcool que je ne lui connaissais pas. Nombre d'alcooliques ont le vin agressif au point de transformer un repas amical en odieux pugilat verbal, rien de semblable chez Marianne qui, malgré la quantité absorbée, avait l'ivresse apaisée. Elle me rejoignit sur le canapé et se blottit contre moi, multipliant les gestes tendres dans un silence qui tranchait avec la violence bruyante de l'heure précédente. Elle dut s'endormir quelques instants avant de se rasseoir et d'enchaîner d'une voix si douce que j'avais parfois du mal à l'entendre :

– Pardon, je ne voulais pas t'agresser, mais à force de jouer avec tes inconnus, j'ai parfois l'impression que tu te glisses dans leur médiocrité. J'ai lu les premières pages de ton prochain roman, j'y trouve une authenticité nouvelle qui me plaît.

Marianne ne me parlait jamais de mes livres au point que je me demandais si elle les avait lus. En quelques phrases elle venait de me prouver qu'elle était sans doute la lectrice la plus attentive et certainement la plus déçue. J'encaissais sans répondre. Elle enchaîna :

– Je ne t'en veux pas mais je suis très en colère contre tous ces gens qui volent la vie des autres en les abusant de mots, en mentant matin midi et soir, en trahissant leur confiance jusque dans ce qu'elle a de plus intime. À la grande braderie des turpitudes, les candidats se bousculent et se reproduisent comme des lapins.

Marianne s'était redressée et me regardait fixement. La pièce avait depuis longtemps plongé dans une pénombre propice aux aveux et aux promesses sans lendemain.

– Dis-moi que nous ne sommes pas comme eux, dit-elle en approchant son visage du mien, ses lèvres effleurant les miennes.

J'avais acquiescé en l'embrassant, manière de lui cacher que les mots qu'elle avait prononcés constituaient autant d'uppercuts qui m'avaient laissé groggy. Je n'étais plus sûr de rien et surtout pas de moi-même.

Chapitre 11

J'allais répondre à Charles quand le téléphone fixe que je croyais hors d'usage se mit à sonner. Au bout du fil, le gendarme avait un accent ch'ti qui résonnait étrangement dans ce pays où même le chant des oiseaux a la tonalité du Sud.

– Monsieur Shapira, nous avons eu un appel du commissaire Barnier qui vous concerne.

– Il ne peut pas m'appeler lui-même ?

– Il a essayé mais votre portable ne répond pas. Il faut que vous passiez à la gendarmerie. J'ai un document à vous faire lire que vient de me faire parvenir le divisionnaire.

– Il ne pouvait pas me l'envoyer par mail ?

– Non c'est urgent et confidentiel. Je vous attends à 14 heures à la gendarmerie.

J'étais passé mille fois devant la gendarmerie sans jamais y mettre les pieds. De Funès non plus ! À l'époque du tournage des *Gendarme*, leurs locaux devenus depuis un musée étaient à l'entrée de Saint-Tropez tandis que la police nichait au cœur de la ville. Les gendarmes qui ont l'autorité policière dans la cité du Bailli depuis que Nicolas Sarkozy a décidé de mettre en conformité le cinéma et la vie occupent désormais le bâtiment de la place de la Garonne. J'aime cette ville qui dès septembre offre le spectacle d'un entrelacs de rues semi-désertes, bordées de maisons aux mille couleurs qui feraient rougir d'envie n'importe quelle cité italienne. Charles et Benoît la connaissaient à peine, le premier ne s'y était arrêté que pour jouer au festival de Ramatuelle, le second y avait tenu plusieurs meetings qui lui avaient fait comprendre que cette région d'apparence si accueillante se ferme comme une huître dès qu'un politique venu d'ailleurs manifeste l'intention de s'y implanter. À l'entrée de la gendarmerie, une jeune femme surjouant l'amabilité professionnelle nous informa dans un sourire forcé que le capitaine Pascal Dupeyroux attendait M. Rodophe Shapira et personne d'autre. J'eus beau expliquer que mes deux amis étaient concernés par l'affaire autant que moi rien n'y fit. Comprenant que toute négociation était impossible, j'indiquai à mes deux amis le chemin de la vieille ville. Le capitaine Dupeyroux, malgré cet accent du Nord qui m'avait fait douter un instant du sérieux de son appel, avait tout du local ancré depuis longtemps au bord de la Méditerranée. La voix rugueuse et puissante tranchait avec l'allure frêle de ce quadragénaire élégant et plutôt beau garçon. Pas d'uniforme mais un costume bleu marine et une chemise blanche qui mettait en valeur le hâle du visage, savamment entretenu pour tenir toute l'année. Contrairement à sa jeune collègue qui faisait office d'hôtesse d'accueil à l'entrée, il s'excusa de ne pas avoir reçu Charles et Benoît, mais le commissaire Barnier avait insisté sur la confidentialité du document qu'il devait me donner à lire. Sur le bureau, vierge de tout autre papier, le capitaine avait posé une enveloppe décachetée. À l'endroit, le nom écrit en majuscules de Barnier surplombait l'adresse de la PJ rue du Bastion. À l'envers les coordonnées de l'expéditrice. Madame Anne-Marie Valcroze, 174, boulevard Saint-Germain, Paris VIe.

– Vous pouvez l'ouvrir, dit le capitaine en faisant glisser l'enveloppe jusqu'à moi.

Je saisis la dizaine de feuillets A4 partagée entre une première partie écrite à la main et la seconde tapée sur un clavier d'ordinateur. Je compris à la lecture des premières lignes qu'il s'agissait de courriers différents, le manuscrit était adressé au commissaire Barnier, l'imprimé une pièce jointe.

Le capitaine Dupeyroux m'avait laissé lire sans intervenir. Je me souviendrai longtemps de ces vingt minutes percutées par l'ombre des arbres qui dansait sur la noirceur des mots. La mort était entrée dans ce bureau et le soleil n'en avait que faire. Dupeyroux le comprit et se leva pour baisser les stores.

– Alors ? se contenta-t-il de demander.

Plutôt que de répondre je lui rendis les papiers en me rappelant les propos du fils d'Olivier quelques jours plus tôt. Nathan n'avait parlé que de son père, Anne-Marie Valcroze parlait de l'homme.

Et c'était une autre chanson. Le capitaine, qui lisait à son tour, affichait l'impassibilité du militaire face à la découverte de l'horreur, mais je le sentais fébrile, presque incrédule tant les mots utilisés déchiraient l'imaginaire qu'avait construit Chanteclerc autour de sa personne. Le jeune Dupeyroux avait comme tout le monde connu le grand reporter sur des terrains de guerre où nul autre que lui n'osait s'aventurer, il ne ratait jamais son émission qui donnait à voir ces bouts du monde où la violence et l'inhumanité balayent la morale des peuples nantis. Comme des millions de Français, Dupeyroux voyait dans Olivier le capitaine courageux qui débusquait le mal et les errements de nos sociétés officiellement apaisées.

Vingt minutes de lecture pour déchanter brutalement. Au point de relire à voix haute les documents comme s'il voulait s'assurer que nous avions bien lu la même chose.

– Cela vous paraît plausible ? demanda-t-il en levant les yeux vers moi.

Et il reprit la lecture :

Je m'appelle Anne-Marie Valcroze. Je suis (j'étais) la mère de Sophie Valcroze née le 17 juillet 1999, morte le 15 février 2021. Sophie était une enfant rieuse et une adolescente pleine de vie. Jusqu'à cette sinistre soirée d'avril 2017. Un couple d'amis organisait chaque mois un café littéraire réunissant une cinquantaine de lecteurs autour d'un écrivain. Ce soir-là, Olivier Chanteclerc était invité à double titre, grand reporter – animateur vedette – et auteur couronné quelques mois plus tôt d'un prix parmi les plus enviés. Chanteclerc en imposait par sa stature et son statut de star des écrans. Il avait pour le plus grand bonheur de mes amis pulvérisé l'audience de leur rendez-vous mensuel, cent cinquante personnes au moins pour écouter le grand homme puis se presser dans l'attente d'une précieuse dédicace. Sophie qui avait des velléités d'écriture lui en dit quelques mots, son tour venu. Ce qui lui valut ces deux phrases sur la page de garde : « J'aimerais beaucoup lire ce que vous écrivez. » Suivait un numéro de portable. L'amitié entre ma fille et l'homme mûr dura quelques mois, Sophie revenait de chacun de ces rendez-vous les yeux brillants de mots qu'elle couchait sur le papier. En novembre 2017 son ouvrage avait pris suffisamment d'épaisseur pour qu'elle espère être publiée. Son nom, à la devanture des librairies, elle en rêvait, Olivier lui promit de le faire. Il organisa un dîner avec son éditeur dans un petit italien de la rue de Grenelle. L'endroit est discret et peu connu même si le président de la République y a ses habitudes. La chère y était ensoleillée et le vin puissant n'avait pas manqué son effet.

Le regard lourd et la voix embuée, l'éditeur proposa à ma fille un rendez-vous dans la semaine, ce qui lui valut une réaction de Chanteclerc dont elle ne comprit pas sur le moment si elle était seulement ironique ou avait valeur de mise en garde.

– Méfie-toi, ce garçon a beau être mon ami, il n'est pas mieux que les autres. Quand on est une femme il faut parfois coucher pour être publié chez lui.

Et les deux partirent d'un éclat de rire. Pour avoir l'air averti, Sophie leur répondit par un ricanement gêné avant de prendre d'une main distante celle que lui tendait l'éditeur. Chanteclerc proposa de la raccompagner. Ça n'était pas la première fois, Sophie ne voyait dans le grand homme, la soixantaine passée, qu'un mentor séduit par son talent qu'il disait très prometteur. En parcourant la centaine de mètres qui les séparaient de la voiture, elle lui glissa d'une voix agacée qu'elle avait trouvé l'éditeur franchement lourd. « C'est vraiment votre ami ? » Chanteclerc se contenta de grogner que l'homme avait sans doute trop bu, « mais c'est l'un des meilleurs éditeurs de la place », dit-il en ouvrant la portière.

Sophie ne vit rien venir. La voiture du journaliste était garée dans une impasse bordée d'immeubles de bureau. À peine installé au volant, il prit la main de Sophie et la posa sur son sexe en érection.

« J'ai envie de toi depuis si longtemps », dit-il en basculant sur elle avant de la pénétrer en écartant sa culotte. La sidération passée, elle tenta de se débattre. En vain, il avait joui après s'être retiré précipitamment. Ça lui parut une éternité, ça n'avait duré que quelques minutes. Elle put enfin s'échapper et courir hors de l'impasse.

Il me fallut plusieurs jours pour convaincre ma fille de porter plainte. Choquée, Sophie ne voulait rien entendre et ne rien faire savoir. Lorsqu'elle se décida enfin, une semaine était passée, la policière qui nous accueillit avec beaucoup de douceur nous fit remarquer que ce temps perdu risquait de compliquer les choses. Un examen médical confirma la pénétration avec violence mais aucune trace de sperme ne put être trouvée. Ce salaud avait de l'expérience, il réfuta en s'indignant les accusations d'agression et lâcha, méprisant, au policier qui l'interrogeait que la jeune fille avait sans doute fantasmé un rapport impossible. Parole contre parole, il advint le pire, la plainte fut classée sans suite. Sophie y a laissé ses espoirs littéraires, son appétit de vivre et finalement sa vie. Elle s'est suicidée trois ans plus tard, nous laissant dans un désespoir d'autant plus grand qu'elle semblait avoir repris goût à la vie depuis sa rencontre avec François, un garçon qui n'avait de cesse de lui prouver que l'amour entre jeunes gens du même âge peut être possible et joyeux. Il avait recousu les plaies mais la blessure n'avait cicatrisé qu'en surface. Les braises de la honte continuaient de couver, l'allumette de l'humiliation aura suffi à provoquer l'incident mortel.

Je l'ai compris en découvrant cette lettre coincée entre le mur et le bureau de ma fille. L'enveloppe avait sans doute glissé malencontreusement alors que j'avais fouillé les tiroirs pour tenter de comprendre. Elle y est restée deux ans jusqu'à ce déménagement décidé il y a quelques semaines pour mettre fin à l'enfer du manque.

Je ne sais ce que cette lettre vous apprendra mais elle témoigne de qui était réellement Olivier Chanteclerc.

En espérant que vous en ferez bon usage, veuillez croire, commissaire, à l'expression de mes sentiments les meilleurs.

Anne-Marie Valcroze

Dupeyroux s'apprêtait à poursuivre cette sinistre lecture avec le courrier de Sophie Valcroze avant de s'interrompre en me jetant un regard hostile.

– Vous étiez au courant ?

– Mais pas du tout !

La question du capitaine me fit comprendre que l'on pourrait me juger complice des saloperies de Chanteclerc.

– Pas du tout, répétai-je. Comment pouvez-vous imaginer une chose pareille ? Si vous interrogiez Pietragalli et Barrioul qui m'accompagnent, ils vous diraient la même chose. On connaissait ses aventures nombreuses mais c'étaient des aventures. Rien d'autre. Si vous avez une maîtresse ça ne fait pas de vous un criminel.

Dupeyroux me regarda d'un œil noir et lâcha froidement :

– En l'occurrence, il ne s'agit pas de moi mais de vous et de Chanteclerc.

Et comme s'il m'avait oublié il reprit sa lecture à voix haute.

Mes chers parents,

Je t'écris à toi aussi papa, parti si tôt que je ne t'ai connu que par ouï-dire. Ton cœur avait lâché sans te donner le temps de me prendre la main. Mon chemin aurait sans doute été différent. Il fut longtemps semé d'amour avec Maman jusqu'à ce qu'un homme (mais peut-on l'appeler comme ça ?) vienne piétiner mes rêves. Cet homme qui ne mérite même pas qu'on le nomme a symbolisé longtemps ce que j'espérais être avant de détruire un soir de novembre 2017 la jeune femme que j'étais devenue. J'ai cru ne pas survivre à cette blessure, exacerbée par la violence d'un classement sans suite. Les années passant, François, sa patience et sa passion tendre m'ont fait croire que le viol n'était qu'un accident de la vie réparable dans l'enfouissement du temps mais je me suis trompée. Hier après-midi j'ai croisé un homme avenue George-V, devant l'hôtel. C'était lui. Avec une jeune fille de mon âge. Je l'ai interpellée, criant presque, pour mettre en garde l'autre moi qui me faisait face. Lui s'est contenté de mimer l'incompréhension et comme je m'accrochais, il a prétendu ne pas me connaître et menacé d'appeler la police en me traitant de folle. J'ai dû m'enfuir comme une voleuse, humiliée, définitivement humiliée. Ma chère Maman, l'idée de le rencontrer à nouveau m'est insupportable. Je pensais la blessure refermée, elle est là en moi béante, il ne me reste d'autre choix que de la traiter par le feu qu'elle a allumé.

Maman je t'aime. Pardonne-moi.

Sophie

– Je crois que nous en avons terminé, dis-je en m'efforçant de ne rien laisser paraître de la colère que j'éprouvais. Contre Olivier, contre moi et contre nous qui n'avons rien vu, rien compris. J'allais me lever en emportant les documents quand Dupeyroux voyant mon geste se précipita pour les ranger dans un tiroir qu'il ferma à clé.

– Ces courriers appartiennent à la police. Il est hors de question qu'ils circulent et qu'on les retrouve dans la presse. C'est pour cela que je vous ai demandé de venir à la gendarmerie.

– Parce que vous pensez que ça va faire avancer l'enquête sur la mort d'Olivier ?

– En tous les cas la vengeance apparaît désormais comme un mobile sérieux.

– Vengeance de qui ? rétorquai-je sceptique. Cette Mme Valcroze ne serait pas assez stupide pour se jeter dans la gueule du loup en envoyant ces courriers à Barnier. Votre hypothèse tient d'autant moins qu'elle les a envoyés dès qu'elle en a découvert l'existence, c'est-à-dire après l'assassinat de Chanteclerc.

– C’est ce qu’elle prétend, rétorqua Dupeyroux mais rien ne prouve qu’elle dit vrai.

Je regardais ma montre. Ce lundi de printemps au cœur de l’après-midi, la place et ses boutiques de luxe étaient aussi désertes et silencieuses qu’au creux de l’hiver. Le village endormi attendait l’Ascension pour basculer bruyamment dans un avant-goût estival. Seul le port mimait l’animation tropézienne, jouant avec de rares clients qui faisaient tapisserie dans des bars aux trois quarts vides. Les trois heures passées avec Dupeyroux m’avaient ôté toute envie de traîner dans cet endroit. J’avais retrouvé mes deux amis au Clemenceau, apostrophé dès mon arrivée par le bistrotier trop heureux de m’accueillir dans son café.

– Eh bien dites-moi monsieur Shapira, ça fait un bail qu’on ne vous a pas vu !

Et sans attendre ma réponse, avec sa voix chantante qui fleurait bon Marseille :

– Vous devriez venir fin août, nous aussi on a notre salon du livre. Avec votre renommée, vous feriez un tabac, il paraît que ça marche fort vos bouquins.

Ça se voulait aimable mais l’heure n’était pas aux mondanités bistrotières. Je l’avais juste gratifié d’un sourire poli en marmonnant :

– Fin août c’est encore loin, mon livre n’est pas terminé. Nous verrons bien.

Parenthèse

Un an plus tard, à l'heure où j'écris ces lignes, la pile de A4 est toujours sur ma table. Au grand dam de mon éditeur qui semble parfois regretter d'avoir succédé à Lecœur, me rappelant régulièrement qu'un contrat est fait pour être respecté ou déchiré. Je sais que cet entre-deux que je lui impose ne tiendra plus très longtemps. Depuis que je me suis enfermé dans ces dix mètres carrés je me sens bien. Libéré de moi-même. Marianne n'aime pas trop cette vie monacale, mais elle a fini par prendre goût à ces pauses de fin d'après-midi, à demi couchée sur le lit, moi assis, dos à mon bureau qui lui lis mes trouvailles du jour. Elle corrige, m'alerte sur la faiblesse d'un passage, oriente parfois mes choix du lendemain et finit dans mes bras. J'ai toujours aimé faire l'amour à Marianne, les années n'ont rien changé au désir même si la fougue d'antan nous fait parfois défaut. Il y a quelque chose de gamin dans ces rendez-vous dont on organise la fausse clandestinité. Régulièrement Marianne me reproche d'avoir laissé ces fenêtres sans rideau mais je lui rétorque que face au ciel nous ne risquons d'autre regard voyeur que celui de pies amoureuses qui n'ont que faire de nos ébats. Hier ma femme m'a dit avoir croisé au Palais son confrère chargé de mes affaires. Il avait l'air préoccupé. J'ai hoché la tête, répondant à Marianne en riant que les avocats ont toujours l'air préoccupé. Je n'ai pas cherché à en savoir plus, elle est passée à autre chose avant de m'embrasser et de me laisser dans la bouche un goût de dentifrice.

Chapitre 12

J'ai toujours aimé Le Clemenceau. Indifférent aux saisons, il veille sur le village endormi. À l'automne et l'hiver revenus, il grouille de ses habitués quand les autres peinent à attirer quelques touristes égarés. Les artisans qui bâtissent dans les parcs ou sur les collines de Ramatuelle viennent y consommer leur première bière du soir tandis que les vendeuses des commerces du carré d'or y terminent leur journée en partageant les rumeurs du jour. L'ambiance est joyeuse et bruyante. Elle m'apparut ce jour-là insupportable. Charles et Benoît me pressaient de questions mais j'étais encore sous le choc des mots martelés par le capitaine Dupeyroux.

– Pas ici, pas maintenant, dis-je à mes deux amis, je vous raconterai plus tard.

Les deux comprirent qu'ils n'obtiendraient rien d'autre. Pour faire diversion j'avais nourri les vingt kilomètres qui nous séparaient du mas de considérations géographiques et agricoles. Je leur avais expliqué qu'il y a quarante ans, cette alternance de plaines et de collines n'était qu'une immense forêt de pins et de chênes, mêlés à de rares vignobles qui offraient aux locaux un vin médiocre dont la consommation était limitée à la presqu'île. À l'époque, le bétail peu nombreux tentait de faire ripaille dans des prés où les herbes folles constituaient l'ordinaire du pâturage.

Et puis quelques agriculteurs malins ont décidé que le soleil varois pourrait faire mieux que de la piquette. Progressivement la vigne a planté ses pieds là où la rocaille avait été éliminée au profit de terres aisément irrigables. Des œnologues expérimentés étaient venus en renfort épauler ces nouveaux viticulteurs bien décidés à ne pas s'arrêter en si bon chemin. Pelleteuses et engins motorisés remplacèrent les bûcherons du dimanche pour tailler les grands arbres et planter sur des milliers d'hectares des vignes qui se développaient désormais à la vitesse des nénuphars.

– Et alors ? C'était mieux avant ? s'écrièrent en chœur Benoît et Charles se distrayant de cette séquence nostalgie.

– Pas du tout, répliquai-je, je vous explique seulement que c'était différent. C'était le Saint-Tropez de Colette et de Bardot, celui des robes vichy et des tropéziennes à trois francs six sous, celui d'avant Chanel, d'avant LVMH, et même d'avant Eddie Barclay. On baisait beaucoup, on faisait la fête dès le printemps pour ne l'achever qu'à l'automne. L'alcool coulait à flots, plus que le fric. L'esbroufe n'y avait pas encore pris ses quartiers d'été.

Nous étions arrivés. Les vingt minutes de retour qui s'annonçaient sinistres s'étaient avérées un excellent sas de décompression. Oubliés Dupeyroux et ses documents mortifères. À cette heure du couchant, les rossignols nous avaient offert un concert délicieux qui n'avait pris fin qu'à la nuit tombée. Jeannette, qui nous embaumait de ses plats parfumés depuis qu'à dix-huit ans elle avait trouvé en Marianne la générosité d'une mère de substitution, nous avait préparé une soupe de poissons puissamment épicée et un agneau de sept heures si copieux qu'il nous cloua à table jusqu'à une heure avancée de la nuit. Mais je ne pouvais différer plus longtemps le procès-verbal de ces trois heures passées à la gendarmerie. Difficile de restituer la force et la noirceur des mots couchés sur le papier par Sophie Valcroze et sa mère. Je me contentai de résumer les faits.

1. La jeune fille affirmait avoir été violée par Olivier et s'était suicidée faute d'avoir été entendue et suffisamment crue.

2. La mère accusait Chanteclerc d'être la cause directe et unique de cette mort. En somme l'assassiné était désormais accusé d'assassinat.

La loi et le droit n'y trouveraient sans doute pas leur compte, dis-je pour conclure, mais qu'importe le droit dans la circonstance.

– Et donc ? interrogea Benoît.

– Et donc les flics considèrent qu'il y a désormais un mobile.

– Anne-Marie Valcroze, meurtrière de Chanteclerc ! C'est absurde, s'exclama Charles. Pourquoi aurait-elle ainsi signé son forfait ? Il y a quelques jours c'était Éloïse et maintenant c'est cette femme.

– Parce que la vengeance d'une mère ne s'encombre pas de précaution juridique, dixit Dupeyroux.

Mon téléphone, abandonné dans l'entrée depuis notre retour au mas, affichait six appels en absence et deux messages. Le premier, de Marianne, m'informait que le commissaire Barnier avait cherché à me joindre et qu'il avait fini par l'appeler en désespoir de cause. Ma femme précisait qu'il avait l'air très énervé, ce que je pus vérifier en listant les cinq appels et autant d'aboiements qu'il avait enregistrés sur mon répondeur.

– Je vais finir par croire que vous m'évitez, vociférait le flic dans le cinquième et dernier enregistrement. Il est plus de minuit, il n'était pas 19 heures quand je vous ai demandé de me rappeler. Vous avez vu Dupeyroux, je le sais. Vous êtes donc au courant. Il faut qu'on en parle au plus vite, le moins qu'on puisse dire, c'est que votre ami n'était pas la pure colombe à qui l'on déciderait de confier la garde de ses enfants. Je vais rouvrir le dossier Valcroze. Dupeyroux va un peu vite en besogne, la mère n'est pas nette mais à moins de tuer par procuration ou de payer un tueur à gages je vois mal comment elle aurait pu s'en prendre à Chanteclerc. Votre femme m'a dit que vous rentriez demain soir je vous attends donc après-demain à 11 heures rue du Bastion. Et ne faites pas l'ignorant ; répondez à ma convocation ou je viendrai moi-même vous chercher.

Le ton de Barnier était détestable. Je le rappelai pour l'entendre aboyer à nouveau mais cette fois pour une bonne raison. Il était 2 h 30 du matin.

– Vous vous foutez de moi, vous avez vu l'heure ?

– Et vous, répondis-je imperturbable, vous vous êtes réécouté ? Pour qui vous prenez-vous ? Vous acceptez de maquiller un meurtre, vous me suivez jusqu'au cimetière, vous vous invitez chez Barrioul sans demander notre avis, vous me faites convoquer par un capitaine de gendarmerie, et pour finir vous me harcelez au téléphone. Mais rassurez-vous, je serai dans votre bureau après-demain.

– Vous ne serez pas déçu, on a beaucoup de choses à se dire.

Et il conclut, la voix radoucie, murmurant presque :

– Dès maintenant sachez une chose, ça n'est pas moi qui ai accepté ce que demandait la femme de Chanteclerc. L'ordre est venu de beaucoup plus haut.

Et il raccrocha sans me laisser le temps de réagir.

Beaucoup plus haut. Charles et Benoît à qui j'avais relaté ma conversation avec Barnier ne s'en étaient guère étonnés. Un classique à la PJ. On se couvre et on couvre, ironisa Benoît.

– Il a raison, renchérit Charles, tu connais beaucoup de flics exfiltrés de la police ? Un ou deux par an, et encore, histoire de montrer qu'au 36 on lave plus blanc que blanc.

Les deux m'agaçaient depuis qu'ils avaient affiché une forme d'indifférence aux révélations d'Anne-Marie Valcroze. J'aurais aimé qu'on en parle, ils avaient coupé court, accablant de mots cruels et banals la jeune fille. À les entendre, Sophie ne devait être qu'une mythomane frustrée de ne pas être arrivée à ses fins. Pour un peu, ils m'auraient sorti le refrain dégueulasse mais si commode : quand bien même ce serait vrai, la gamine n'avait sûrement pas froid aux yeux. Se taper à dix-huit ans une star du journalisme faisait plutôt bien auprès des copines. Elle s'était peut-être ravisée au dernier moment, c'était son affaire.

C'était ça mes amis ? Un vieux comédien camouflant ses chairs molles sous d'amples chemises et des cachemires XXL et un ancien politicard bouffi de fric, amateur de troisième mi-temps arrosée ? La gauche poissarde et la droite poissonnière. Cette nuit de printemps devait être douce, elle s'acheva prématurément dans le silence aigre des non-dits.

Je n'avais pas envie d'en rajouter et j'ai laissé Charles et Benoît achever leur champagne qui n'était plus pour moi qu'un vin chaud imbuvable.

Nuit sans sommeil, peuplée des cris de Sophie et du rictus orgasmique d'Olivier. Comment croire que ces flammes qui ont consumé cette jeune fille de dix-huit ans, rieuse et vivante, auraient pu avoir d'autres raisons que sa volonté de réduire en cendre ce corps meurtri par un bout de chair en érection ? Chanteclerc était sans doute un violeur. Une fois ? dix fois ? Plus peut-être. Qu'importe, l'acte, fût-il unique, ne supporte aucune excuse. La fatigue d'une nuit blanche n'aidait pas à en trouver. Seul le doute pouvait encore exonérer notre ami. Je n'en avais plus guère, contrairement à Charles et Benoît.

Ils m'accueillirent d'un « bien dormi ? » tonitruant dont je ne réussis pas à décider s'il était une simple question de politesse, de l'inconscience ou une forme de stupidité. J'avais finalement opté pour le pire. L'expression d'un entre-soi solidaire qui se refuse à bannir l'un des siens. Je me contentai de bougonner.

– Je n'ai pas fermé l'œil de la nuit. Apparemment ça n'est pas votre cas.

– Ben non ! répondirent-ils d'une seule voix.

Et Charles d'enchaîner :

– Ça n'est quand même pas l'histoire de cette fille qui t'empêche de dormir. Tu connaissais Olivier aussi bien que nous, il avait toutes les femmes qu'il voulait. Pourquoi veux-tu qu'il fasse un truc pareil ?

– Je n'en sais rien. Peut-être parce qu'il pensait que rien ne lui était interdit. Qu'il se sentait protégé par son statut et le silence de gens comme nous, ses amis, ses pairs.

– Mais tu dis n'importe quoi, s'insurgea Benoît. De quel silence parles-tu ? Si nous avions entendu parler de quoi que ce soit, nous aurions réagi.

– En êtes-vous sûrs ? Depuis hier vous m'expliquez que la lettre de Sophie n'est que le témoignage mensonger d'une gamine paumée. Ça vous arrange, parce que être l'ami du type qu'elle décrit, ça n'est pas glorieux. Mais la vérité n'est pas forcément celle qui vous convient. Surtout lorsqu'elle est dite dans une lettre découverte post-mortem. Sophie Valcroze s'est suicidée.

Et elle explique pourquoi. Ça devrait au moins vous interroger, non ?

Dans ce match mortifère, j'avais marqué un point. Les deux étaient restés longtemps silencieux avant que Charles ne lâche :

– Oui peut-être.

– Il n'y a pas de peut-être, rétorqua violemment Benoît.

Et s'adressant à Charles :

– Alors toi aussi tu t'y mets ? Mais vous êtes tombés sur la tête, tous les deux. Les commissariats croulent sous les plaintes de ces femmes qui veulent se faire un politique, un artiste, un journaliste ou n'importe qui d'un peu connu. MeToo, Balance ton porc, on n'a rien trouvé de mieux pour régler leur compte aux mecs. Si des gens comme vous entrent dans leur jeu, on est foutus.

Le bronzage de Barrioul avait viré au rouge écarlate. Il éructait si violemment qu'on aurait pu penser qu'il n'était pas sans reproche. Je lui en fis la remarque, ce qui eut pour vertu de lui faire admettre que s'il tenait de tels propos à d'autres que nous, il pourrait dire adieu à sa carrière de communicant. Il en convint et s'abrita derrière notre amitié et celle qu'il avait pour Olivier, pour justifier des excès de langage qui l'avait brutalement renvoyé à ses racines anciennes. Chasser le naturel il revient au galop ! Revenu à la raison, Benoît alla même jusqu'à reconnaître que MeToo avait ouvert des chemins piétinés par la morgue masculine. En l'écoutant je me disais que l'artiste avait encore du ressort, capable de dire le contraire de ce qu'il proférait l'instant d'avant. C'était habile et si banal chez lui que Charles et moi avions fini par éclater de rire.

– N'en fais pas trop, lui conseilla Charles, tu ne serais pas crédible.

– Tu as raison, je ne dis plus rien, souffla Benoît en esquissant une grimace qui marquait la fin des hostilités.

Le reste de la matinée fut arrosée d'un « pétale de rose » délicat qui nous fit oublier au fil des verres, Sophie, sa mère et les vies multiples d'Olivier Chanteclerc. Il était temps, mais l'histoire retiendra que l'amitié sexagénaire qui me liait à Charles et Benoît n'aura pas survécu à ces quarante-huit heures qui se voulaient de retrouvailles. Elle ne fut ensuite que simulacre et faux-semblants.

Que dire à Barnier qui m'attendait le lendemain à Paris ? La vérité tout simplement. Nos dîners avec Olivier s'étaient espacés au point de devenir l'exception annuelle. Nous ne savions plus rien de lui, sinon ce qu'il voulait bien en dire à travers l'image qu'il s'était fabriquée à coups de pixels.

Dans le TGV du retour, Charles avait retrouvé les siens. Ses fidèles qui l'entouraient, photos d'il y a vingt ans à la main et stylo tendu pour une dédicace qu'ils espéraient personnelle. Seule fausse note à ce mouvement de foule énamourée, difficilement canalisée par deux contrôleurs devenus par la grâce d'un vieil acteur les metteurs en scène d'une gigantesque séance de selfies, la jeune fille assise à côté de Charles. Les yeux rivés sur son ordinateur, elle n'avait pas eu un regard pour son illustre voisin, s'agaçant seulement des piaillements désordonnés qui l'empêchaient de goûter le film qu'elle avait lancé. Timothée Chalamet était de tous les plans. Le Franco-Américain sur l'écran quinze pouces contre le vieux lion d'avant Netflix, Pietragalli ne faisait plus le poids. La voisine du comédien exhalait le doux parfum d'un avenir qui s'écrivait sans lui. La petite foule qui s'agglutinait dans le couloir m'apparut tout à coup comme un ramassis de zombies surgit d'un enterrement programmé. Charles le savait, mais il n'avait d'autre choix que de faire comme si. C'était ça ou mourir sans même attendre son retour à Paris. Assis deux rangs plus loin, Benoît et moi regardions fascinés notre ami, géant finissant, s'étourdir une dernière fois. Encore une minute, monsieur le bourreau.

Le train arrivé à quai, le rideau était sèchement retombé, les derniers voyageurs espérant une dédicace, pressés de s'engouffrer dans le premier métro, avaient abandonné la partie sans attendre la précieuse signature. Pire encore, devant la gare, la foule impatiente n'avait d'autres préoccupations que de guetter les taxis, indifférente à notre ami, condamné à l'ordinaire d'une file d'attente. Aucune main tendue, ni sourire reconnaissant, l'acteur avait laissé ses derniers oripeaux dans les filets du TGV Nice-Paris 6180.

Nous nous étions séparés sans effusion. Ces deux jours m'avaient laissé le goût amer d'une fête gâchée. Portés par le nuage brumeux de nos succès, nous avions toujours été d'une cécité bienveillante à l'égard des trois autres. Nous étions amis d'enfance et l'ambition était notre bien commun, cela suffisait à nous croire hors d'atteinte. Cette fiction venait d'être balayée d'un coup de mistral.

Je retrouvai ma femme devant son ordinateur ouvert sur LCI. La chaîne diffusait un discours de Poutine. Le tsar russe avait raté son coup, les Ukrainiens faisaient mieux que résister et le monde découvrait que les guerres du siècle dernier pouvaient frapper à nos portes, aussi meurtrières que les précédentes. Marianne avait créé au sein de son cabinet un groupe d'entraide aux familles de réfugiés. Je la voyais chaque jour se dépenser sans compter pour alléger la détresse de femmes qui avaient fui le malheur au prix de blessures inguérissables. L'idée qu'elle puisse disparaître avant moi m'était si insupportable qu'à cette seule pensée je me liquéfiais dans une sueur glacée. Marianne n'était pas mon double mais le point fixe de ce que j'aurais aimé être. Imperturbable face à mon intranquillité, droite à l'opposé de mes zigzags destructeurs, vraie quand je n'étais qu'un composite de paradoxes. Pourquoi restait-elle avec un type comme moi ? Je lui posais souvent la question et la réponse fusait parfois agacée, la plupart du temps dans un grand éclat de rire :

– Mais mon chéri, parce que fort heureusement tu n'es pas ce que tu penses être et je ne suis pas la femme que tu imagines. Nous sommes comme tout le monde. Un mélange de creux et de bosses, deux puzzles à mille pièces qui ont fini par ne faire plus qu'un. Ça s'appelle un couple. Le nôtre.

Marianne méritait mieux que d'être réveillée. Je la portai dans la chambre. Et la posai sur le lit sans la dévêtir. Elle esquissa un sourire, les yeux fermés. Je quittai la pièce sur la pointe des pieds.

Parenthèse

N'en déplaise à ma femme mais ce nouveau bureau me convient. Je n'avais pas besoin de ces mètres carrés inutiles, qui avaient au fil des années transformé ma pièce d'écriture en salon-bibliothèque. C'était feutré et convivial mais peu propice à l'imagination. On y fumait beaucoup, buvait plus encore, ça n'était plus mon bureau mais le dépotoir élégant des idées du moment. Peut-être aurais-je dû déménager plus tôt mais le cocon était douillet et les fins de journée passées avec Marianne délicieuses. Seul un événement extérieur pouvait me pousser à trouver mon inspiration ailleurs. J'y reviendrai le moment venu. Pour l'heure je goûte cet espace décoré *a minima* pour que rien ne vienne perturber la rédaction de ce roman. Les murs repeints en blanc avant que je m'y installe sont restés vierges de tout accrochage, seule une photo de Marianne égaye la table en bois foncé qui me sert de bureau. J'y vis au rythme des saisons, levé dès 5 heures au cœur de l'été, rarement avant 7 heures à l'approche de l'hiver. Pressé de rendre au plus vite ma copie j'ai coupé les ponts avec la plupart de mes amis. Visites interdites à l'exception de celles de ma femme qui ne manque jamais la pause que je m'octroie aux mi-temps de l'après-midi. Elle me raconte le monde d'aujourd'hui et évoque à ma demande ces heures du passé qui nourrissent mon imaginaire. Rappel d'autant plus nécessaire que si je maîtrise le lointain, les années proches semblent m'échapper. Malheur de l'âge ou refus inconscient d'aller jusqu'au bout de cette histoire ? Sans Marianne, pas de roman. C'est si vrai que je lui ai proposé de co-signer ce livre. La proposition était sincère, le refus immédiat.

– Mais c'est absurde, dit-elle. C'est ton histoire et pas la mienne, tes amis, pas les miens. Dans cette affaire je ne suis qu'un de tes personnages, ne mélange pas tout : la vraie vie et ce que tu en fais dans ce roman.

– Peut-être, dis-je l'esprit déjà ailleurs, pressé d'écrire ces nouvelles pages et de coucher sur le papier ces deux jours avec Charles et Benoît qui ont vu notre amitié s'échouer sur un quai de gare.

Chapitre 13

Je n'avais guère dormi cette nuit-là, Barnier non plus, il m'avait envoyé un SMS à plus de minuit pour me rappeler notre rendez-vous. Le lendemain, à 11 heures précises, un flic en uniforme m'avait accompagné dans le bureau du commissaire. Qui était ce « beaucoup plus haut » ? Je n'avais pas attendu que la porte se referme pour lui poser la question. D'un geste de la main, il me fit signe de m'asseoir avant d'accompagner sa réponse d'un sourire ironique.

– À votre avis ?

– Je ne sais pas, dis-je en parcourant du regard la pièce qui n'avait rien du bureau d'un flic. Une table de marbre noir, des murs tapissés de photos de New York, un canapé et une table basse signés d'un célèbre designer de la rue du Bac, la pièce était à mille lieues de l'image que j'avais jusqu'alors du policier qui nous avait interrogés chez Benoît.

– Ça vous étonne, lâcha Barnier en voyant mon regard surpris. Vous pensez que les flics ont forcément un goût de chiottes.

– Non, ce qui m'étonne c'est que la police puisse s'offrir ce genre de mobilier.

– Mais ça n'est pas la police, c'est moi. Les tables en fer et les chaises Navy ça n'est pas mon truc, le salaire d'un commissaire non plus. Il se trouve que ma famille m'autorise ce genre de fantaisie. Je ne suis pas entré dans la police pour gagner de l'argent, j'ai ce qu'il me faut, en revanche j'ai toujours trouvé que jouer les fils à papa dans une fabrique de jouets, ça manque singulièrement d'adrénaline. Mais ça n'est pas le sujet, je vous ai posé une question et vous ne m'avez pas répondu.

Barnier avait fait fort. Le gosse de riche déguisé en modeste fonctionnaire, j'avoue que je ne l'avais pas vu venir. Au point d'oublier la question. De toute façon, il savait que je n'avais pas la réponse. Lui seul la connaissait et je n'avais pas l'intention d'entrer dans son jeu.

– Mais je n'en ai aucune idée, finis-je malgré tout par rétorquer en observant désormais cet étrange personnage.

– Ça n'est pourtant pas difficile à imaginer. Qui a le pouvoir de mettre sous le boisseau une enquête ? Les magistrats ? Ça n'est pas leur truc. Les flics ? Sûrement mais pour des affaires sans importance. Les journalistes ? Impossible, ils ne savent pas garder un secret même au prix d'une offre sonnante et trébuchante. Alors qui ?

– Les politiques ?

La réponse fusa.

– Évidemment les politiques. Mais pas n'importe lesquels. Oubliez les petits, les sans-grade, la plupart de ceux-là sont honnêtes et découvrent à leurs dépens qu'ils n'ont pas les clés. Quelques-uns se risquent à découvrir les délices des billets de deux cents euros mais cela leur réussit rarement. La plupart se font prendre la main dans l'enveloppe. Reste le pouvoir, le vrai, celui qui permet de faire ou d'empêcher de faire, deux ou trois ministres, le premier d'entre eux et leur chef suprême.

– Le président ?

– Bingo, s'exclama Barnier en éclatant de rire.

– Je ne vois pas ce qu'il y a de drôle, dis-je incrédule.

– C'est votre tête qui me fait rire. Ou vous êtes très naïf ou vous vous moquez de moi, monsieur Shapira. Dans les deux cas, c'est fâcheux parce que j'ai besoin de vous pour dénouer cette affaire.

Je regardais Barnier. Il ne riait plus et me fixait sans rien dire. Quel âge pouvait-il avoir ? Une grosse quarantaine sans doute, c'était quand même très jeune pour accrocher un ruban rouge à son revers. Quel service avait-il rendu, pour porter cette médaille ? L'homme n'avait plus rien à voir avec le croque-mort du cimetière et le flic passe-murailles qui s'était invité chez Barrioul. En voyant sa veste en cachemire achetée chez un des meilleurs faiseurs de l'avenue Montaigne, je me demandai ce que les flics de la PJ pouvaient penser de ce collègue pas comme les autres. Ça ne devait pas être simple tous les jours mais peu importait, c'était leur problème, le mien c'est que je n'avais pas grand-chose à dire à Barnier. Qu'attendait-il de moi ? J'allais lui poser la question quand un coup de téléphone nous interrompit. J'avais reconnu la voix du directeur de la police qui éructait dans l'appareil. Barnier raccrocha en soufflant ironique.

– Vous avez compris qu'il y a urgence, je vous rappelle à la fin de la semaine. D'ici là voyez votre ami Barrioul, je suis sûr qu'il sait beaucoup plus de choses que vous.

Et il partit sans me saluer. Je n'avais plus rien à faire dans ce bureau et pourtant j'y suis resté un long moment, me disant, pas vraiment rassuré, que l'endroit était étrange. J'étais au cœur de l'appareil policier sans que personne songe à m'en sortir. J'étais fasciné par la gravure de Tàpies accrochée derrière le fauteuil du commissaire. Taches rouge sang sur fond blanc, certaines avaient la forme de mains crispées sur un mur imaginaire.

Décidément ce flic n'était pas ordinaire : fortuné, amateur d'art, l'homme dont je compris vite qu'il serait l'une des clés essentielles de cette histoire était plus inquiétant que séduisant. Trop caméléon pour être sincère, trop prévenant pour être honnête, trop flic pour n'être qu'un simple policier. Bref, dangereux. J'étais ressorti du bureau en me jurant de le garder à distance, oubliant un peu vite qu'il est difficile d'échapper à ses personnages.

À la sortie du 36, le garde me salua d'un « bonne journée, monsieur Shapira » qui m'inquiéta plus qu'il ne me flatta. La douceur de cette fin de matinée m'invitait à rentrer à pied. J'étais un habitué de ces traversées de Paris qui me délestaient des scories du quotidien. J'y puisais l'inspiration qui me filait trop souvent entre les doigts lorsque je contemplais ma pile de papier blanc. La capitale avait beau être défoncée, je la trouvais toujours aussi majestueuse et vivante, convaincu que les agressions dont elle était victime seraient balayées par le temps. En réalité je n'avais fait qu'une cinquantaine de mètres avant de m'engouffrer dans un taxi trop heureux de trouver un client dans ce quartier sans âme. Pas envie de marcher, pas envie de traîner, fuir cet endroit le plus vite possible. En terminer avec cette matinée poisseuse. Je n'avais jamais autant aimé la rue des Francs-Bourgeois. J'avais hâte de partager avec Marianne les sentiments que j'éprouvais à l'égard de Barnier. Mais l'appartement était vide, il me restait à faire ce que m'avait suggéré le policier.

Chapitre 14

« Je ne suis pas là, laissez-moi un message. » Trois jours avaient passé sans la moindre nouvelle. Ni message ni SMS, Benoît qui habituellement pianotait plus vite que son ombre n'avait pas donné signe de vie. C'était suffisamment anormal pour que je me décide à appeler le divisionnaire. En entendant ma voix inquiète, le flic ricana.

– Mais vous n'êtes pas au courant, votre ami fait des ronds dans l'eau au beau milieu de l'Atlantique, au large du Cap-Vert. Si vous voulez le joindre, envoyez une fusée ou attendez qu'il rentre en France.

– Vous êtes en train de me dire que vous nous suivez ?

– Disons que nous sommes attentifs à vos déplacements et aux personnes que vous rencontrez. Je vous rappelle qu'on enquête sur un meurtre.

Avant de conclure sèchement :

– Rappelez-moi lorsque vous aurez trouvé Barrioul.

Six jours plus tard, le téléphone me sortit du demi-sommeil qui était mon lot nocturne depuis des années. La tête de Benoît, bronzée et rigolarde, apparut sur l'écran.

– Excuse-moi, il est un peu tôt, mais je viens d'atterrir et je découvre ton appel. Ça semblait urgent.

– Ça l'était, grognais-je, mais au bout d'une semaine ça pouvait attendre une heure plus décente.

Il enchaîna, faisant mine de ne pas m'avoir entendu :

– Ça a l'air sérieux. Si tu veux qu'on se voie maintenant, rejoins-moi en Normandie, j'y serai en fin de matinée.

Cette fois j'étais bien réveillé.

– Qu'est-ce que tu foutais au Cap-Vert ?

– Ce que je fais avec les autres présidents africains et ça me rapporte beaucoup d'argent. Beaucoup plus que tes bouquins.

– Peut-être, mais moi je suis clean.

– Mais moi aussi, s'écria Benoît avant d'ajouter en baissant la voix. Enfin… à peu près.

La maison qu'avait achetée Benoît dix ans plus tôt avait le goût de la revanche. Dans les années 50, on ne prenait pas de vacances chez les Barrioul, jusqu'au jour où un collègue du père lui proposa de passer une semaine dans la petite maison familiale qu'il possédait au cœur de Villerville à deux cents mètres de la plage. Sur les trois chambres, deux seulement avaient un lavabo et les toilettes installées au fond de la cour ne fermaient pas vraiment. Mais qu'importe, pour la première fois, Benoît quittait La Rochelle et découvrait le bonheur des rencontres éphémères et des amitiés enfantines que l'on se jurait éternelles. L'année suivante, les parents de mon ami louèrent pour trois semaines la maison voisine, plus modeste encore mais suffisante pour que les trois vivent des jours qui eurent été sans nuages s'ils n'avaient été ternis par les crises d'autoflagellation de M. et Mme Barrioul qui culpabilisaient de prendre des vacances de riches alors que les copains du Parti envoyaient leurs enfants au centre aéré de la Pallice. Fort heureusement, ces coups de déprime parentale ne duraient pas. Benoît pêchait les moules accrochées aux rochers qui longeaient le ponton, pique-niquait sur la plage, mangeait les frites du Père Georges qui plantait trois fois par semaine son camion au beau milieu de la digue. Et chaque jeudi, il allait voir Guignol, installé dans le théâtre du vieux casino. Le marionnettiste et son apprenti avaient pris en affection le jeune garçon qui dès ses premiers essais fit preuve d'une dextérité peu commune pour tirer les ficelles des gendarmes et des voleurs. Au point que lorsque mon ami me raconta ce moment d'enfance, je ne pus m'empêcher de lui faire remarquer que c'était sans doute de cette période qu'il avait appris l'art et la manière de tirer d'autres ficelles !

Son père lui avait acheté une demi-douzaine de marionnettes pour enfants, ces figurines de Guignol habillées d'un bout de tissu. Deux fois par semaine, la maison avec son unique fenêtre donnant sur la rue devenait le cadre d'un spectacle conçu et interprété par mon ami devant un public de gamins qui s'agglutinaient sur le trottoir moyennant quelques centimes. À l'entracte, la mère offrait les mûres cueillies le matin même dans les bosquets qui bordaient le cimetière.

Benoît n'avait jamais oublié Villerville. Lui qui avait vécu ces semaines de bonheur dans une minuscule masure s'était juré qu'un jour il y serait propriétaire d'une de ces maisons bourgeoises qui surplombent le village. En 2012, le hasard d'une rencontre au marché de Trouville lui apprit que la demeure d'un vieux comédien, inhabitée depuis sa mort, était à vendre. Immense et délabrée, plantée sur un bout de colline qui embrassait la mer jusqu'au large du Havre, elle avait fait fantasmer des générations d'ados qui l'imaginaient enfermant de noirs secrets. En la visitant, Benoît n'y rencontra que des chauves-souris et une armée de chats d'autant plus agressifs qu'ils avaient pressenti devoir rapidement déguerpir. La bâtisse ne comptait pas moins d'une vingtaine de pièces, petites et sombres, des ouvertures étroites et un escalier inutilement gigantesque. Trois ans de travaux et le sinistre château, sans doute bâti par un admirateur des frères Grimm, était désormais doté une dizaine de pièces vastes et lumineuses protégées de la fureur des vents par de larges baies vitrées qui coloraient l'intérieur au rythme des saisons.

Benoît n'était pas peu fier de sa maison. Je l'avais trouvé endormi à même la pelouse qui borde le salon, protégé du soleil par un chapeau de paille aux bords si larges qu'ils ombraient jusqu'au bas du visage. J'avais dû attendre un long moment avant qu'il ne s'aperçoive de ma présence.

– Ah, tu es là ! avait-il dit avant de refermer les yeux pour me signifier qu'il n'avait pas terminé sa sieste.

– Je te laisse dormir. Tu as l'air crevé.

– Une nuit blanche après six jours qui n'étaient pas de tout repos mais ça va. Avoue qu'on est bien ici.

Et il avait enchaîné sur son histoire avec Villerville. Il me l'avait racontée mille fois mais c'était un passage obligé, j'avais fait comme si je ne l'avais jamais entendu me conter ses premières vacances dans cet endroit, célèbre depuis que Belmondo et Gabin y dansèrent en hiver. Guignol le jeudi, les marionnettes les autres jours et ce comédien qui avait traversé cinquante ans de cinéma, seigneur discret des hauteurs du village, reclus jusqu'à sa mort dans cette demeure qui avait hanté les rêves de milliers de petits Barrioul.

– Tu as vu ce que j'en ai fait, conclut Benoît avec le ton fier et satisfait du parvenu qu'il n'avait jamais cessé d'être.

Je ne répondis pas, pressé de rapporter l'aveu de Barnier.

– C'est le président. L'ordre qui vient d'en haut, c'est lui.

– Tu veux dire que Marchetti a donné son accord pour maquiller l'assassinat d'Olivier ? C'est extravagant.

– Il n'a pas seulement laissé faire, il a exigé.

– Mais pourquoi, bon Dieu ! Éloïse et lui se sont croisés quelquefois, mais ça n'a jamais fonctionné entre eux. Éloïse ne l'aime pas et elle ne s'en est jamais cachée.

Benoît avait raison. Paul Marchetti n'avait jamais été en odeur de sainteté chez les Chanteclerc. Le président avait été élu sur le programme d'une gauche qui n'était pas celle d'Éloïse et d'Olivier. Sectaire. Violente. Marchetti avait levé les troupes qui s'étaient données à lui comme on se livre à un gourou. La contradiction l'insupportait et la moindre réserve d'un proche était vécue comme une méchante rébellion. La République était le meilleur des régimes à la condition d'être à sa botte. Intellectuel brillant, il noyait ses interlocuteurs dans les sophismes les plus éculés. Parangon de vertu, dénonçant la caste des milliardaires qui avait mis à sac les richesses du pays, il s'était fait élire sur un programme où la démagogie le disputait à la duplicité, bernant doublement ceux qui l'avaient envoyé à l'Élysée, désespérés d'avoir essayé tous les autres. Il avait gardé de sa jeunesse et de ses amitiés droitières un goût pour les relations sulfureuses, qu'elles fussent avec des voyous en costume trois-pièces ou des dictateurs peu fréquentables. Prônant la sobriété et la modestie, il prenait grand soin de cacher sa passion pour les voyages lointains et coûteux en leur trouvant opportunément un objet politique de circonstance. Quant à son amour « des gens », seuls les aveugles et les fanatiques pouvaient ignorer qu'il n'était que le versant électoral du mépris vulgaire qu'il affichait dès qu'un pauvre bougre s'enhardissait à lui répondre. Une fois élu, après quelques mois d'esbroufe révolutionnaire Marchetti-Janus se glissa avec délice dans les habits d'apparats de cette République qu'il devait mettre à bas et s'installa dans un centre mou qui le faisait un jour petit père des peuples et le lendemain détesté de tous. Au final, un politicien comme les autres. En pire.

– Et c'est tout ce qu'a dit Barnier ? C'est énorme mais un peu court.

Benoît avait posé la question en se relevant non sans difficulté. Je le regardais, il marchait en claudiquant.

– Tu boites ?

– L'arthrose. Quand je suis fatigué. L'avion, la voiture, une nuit sans sommeil, ça n'est plus de notre âge, il faut se faire à cette idée, on est vieux.

– Parle pour toi.

– Mais non, Rodolphe, ne te raconte pas d'histoires. La Rochelle, la petite maison, les filles d'un soir, tout ça c'est loin, très loin. On a passé notre vie à se jouer la comédie du pouvoir, il est temps de regarder la vérité en face. Que tu le veuilles ou non, l'heure du bilan sonne à la porte. Chanteclerc, lui, n'a rien vu venir.

– C'est peut-être mieux ainsi, dis-je mi-ironique mi-affligé.

– Non c'est pire. D'autres vont le faire pour lui. Et ce ne sera pas beau à voir. On ne meurt pas assassiné pour rien.

– Et ?

– En l'occurrence, je ne vois que deux hypothèses, la vengeance ou le règlement de comptes. La vengeance. Éloïse ? Peut-être. Elle en a pris plein la figure pendant quarante ans il y a de quoi péter les plombs mais je n'arrive pas à y croire. La mère de Sophie Valcroze ? Ça paraît plus sérieux.

– C'est toi qui dis ça ! Alors qu'il y a deux semaines à peine tu m'as insulté, parce que je ne voulais pas balayer d'un revers de main les accusations de viol contre Olivier. On ne meurt pas assassiné pour rien mais on ne se suicide pas non plus sans raison. C'est vrai qu'on n'imaginait pas Chanteclerc capable d'une saloperie pareille, mais on ne croyait pas non plus qu'un ministre de la République puisse mentir avec un tel aplomb au président, au Premier ministre et à cinq cent soixante-dix-sept députés, ni qu'un gentil animateur télé, brave type aux yeux de tous, puisse être un pilier du trafic de cocaïne en France, ou que des coaches respectés et admirés puissent violer des années durant leurs jeunes protégées. Et que dire de ces hommes d'Église qui ont abîmé des milliers d'ados…

J'allais poursuivre mais Benoît m'arrêta en grommelant :

– Tu mélanges tout. Olivier n'avait rien à voir avec ces gens.

– Bien sûr que si. L'ivresse du pouvoir. De toutes les formes de pouvoir.

Il enchaîna sans répondre pour balayer finalement l'hypothèse Anne-Marie Valcroze.

– En revanche, dit-il, m'entraînant dans le parc, j'opte volontiers pour le règlement de comptes.

La dernière fois que j'étais venu chez Benoît, le jardin n'était qu'une forêt où se mêlaient dans un désordre centenaire chênes et bouleaux. Beaucoup avaient été abattus, d'autres taillés pour faire de ce bout de nature récalcitrant un parc à l'anglaise à peine moins grand que le jardin du Luxembourg. Nous marchions dans une allée bordée de roses et d'hortensias quand Barrioul me prit par le bras, m'indiquant le banc qui nous faisait face.

– Asseyons-nous là, je vais te dire pourquoi je crois au règlement de comptes. Ce qu'a publié la semaine dernière le *Canard enchaîné* sur le financement de la campagne de Marchetti est vrai.

– L'Élysée a démenti.

– Que veux-tu qu'il fasse d'autre ? Je peux te dire que non seulement il n'y a rien à retirer mais que c'est très en dessous de la réalité. L'informateur du *Canard* n'a pas vraiment lâché les vannes. Je le sais parce que c'est moi l'intermédiaire dont parle le journal.

– C'est toi qui les as appelés ? m'exclamai-je abasourdi.

– Bien sûr que non, je ne suis pas maso.

Le Canard enchaîné avait été repris en boucle par les chaînes d'info, mais elles avaient promptement lâché l'affaire après le communiqué du président. Il y avait pourtant de quoi creuser tant les informations publiées avaient le goût de soufre qu'affectionnent habituellement *Mediapart* et quelques autres, mais la concurrence n'est pas toujours bonne conseillère et ces sites détestaient jouer les voitures-balais. Dommage, on parlait de dizaines de millions d'euros. Yvan Marchetti, le candidat intègre qui chaque jour sur les estrades clouait au pilori ses adversaires accusés de se servir dans les caisses noires des entreprises, piochait goulûment dans les poches de ses amis africains. Une petite année avait suffi pour avaler les vingt-cinq millions d'euros passés sous les radars des comptes de campagne du futur président. Benoît, l'ancien ministre de droite qui s'était aventuré quelques années auparavant dans les terres inconnues de la gauche bien élevée, avait décidé de pousser le curseur jusqu'à l'extrême en proposant ses services à Marchetti. Les deux s'étaient rencontrés au Sénégal dont les dirigeants n'avaient pas de mots assez durs pour dénoncer la politique postcoloniale de la France.

Barrioul conseillait le président sénégalais en fonction, Marchetti soutenait son opposant et l'un comme l'autre expliquaient à leur poulain du moment, que seul le projet de Marchetti candidat mettrait fin à cette Françafrique détestée. Benoît fit merveille. En quelques jours il livra au futur président français une valise si pleine qu'il n'eut pas de mal à le convaincre qu'avec lui l'argent affluerait suffisamment pour financer une campagne à faire pâlir les Américains. Jets privés, meetings géants, feux d'artifice dignes chaque soir d'un 14 Juillet parisien, une armée d'hôtesses toutes de rouge vêtues, les meilleurs DJ made in France, un cortège de 4 × 4 et de vans protégés par un service d'ordre pléthorique, c'était si spectaculaire qu'à moins de vingt mille personnes, Marchetti refusait de faire le voyage. L'apothéose avait eu lieu entre les deux tours. Ils étaient près de deux cent mille à la République et dans les rues adjacentes.

Les allers-retours de Benoît au Sénégal étaient devenus hebdomadaires au plus fort de la campagne, justifiés par les conseils prodigués au président sénégalais. Entre valises, sacs de voyage et attachés-cases, la quantité de liquide rapatrié était variable d'une semaine à l'autre. Benoît bénéficiait d'un passeport diplomatique qui lui avait été octroyé à la demande de plusieurs dirigeants africains et les douaniers du Bourget étaient ses meilleurs amis. Dans son article, *Le Canard enchaîné* avait été modeste. Au total, plus de trente-cinq millions d'euros en liasse de cent et de deux cents avaient ainsi voyagé incognito aux bons soins du conseiller Barrioul. Vingt millions avaient financé les délires pharaoniques de Marchetti, et le reste équitablement réparti sur les comptes offshore du candidat et de ses proches. Dont Benoît qui se servait à chaque voyage avant de livrer la précieuse marchandise. Surtout ne pas faire de jaloux et arroser tous ceux qui pourraient avoir des velléités d'honnêteté. Sociétés-écrans, associations bidon, entreprises amies, armada de babioles inutiles, prétendument vendues aux adeptes du gourou, fausses factures et double comptabilité, Benoît Barrioul s'était imposé comme le coordonnateur en chef de l'organisation mafieuse qu'était devenue la campagne du futur président. On écoulait les billets en coulisse pendant que Marchetti, l'âme pure et la parole forte, haranguait la foule venue entendre la promesse d'un futur juste et transparent. Tandis que le bon peuple repartait rassasié de ces mots annonçant des lendemains radieux, le candidat et sa troupe s'affalaient dans les fauteuils moelleux d'un jet qui regorgeait de champagne et de boissons fortes. Les valises de billets étaient tout-terrain et le bien-être du chef n'avait pas de prix.

Voilà plus d'une heure que nous étions assis sur ce banc. J'avais écouté sans broncher Benoît me conter ses exploits. Ni honte ni regret. D'abord mezza voce, comme s'il soupçonnait une oreille ennemie cachée derrière le bosquet de roses qui emplissaient l'air ambiant d'un parfum léger, il avait conclu d'une voix forte, m'assurant en riant que rien ni personne ne pourrait prouver qu'il était à l'origine de cette pluie d'or venue d'Afrique.

– *Le Canard* aura beau s'ébrouer dans sa mare, ils ne me retrouveront jamais. Le liquide s'est solidifié au soleil de paradis inconnus. Et je fais partie du cercle des amis disparus. Je n'ai jamais revu le président depuis son élection. Un client de perdu, dix de retrouvés, s'exclama Benoît goguenard. En revanche…

Il s'arrêta net semblant ne pas y croire lui-même.

– Tu penses qu'Olivier avait trouvé quelque chose ? enchaînai-je, devançant ce qu'il allait me dire.

– Pourquoi pas. Et si c'était lui l'informateur du *Canard* ? Imagine que Marchetti l'ait appris. Le président, pris de panique, fait assassiner le journaliste. Ça se tient, non ?

– Dans un polar sûrement. Dans la vraie vie ça me paraît peu crédible.

– Mais de quelle vie parles-tu, Rodolphe ? Celle de tes romans ? Tu me fais rire avec tes personnages en carton-pâte. Tu ne t'es jamais dit que la fiction a toujours un train de retard sur la réalité ? L'histoire des faits-divers regorge de mensonges et d'atrocités qu'aucun auteur de roman policier, aucun réalisateur de thriller n'oserait imaginer. L'histoire politique est pire encore, on ne tue pas seulement à coups de mots et de trahisons. Maladie foudroyante, infarctus, accident, les dictatures n'ont pas le monopole des morts inexpliquées. Et Marchetti n'est pas du genre à trembler. Tu ne trouves pas étrange que l'on ne sache toujours pas comment Olivier a été tué ? Avant de décoller pour le Cap-Vert, j'ai appelé Barnier pour lui poser la question. « Secret défense », c'est tout ce qu'il a trouvé à me répondre. Je t'en foutrais moi du « secret défense », je ne vois pas ce qu'Olivier a à voir avec la défense.

– Méfie-toi, Barnier est un très bon flic. Apparemment il connaît beaucoup de choses. C'est lui qui m'a dit de te voir. Comme s'il savait.

– Impossible. Aucune trace. Nulle part. Il doit seulement penser que je connaissais mieux Olivier que toi.

– Ce qui est vrai.

– Bien sûr que non. Pas plus que toi ou Charles je n'ai imaginé un instant qu'il puisse agresser une gamine.

– Quoi qu'il en soit, fais attention. C'est toi qui me sembles un peu naïf. Tu n'es pas le seul à savoir ce que vous avez trafiqué, Marchetti et toi.

– Aucun ne savait d'où venait cet argent.

– D'où, non. Mais ils imaginaient bien qu'il venait de quelque part. Dans ce genre d'affaires, il y a toujours un maillon faible. Les flics finiront par le trouver. Et quand ils auront mis la main sur la pelote ils n'auront plus qu'à dérouler le fil.

– Mais non, c'est impossible, Barnier ne trouvera rien.

Je regardai les mains de Benoît. L'une tapotait nerveusement sur le banc, l'autre tremblait. Benoît était en boucle assurant que ça n'était pas possible comme s'il voulait s'en convaincre lui-même mais ce n'était plus le Barrioul au ton provocateur de ceux qui se croient intouchables. Depuis quelques minutes, l'ancien ministre, le grand communicant, sûr de sa mauvaise foi, n'était plus qu'une citrouille apeurée.

Je ne cherchai pas à le rassurer. Autour de moi, les bosquets où se mêlaient dans un savant désordre aubépins, églantiers, sardanes et houblon, bruissaient de plaisir à deux pas de la roseraie plantée en pente douce jusqu'à la mer. C'était beau. Et à vomir. De ces fleurs n'émanait plus que l'odeur fétide de l'argent sale. Je fis sonner mon téléphone et, prétextant un rendez-vous impromptu, plantai Benoît sur le chemin du pavillon de chasse.

Dans la voiture, l'animateur de France Musique débitait pompeusement des banalités à propos de la *Troisième Symphonie* de Brahms, sans doute piochée dans les fiches préparées par le stagiaire de la production. C'est ainsi que j'appris, entre les péages de Beuzeville et d'Heudebouville, que le troisième mouvement de cette symhonie avait servi de thème musical à *Baby Alone in Babylone* de Gainsbourg, qu'il fut repris par Sinatra, Dorothy Ashby et Carlos Santana pour *Love of My Life*. Et toujours pas de musique ! Je coupai avant qu'inévitablement ce porte-micro nous rappelle que ce troisième mouvement avait été choisi par Litvak pour accompagner les états d'âme d'Ingrid Bergman et d'Anthony Perkins. Avec Wikipédia, l'imposture est à portée de toutes les bourses.

Chapitre 15

La bouteille de bière à moitié consommée n'était plus très fraîche. Marianne devait être endormie depuis un bon moment. Elle était revenue dans l'après-midi d'un procès compliqué. Les assises de Lyon faisaient depuis quarante-huit heures la une des journaux télévisés. Le féminicide était tristement banal, le procès beaucoup moins. Les enfants du meurtrier avaient refusé d'accabler leur père. Seul le frère de la victime s'était porté partie civile. Aux côtés de ce dernier, Marianne avait dû batailler ferme pour protéger la mémoire de cette femme, malmenée jusque dans l'enceinte du palais de justice. Le mari y était décrit comme un père aimant, adoré de ses enfants, un garçon et une fille d'une quinzaine d'années qui avaient dépeint un couple amoureux, jamais avare de gestes tendres. Les deux étaient pensionnaires depuis la sixième et avaient assuré à la cour qu'ils attendaient avec impatience les week-ends et les vacances pour retrouver leurs parents. Ce n'est qu'au deuxième jour d'audience qu'une vérité très différente s'était fait entendre. L'homme était violent, d'une jalousie pathologique et les disputes fréquentes. Mais la mère, pour protéger l'image familiale, et le père, par peur de perdre ses enfants, avaient appris à jouer, le temps des week-ends, la comédie du bonheur. Jusqu'au jour où le prévisible s'était produit.

Je regardais ma femme allongée sur le canapé. Je contemplais silencieux ce corps abandonné dont je connaissais le moindre grain de peau et fut pris d'une violente rage à l'idée qu'un salopard puisse l'agresser. Marianne se réveilla en sursaut, et sourit tristement.

– Alors ? demandai-je.

– Vingt ans ferme.

– C'est bien ?

– C'est inespéré. Mais je n'oublierai jamais ces deux ados qui sont passés devant moi, le regard haineux et ont crié à l'injustice sur les marches du Palais. C'était horrible.

– Peut-être mais tu as gagné.

– Pas vraiment, je n'ai pas réussi à convaincre les enfants que leur mère est morte d'avoir voulu les protéger.

– Laisse-leur le temps. Ce sont encore des enfants.

– Mais non, lui aura dix-sept ans dans un mois, elle en a quinze depuis quelques jours. À les entendre, leur père a toutes les qualités. Ils ont juste oublié qu'il battait sa femme et qu'il a fini par la tuer.

– Mais ils n'en savaient rien. Le fait de l'apprendre à la mort de leur mère n'a pas effacé quinze ans d'amour. Ils adoraient le père généreux, attentif qu'ils croyaient avoir, ils n'ont pas cessé d'aimer ce père assassin. Difficile à entendre, j'en conviens…

Marianne m'empêcha de poursuivre.

– Ça, c'est de la psychologie de bistrot. La vérité, c'est qu'en témoignant à décharge pour leur père, ils ont tué une deuxième fois leur mère. Continue comme ça et tu vas bientôt m'expliquer que c'est elle la coupable, qu'en cachant la vérité à ses enfants et en ne fuyant pas au premier coup, elle a armé le bras de son mari.

– Pas du tout mais plutôt que de leur reprocher leur témoignage, imagine leur blessure. Aujourd'hui, c'est de compassion que ces enfants ont besoin, pas d'accusation.

– Mais je n'accuse pas, je suis révoltée de voir que la mémoire de cette femme a été piétinée au nom d'une justice qui bombe le torse et se satisfait de la condamnation du meurtrier sans un mot pour la victime.

– Vingt ans, il paie cash.

– Quoi qu'il arrive, moins que la mère de ses enfants ! Et pour une condamnation, combien d'ordures, bons pères, gentils collègues, charmants amis, qui harcèlent, agressent, violent en toute impunité ? Pour les victimes, la blessure ne sera jamais prescrite mais ceux qui disent le droit ont décidé qu'il en serait autrement pour les agresseurs. La prescription n'est que l'ultime lâcheté d'une justice qui regarde ailleurs. Cette justice des hommes est décidément bien nommée. Masculine par tous ses pores. Une justice de notables qui derrière leur hermine maquillent les brêmes de leur machisme.

– N'exagère pas. Au Palais on croise plus de femmes que d'hommes. La colère t'égare, les choses bougent.

– Tu es sérieux ? Le nombre n'a jamais gommé les discriminations, il en est même devenu l'alibi le plus commode. La plupart des jeunes femmes que tu vois dans les couloirs courent après une commission d'office quand elles ne sont pas réduites à n'être que le porte-documents d'un grand maître. Au Palais, les petites mains sont nombreuses, les grandes signatures rarissimes, ce sont toujours les mêmes noms qui sont avancés par une justice qui continue de se draper dans sa dignité masculine. Combien de ténors du barreau au féminin ? Combien de hauts magistrats portent une robe ailleurs que dans l'enceinte des chambres ? Le jour où les femmes et les hommes rendront la justice à parts égales, le sort des violeurs s'en trouvera différent. Sur ce, je vais me coucher.

Et joignant le geste à la parole, Marianne se leva, m'embrassa d'un baiser furtif et m'invita à la rejoindre.

À demi endormie, enfin apaisée, elle se blottit contre moi et me dit dans un souffle :

– Je t'aime parce que tu ne t'aimes pas. Nous ne sommes pas comme eux, Rodolphe.

J'allais lui répondre, mais elle dormait déjà. Marianne était belle, le corps à peine alourdi par les années qui s'étaient envolées sans laisser de traces. Ses seins menus étaient ceux de ses vingt ans, seule la marque d'une césarienne striait discrètement son ventre si doux et tendre que je m'y perdais encore aujourd'hui aussi délicieusement que lors de nos premières étreintes. Plus que mon point d'ancrage, elle traçait pour moi des lignes infranchissables. D'un côté, ceux que je croisais tous les jours, Olivier, Benoît, Charles et leurs hologrammes qui par milliers se gargarisent de leurs mensonges sur les estrades. Face à eux, ma femme était de cette armée qui ne promettait rien mais qui se battait avec la foi des croyants. Marianne n'avait pas la sérénité des naïfs, mais la conviction des combattantes. Vivre à ses côtés n'était pas de tout repos. On s'accrochait, je lui reprochais sa rigueur quand elle prenait les couleurs de l'intolérance, elle m'accusait d'être d'une complaisance complice à l'égard de certains de mes amis qu'elle détestait, mais sans elle j'aurais depuis longtemps basculé dans un contentement de soi délétère. Elle n'était pas seulement ma compagne, elle était un moteur de vie qui palliait mes défaillances et mes doutes.

Je lui enviais jusqu'à son sommeil, si calme et profond qu'il semblait plonger dans l'éternité de la mort. Au point que je ne m'endormais jamais sans me blottir au creux de sa poitrine pour vérifier que son cœur battait au rythme lent de la nuit. Nos corps mêlés avaient traversé le temps sans cette usure que l'on dit inévitable. Cette nuit-là, la main de Marianne avait glissé sur mon sexe avant d'y revenir et de s'y arrêter. Nos mains s'étaient croisées. Elle avait joui dans un demi-sommeil.

Le mien fut comme à l'ordinaire. Chaotique, tapissé de photos de ces gens qui avaient traversé la route de Chanteclerc, Anne-Marie et Sophie, Charles et Benoît, Marchetti et Barnier, Éloïse et Nathan… Mais bon Dieu, c'est quoi l'histoire, me dis-je en sursautant au bruit d'une clé ferraillant avec la serrure de la porte d'entrée.

Habitée par mes fantômes, la nuit avait été plus longue que je ne l'imaginais. Il était près de 11 heures, Garance était debout au milieu du salon. À trente-cinq ans, notre fille ne ressemble pas à sa mère, elle est Marianne. Même visage que l'on imaginait dessiné par un peintre italien, coiffée d'une abondante chevelure brune et bouclée, des yeux bleus presque transparents qui lui donnaient ce regard étrange. Doux et volontaire, copie conforme de celui de ma femme. Garance avait fait très tôt le choix d'une vie qui nous échappait. Archéologue, devenue une expatriée intermittente plus souvent du côté de Louxor ou d'Athènes que dans la maison de Dordogne dans laquelle elle s'était installée à peine diplômée. Fille unique choyée et aimante, elle avait à vingt ans quitté sa chambre d'enfance pour un appartement qu'elle avait acheté sur les quais de Seine avec notre argent avant de le revendre pour acquérir cette maison dans la campagne sarladaise. Nous ne doutions pas qu'elle nous aime, mais elle détestait Paris et mes amis. FaceTime avait depuis longtemps remplacé les déjeuners du dimanche. Je l'avais accepté, Marianne en souffrait, mais n'avait jamais rien dit. La vérité c'était que nous ne savions rien de la vie de notre fille. Ni de ses amours ni de son travail. Et nous n'avions qu'une peur, qu'elle coupe définitivement les ponts. Pour nous rassurer plus que pour l'inciter à revenir, nous lui avions laissé les clés de notre appartement. C'était notre manière de gommer le temps et de l'imaginer, adolescente, enlevant ses chaussures au creux de la nuit.

– Oh ! Pardon, je ne t'ai pas réveillé au moins ?

Garance m'avait embrassé distraitement comme si nous nous étions quittés la veille au soir. Seul son bronzage témoignait du contraire. Elle revenait du Pérou après une demi-année passée aux côtés d'une équipe polonaise installée sur le site d'El Castillo de Huarmey. S'affalant sur le canapé d'angle qui fait face aux fenêtres donnant sur la rue, elle enchaîna sur ses trouvailles sans même répondre à ma proposition de petit déjeuner. Sur la côte est du Pérou dans la région d'Ancash, m'avait-elle expliqué, ce site constituait une nécropole de plus de quarante-cinq hectares, bâtie par l'empire Wari, l'un des États qui avaient précédé l'ère Inca. Il y a une dizaine d'années les premières fouilles avaient dévoilé les restes d'une femme inhumée avec ses bijoux, la reine de Huarmey et une cinquantaine de corps découverts à proximité. Cette métropole royale avait confirmé que chez les Waris et dans les autres cultures andines de l'époque, les textiles étaient des biens plus précieux que l'or et l'argent. L'équipe polonaise qu'elle avait rejointe en avait eu confirmation en découvrant sept nouvelles dépouilles et de nombreux objets : des outils liés aux activités artisanales pratiquées dans cette région d'Ayacucho il y a mille cinq cents ans.

Garance, la solitaire, parlait et m'avait oublié, racontant ses fouilles sans manifester la moindre curiosité pour ce qui avait pu se passer au-delà des frontières péruviennes depuis six mois. Les Français avaient signé un nouveau bail à leur président, histoire de garder leur punching-ball favori, Mélenchon occupait quotidiennement les antennes en aboyant sa bible révolutionnaire, Sarkozy peinait à compter les années de prison qui lui étaient facturées, Le Pen, de son côté, comptait ses chats en attendant la terre promise et il faisait toujours aussi chaud. Ma fille n'avait pas tort, rien que de très ordinaire au mitan de cette année 2022. Rien qui vaille le Pérou. À l'exception de cette guerre aux portes de l'Europe et des massacres qui y étaient perpétrés. Le bruit des canons s'était fait entendre jusqu'à Lima. Au point que Garance interrompit brutalement son monologue archéologique pour m'interroger sur un ton agressif que je ne lui connaissais pas.

– Tu crois que Zelensky et les Ukrainiens vont y arriver ?

Je m'étais contenté de répondre par un entre-deux qui épousait la ligne de flottaison choisie par les Américains et leurs alliés européens.

– Ça dépend de ce que tu entends par y arriver, dis-je prudemment.

Ce qui eut pour seul effet d'augmenter brutalement le niveau sonore de notre conversation.

– Comment peux-tu dire un truc pareil ? Dantzig, ça te dit quelque chose ? On n'a pas voulu mourir pour un corridor et un an plus tard les bottes nazies piétinaient les Champs-Élysées.

– Tu dis n'importe quoi, ça n'a aucun rapport.

– Bien sûr que si. Hitler, Staline, Poutine, la seule différence c'est qu'aujourd'hui les dictateurs n'ont plus de moustache. L'Ukraine, c'est un coup d'essai. Ça passe ou ça casse. Si ça passe pour les Russes je ne donne pas cher de l'Europe avec ou sans Poutine. Sur ce coup, les Polonais ont raison, ils savent de quoi ils parlent.

Voilà ma fille. Emportée, véhémente, elle n'avait pas seulement la grâce et la beauté de sa mère, comme Marianne, elle détestait les lâchetés habillées de compromis bancals. L'une avait choisi le combat des femmes, l'autre fui les hommes et ses contemporains pour fouiller le passé de l'humanité. L'une parlait haut et fort pour que la voix de ses sœurs d'armes ne soit pas écrasée par le brouhaha politique, l'autre avait choisi d'ignorer le bruit médiatique pour dialoguer avec des morts millénaires. Les deux avaient chevillée au corps la haine de cette société pousse-toi-que-je-m'y-mette qui jongle avec les vérités arrangées.

– Tu n'en as pas marre de tous ces connards ? m'avait lâché un jour Garance avant de disparaître une année entière dans la plaine d'Angkor, pour participer aux fouilles proches de l'aéroport cambodgien de Siem Reap.

C'était en 2013, je lui avais raconté la pression devenue insupportable qu'exerçait Lecœur m'intimant d'écrire ce Prix dont il rêvait et que je n'obtins jamais.

– Fous le camp, avait ajouté ma fille. Tu vaux mieux que cette enfilade de mots que tu vends à la découpe. Je décolle la semaine prochaine pour Phnom Penh. Viens avec moi.

– Pourquoi pas ? avais-je répondu après que Garance m'eut fait miroiter les mers de rizières hérissées de palmiers, ce méli-mélo d'îles et d'îlots irrigué par les crues d'un Mékong aux bras multiples encombrés de pirogues slalomant entre dauphins et tortues géantes.

– Mes amis n'ont rien à voir avec les tiens, avait-elle ajouté pour achever de me convaincre. Je sais que beaucoup nous considèrent comme les professeurs Nimbus d'un passé inutile. Mais comment comprendre le présent si nous ne déterrons pas l'intelligence qui a façonné notre humanité ? Qu'avons-nous inventé qui ne soit en gestation dans les terres grecques ou romaines ? Notre prétendue civilisation n'a pas lissé les esprits, elle a exacerbé les antagonismes. Avec leur violence, nos ancêtres étaient des enfants de chœur à l'aune des massacres collectifs orchestrés depuis cinq siècles par des gens prétendument civilisés. Je n'ai pas choisi d'être hors du monde j'ai simplement décidé de ne pas faire partie du vôtre.

Et elle avait conclu en murmurant comme si elle se parlait à elle-même :

– À sa manière Maman a fait le même choix.

Je n'ai jamais accompagné Garance et dix ans après cette conversation, notre fille continuait d'ensemencer les terres lointaines de ses certitudes adolescentes. Entre le Cambodge et le Pérou, elle avait passé plus de six années à fouiller le sol italien, entrecoupées de séjour en Dordogne. Je la regardais, toujours plantée, debout dans le salon et à cet instant je me moquais bien de Poutine et de ses troupes assassines.

– Tu veux un café, dis-je pour couper court à cette conversation qui me paraissait d'autant plus incongrue que ma fille avait disparu de notre vie depuis trois longues années.

– Maman dort encore ?

– Oui, elle sort d'un procès compliqué.

– J'ai vu, j'étais en Dordogne. C'est toujours compliqué avec Maman sinon ça ne l'intéresserait pas, dit-elle en souriant, mais elle a gagné c'est l'essentiel.

Je ne dis rien des doutes de Marianne et enchaînai.

– Et toi, comment tu vas ? Le Pérou, l'Ukraine, c'est bien mais toi, Garance ? J'imagine que si tu débarques ainsi sans prévenir c'est qu'il y a une raison.

– Oui, Olivier… J'ai découvert sa mort en feuilletant un journal que la femme de ménage avait oublié chez moi. Il a vraiment été assassiné ?

– C'est ce qu'affirment les flics.

– On sait comment ?

– Non. Ils ne veulent rien dire. Pour faciliter l'enquête paraît-il. Tout le monde ment dans cette affaire. À commencer par Éloïse, étrangement appuyée par le président.

– Tu crois que Marchetti pourrait être mêlé à cet assassinat ?

– Je l'ai pensé mais Benoît qui le connaît bien m'a assuré du contraire. Pas assez stupide pour faire une telle connerie, m'a-t-il rétorqué en me racontant…

Je me suis arrêté en pleine phrase. Marianne, à demi nue, les yeux encore ensommeillés, venait d'entrer dans le salon.

– J'ai cru que je rêvais en entendant ta voix, dit-elle avant d'embrasser Garance. Qu'est-ce que tu fais là ? Je te croyais au fin fond des Andes.

– Je suis rentrée la semaine dernière et j'ai découvert ce qui était arrivé à Chanteclerc. Je voulais savoir comment vous alliez.

– Oh ! Moi, très bien. Les amis de ton père n'ont jamais été les miens, tout ce que je sais c'est que cette histoire nous pourrit la vie. Les flics ne lâchent pas Rodolphe alors qu'on ne voyait plus son copain depuis des lustres. Du coup ton père n'arrête pas de faire des nœuds. Parce qu'ils ont grandi ensemble, il a longtemps pensé qu'il était comme eux, qu'ils étaient comme lui. Mais non, Rodolphe n'a rien à voir avec Olivier. Il m'a suffi d'un week-end à la Réunion il y a vingt ans pour comprendre le personnage. Faussaire le jour, équilibriste la nuit, se jouant d'une corde raide qu'il imaginait incassable.

Ce week-end à l'autre bout du monde, Marianne me l'avait souvent rappelé. Je me souviens qu'à l'époque ce qu'elle m'avait dit du journaliste n'avait provoqué chez moi qu'un doute agacé. Je lui en avais voulu de prendre pour argent comptant les rumeurs colportées par une de ses consœurs que j'imaginais jalouse et sans doute vexée de ne pas avoir retenu l'attention du grand homme. Les deux femmes qui avaient débuté dans le même cabinet avaient pris l'habitude de courir ensemble chaque matin au point de se lancer dans des marathons qui leur firent imaginer pouvoir parcourir les cent vingt-cinq kilomètres de la Diagonale des Fous. Les week-ends de l'année 2000 furent peuplés de cartes et de rêves sur les sites réunionnais les plus inaccessibles. Le piton de la Fournaise, les cirques de Mafate et de Cilaos, autant d'endroits dont Marianne et Juliette pensaient tout connaître avant même d'avoir décollé de Paris. Partis de Saint-Joseph, les plus rapides arrivent à Saint-Denis moins de vingt-quatre heures plus tard tandis que la plupart ont besoin de deux jours et plus pour gravir les pics, traverser les plaines, absorber dix mille mètres de dénivelé. Cette année-là, à l'aube du troisième jour, un hélicoptère avait déposé à quelques centaines de mètres du gros de la troupe Olivier Chanteclerc, accompagné du patron d'une marque de vêtements de sport. Ignorant Marianne qu'il avait fait mine de ne pas voir, frais et reposé après vingt-quatre heures passées au Lux Saint Gilles, le grand reporter s'était porté à la tête des milliers de participants à bout de souffle, pour expliquer combien il appréciait de participer à cette course inhumaine qui témoignait du courage (entendez le sien) de ces participants. Non, pas de photo s'il vous plaît, je suis parmi vous, anonyme. Foutage de gueule si provocateur que Marianne allait se précipiter pour lui crier ses quatre vérités quand Juliette la retint par la manche.

– Arrête Marianne, tu ne vas pas me dire que tu découvres les frasques hebdomadaires de ton ami. Des voyages de cette nature, il en a déjà fait des centaines. Cannes, Venise, les îles Vierges, Biarritz et mille autres endroits, le moindre prétexte est bon pour trouver un généreux donateur prêt à payer pour compter, le temps d'un dîner ou d'un week-end, un hôte de si grande valeur. Et si d'aventure cela peut se traduire par un discret renvoi d'ascenseur dans l'une de ses émissions, le bonheur du tour opérateur anonyme n'en est que plus complet.

J'ajouterais qu'il n'était pas rare que dans ces occasions, Olivier sorte devant des convives éblouis son carnet noir et griffonne quelques notes, expliquant d'une voix faussement modeste qu'elles lui seraient utiles pour son prochain roman. Jamais écrit mais si souvent évoqué que pour un auditeur peu averti de la chose littéraire, il aurait fort bien pu s'agir du vingtième et non du premier. Certains prétendaient même que nombre de ses reportages envoyés du bout du monde n'avaient été en réalité que la pâle copie d'articles écrits par des confrères étrangers quand le journaliste n'avait pas tout simplement soudoyé un scribe local pour rédiger ses fresques guerrières. Olivier qui ne manquait pas de talent l'utilisait surtout pour habiller le travail des autres. En toute impunité.

Tant qu'il rapportait plus d'argent qu'il n'en coûtait..., concluais-je. On ne touchait pas au grand homme. Et puis dans son monde chacun se tient par la barbichette. *No Limit.*

Marianne avait soif. Il était plus de midi, je lui avais proposé un jus de pamplemousse plutôt qu'un café ou un petit déjeuner. Garance m'avait rejoint dans la cuisine.

– Tu étais au courant ? me demanda ma fille d'un ton réprobateur.

– Oui mais quand ta mère m'a raconté cette histoire je n'ai pas vraiment voulu la croire. Il m'a fallu du temps pour admettre qu'Olivier était tout sauf un type bien. Juste une boursouflure qui ne pensait qu'à sa gueule et qui se servait de nous pour se refaire une virginité quand le vent du boulet passait un peu trop près.

Je sentais le souffle de Garance dans mon dos. En m'entourant de ses bras, elle avait posé sa tête sur ma nuque et me glissa tendrement :

– Papa, à propos de limite je voudrais te demander un truc…

– Oui, répondis-je sans me retourner.

– Ce que je t'ai dit…

Mais elle s'était interrompue. Marianne venait d'entrer dans la cuisine.

– Qu'est-ce que vous vous racontez ? demanda ma femme en riant.

– Des histoires d'Incas, Papa trouve que ce pourrait être un formidable sujet de livre.

Marianne n'était pas dupe mais fit semblant de nous croire et proposa de déjeuner chez Camille à deux pas de notre appartement.

– Tu ne seras pas dépaysée, dit-elle. On y sert une cuisine périgourdine pas franchement légère mais top. Ton père adore. Et puis c'est notre manière à nous de rester près de toi.

À table, mère et fille parlèrent à l'unisson pour dénoncer mes lâchetés du quotidien.

– La différence est ténue, dit Garance entre couleuvres et vipères. Avaler les premières c'est prendre le risque d'être mordu par les secondes.

– Tu as trop longtemps refusé de voir qui était réellement Olivier, renchérit Marianne, me rappelant que Charles m'avait souvent alerté.

– L'imposture est un art mais ça n'est pas le mien, m'avait dit un jour Pietragalli. Le comédien ne triche pas quand il se glisse dans la peau d'un autre, il n'y a pas de tromperie sur la marchandise. À l'inverse, chez Chanteclerc et tous les clowns blancs qui peuplent son cirque, le factice n'annonce jamais la couleur.

Au restaurant, j'avais rapidement rendu les armes.

– C'est vrai que je n'aime pas les conflits, avais-je répondu. C'est pour cela que j'ai abandonné la vie de prof pour l'écriture. Personne à affronter sinon des personnages qui sont censés se plier à tous mes caprices. Manipulation facile, résultat immédiat. Exit les emmerdeurs, les grincheux, les jamais contents et surtout les cons, à moins qu'ils ne soient utiles à mon histoire. Bref, la vie rêvée.

– Une vie d'autruche, tu veux dire, avait glissé Garance d'une voix si douce que je m'étais contenté de grimacer sans répondre. Parce que Chanteclerc, comme connard, on ne fait pas mieux. Tu te souviens, il y a dix ans, je t'avais proposé de m'accompagner au Cambodge pour découvrir un autre monde. Pour qu'une fois dans ta vie tu te coltines à la réalité. Tu as fait semblant d'hésiter mais je savais que tu ne viendrais pas. Finalement tu t'accommodes très bien de ce monde que tu dis détester.

Garance était injuste mais je n'avais pas envie de me fâcher avec ma fille. J'allais répondre que ce voyage au Cambodge, j'avais désormais très envie de le faire quand le nom d'Éloïse s'inscrivit sur mon téléphone. Nous ne nous étions pas reparlé depuis l'enterrement de Chanteclerc. La voix de sa femme était méconnaissable. Cassante et suppliante, Éloïse parlait fort, je m'étais éloigné, mais pas suffisamment pour que Marianne et Garance n'entendent pas sa demande pressante :

– Je t'attends chez moi, les flics fouillent partout. Je ne veux pas rester seule.

– Vous avez entendu, dis-je à ma femme et ma fille. Je vais y aller.

Marianne n'aimait pas beaucoup Éloïse. Elle lui avait souvent reproché d'accepter les humiliations que lui infligeait Chanteclerc au point qu'un jour de verve elle avait déclaré qu'en lui coupant les vivres elle lui couperait le reste. Ça m'avait fait rire, Éloïse était partie en claquant la porte et les deux ne s'étaient plus jamais adressé la parole.

– Vas-y, dit-elle tu n'as pas le choix.

– De toute façon, lâcha Garance, quand bien même il l'aurait eu, il y serait allé.

– Tu n'avais pas quelque chose à me dire ? rétorquai-je en guise de réponse.

Garance resta un instant interloquée avant de battre en retraite.

– Non rien d'important, je te dirai plus tard.

Mon téléphone sonnait à nouveau. C'était Éloïse. Je raccrochai sans répondre.

Chapitre 16

L'été avait jeté le calendrier à la poubelle. À quinze jours du 21 juin, les artères de la capitale, dont le macadam ramollissait au fil des heures, avaient des allures de sorties de plage, robes légères et nu-pieds pour les femmes, bermudas et tennis pour les hommes. Même la rue de Varenne semblait avoir pris ses quartiers à Biarritz. À 6 heures du matin, ce mercredi 8 juin, l'air était à peine frais lorsque le commissaire Barnier avait sonné à l'interphone du 71. Il avait attendu deux bonnes minutes avant que la voix d'Éloïse ne se fasse entendre. Un « oui » ensommeillé et furieux cueillit le commissaire, doublé d'un mouvement de recul lorsqu'elle ouvrit la porte. Barnier n'était pas seul. Cinq policiers, le capitaine Spinoza, deux jeunes femmes – dont elle apprit peu après qu'elles étaient toutes deux lieutenantes à la PJ – et deux gardiens de la paix, l'accompagnaient.

– Vous avez vraiment besoin d'être six ? demanda-t-elle en s'écartant pour laisser passer le divisionnaire.

– C'est la règle dans une affaire criminelle, rétorqua Barnier d'une voix neutre.

Éloïse savait qu'il n'y avait rien d'autre à faire que d'assister impuissante et muette au lent dépeçage de l'appartement. Elle opta pour la courtoisie qui sied à la rue de Varenne et proposa aux policiers un café, le temps pour elle de s'habiller d'un tailleur pantalon noir plus conforme à la gravité du moment. Quand elle revint, les six avaient disparu. Deux s'affairaient dans le bureau, les jeunes femmes s'étaient attribué l'une le salon bibliothèque, l'autre la chambre d'amis. Quant aux deux agents, ils s'étaient installés dans l'entrée protégeant l'appartement d'une improbable intrusion.

La matinée fut sans accrocs, Barnier et Spinoza n'avaient rien trouvé et la fouille avait jusqu'alors été sans surprise. Éloïse fit livrer quelques en-cas, avant que la perquisition ne s'achève par l'inspection du grand salon et de la chambre du couple. La collation fut presque mondaine, comme si les flics avaient oublié les raisons de leur présence. Avant de passer à table, le commissaire s'était longuement attardé devant les bibliothèques emplies de livres rares dont un original du *Traité sur la tolérance* de Voltaire. L'affaire Calas et le Siècle des lumières occupèrent une partie du déjeuner au point qu'Éloïse s'étonna qu'un commissaire de police s'intéresse autant aux grands classiques.

– Vous êtes comme votre ami Shapira, répliqua en souriant Barnier, vous aussi vous prenez tous les flics pour des ploucs incultes, juste capables de bousculer un suspect dans une salle d'interrogatoire. Mais chez nous c'est comme n'importe où : il y a des gens cultivés et des imbéciles, des fachos et une majorité d'hommes et de femmes qui font leur travail tout simplement. Moi, si j'ai fait ce métier, c'est parce que je crois à la justice et qu'il n'y a pas de bonne justice sans police. La difficulté c'est qu'en matière de justice il y a beaucoup à dire. Les passe-droits, les dossiers qui glissent dans la trappe, les petits arrangements entre amis et plus si affinités… Mais je ne vous apprends rien, madame Chanteclerc, n'est-ce pas ?

En prononçant cette dernière phrase d'une voix sans éclat, Barnier était redevenu lui-même. Flic un jour, flic toujours. Éloïse avait compris qu'il n'y avait rien de bon à attendre de cet homme qui n'était pas des leurs, même s'il était né parmi eux. Le commissaire n'avait pas digéré les pressions subies pour taire l'assassinat d'Olivier et le lui faisait savoir sans détour. Elle pensait le déjeuner convivial, ce ne fut qu'une parenthèse sur laquelle Barnier venait de surfer habilement. L'après-midi confirma qu'il n'était pas décidé à lâcher l'affaire. Il s'était étonné à l'heure du café de n'avoir trouvé ni coffre ni matériel informatique. Inimaginable que Chanteclerc ait travaillé sans ordinateur, d'autant que le seul objet qui reposait au pied du bureau était une imprimante réputée pour ses performances. La fouille de la chambre apporta une première réponse. Plus qu'une pièce, l'endroit était à lui seul un appartement. Luxueusement décoré par les talents mêlés de Starck et d'une décoratrice à la mode, il s'ouvrait sur un premier espace abritant un lit si vaste qu'il témoignait au premier coup d'œil d'un couple sans vie et se poursuivait par une pièce plus grande encore, meublée d'une immense table de travail et d'une armoire à la forme étrange, droite et courbe à la fois, œuvre d'art plus que meuble de bureau. Quatre toiles accrochées aux murs uniformément blancs donnaient à l'endroit un air de galerie très beau et très impersonnel.

– Étonnant, non ? s'amusa Éloïse en saisissant le regard surpris de Barnier. Le bureau que vous avez vu tout à l'heure, c'était pour recevoir ses collaborateurs. Son antre à lui, était là. Personne n'avait le droit d'y entrer et la femme de ménage n'y était autorisée qu'une heure par semaine. Depuis qu'il est mort, je n'ai touché à rien. Sur la table, il y a encore le conducteur de sa dernière émission et quelques lettres qu'il n'a pas eu le temps de décacheter.

– Ce Kandinsky, c'est vous qui l'avez acheté ?

– Oui…

– Comme le reste ! dit-il d'une voix teintée d'ironie.

– Et alors ?

– Alors j'ai besoin de comprendre. Parce que je n'ai pas l'impression que vous ayez eu une vie de couple très heureuse.

Il enchaîna en désignant le coffre caché par la toile :

– Vous connaissiez l'existence de ce coffre ?

– Oui mais je ne sais pas ce qu'il y a dedans. Son ordinateur je présume, des documents sans doute, de l'argent peut-être ?

– Vous avez le code ?

– Il ne me l'a jamais donné. Et je ne lui ai jamais demandé.

Il ne fallut que quelques minutes au serrurier appelé en renfort, pour trouver la combinaison. Pas d'argent mais une chemise contenant plus d'une cinquantaine de feuillets, une pile de lettres, quelques photos, l'ordinateur, une tablette et un carnet noir, sorte de journal qui mêlait l'intime au professionnel.

Éloïse savait que Barnier repartirait sans rien dévoiler de ce qu'il venait de découvrir, elle tenta malgré tout d'obtenir la seule chose qui l'intéressait, parcourir ne serait-ce que quelques minutes les courriers qu'Olivier avait conservés et précieusement protégés. Qui avait eu les honneurs de ce coffre ? Et pourquoi ?

– Je vous rendrai ce qui pourrait vous appartenir, se contenta de répondre le flic en donnant le signal du départ.

À quelques minutes près, j'aurais pu les croiser.

– Tu les as vus ? demanda-t-elle en m'embrassant.

– Non je n'ai rencontré que des femmes à demi nues et des mecs en short. C'est sympa ce printemps qui s'est trompé de continent. Plus sérieusement, c'est quoi cette histoire de flics chez toi ?

– C'était Barnier, un certain Spinoza et quatre autres dont je n'ai pas retenu les noms.

Éloïse me conta par le menu les dix heures de perquisition, la matinée anodine, le déjeuner avec un commissaire, homme du monde, courtois et cultivé, se muant progressivement en policier intrusif et menaçant. Enfin, la découverte du coffre et de son contenu.

– Quand j'ai vu ce carnet noir, et ce monceau de lettres, c'est à ce moment-là que je t'ai appelé.

Qu'allais-je répondre à Éloïse ? Temporiser, la rassurer, lui dire qu'elle n'avait rien à craindre puisqu'elle ne savait rien des affaires de son mari ? Éloïse, que j'avais connue jeune physicienne prometteuse, femme libre avant d'être sous l'emprise d'Olivier, au point de financer les yeux fermés ses aventures malodorantes, valait mieux que deux ou trois hypothèses peu crédibles. Je lui ai dit tout ce que je savais, les accointances douteuses de Barrioul qui à force de retourner sa veste avait laissé derrière lui une armée d'ennemis qui se sont juré d'avoir sa peau, les reportages bidon de son mari, ses week-ends et leurs renvois d'ascenseur, les soupçons d'agressions sexuelles et de viols, le suicide de Sophie Valcroze et sa lettre désormais entre les mains de Barnier.

Éloïse m'avait écouté sans broncher avant de se diriger vers la cuisine.

– Tu veux un jus de fruits ? J'ai fait une grosse connerie en demandant qu'on s'en tienne à la thèse de l'infarctus, mais c'était dans la panique du moment. En revanche je trouve étrange que Marchetti se soit précipité pour appuyer cette demande. Tu crois qu'Olivier aurait pu découvrir un truc qu'il s'apprêtait à révéler ? demanda-t-elle en optant finalement pour une rasade de scotch. Après tout mon mari était quand même un bon journaliste.

À la même heure, au 55, rue du Faubourg-Saint-Honoré, la ruche élyséenne ne bruissait que des pas feutrés des gardes du palais. Le président avait horreur de l'agitation brouillonne qui régnait du temps de son prédécesseur. Enfermés dans leur bureau, les conseillers ne communiquaient que par mail, au garde-à-vous, près de leur téléphone en cas d'appel présidentiel. Paul Marchetti détestait les réunions à plus de trois ou quatre qui à l'Élysée comme ailleurs s'achevaient dans le brouhaha d'un café du commerce. Ce 8 juin 2022, le palais était d'autant plus silencieux que l'aile Madame avait porte close. L'épouse du président n'était pas rentrée d'un week-end prolongé et secrétaires et conseillers avaient profité de l'aubaine pour s'échapper de cette aile Est qui abrite les bureaux de la première dame. Ils n'étaient que cinq à cette heure-là, au premier étage. Trois assistantes, le secrétaire général et le président. Le silence du bureau présidentiel n'était distrait que par le cancanement des canards et le chant des oiseaux qui s'égaillaient autour des fenêtres grandes ouvertes. Marchetti s'était fait monter une bière avant de profiter de cette soirée de célibataire pour rédiger lui-même le texte de l'hommage national qui devait être rendu en fin de semaine aux quatre soldats morts en Afrique quelques jours plus tôt. Le conseiller défense lui avait préparé une dizaine de feuillets qu'il s'était empressé de jeter dans la corbeille ne trouvant dans le propos que la banalité d'une notice du *Who's Who*. La journée avait été sans accrocs, les lettres de créance de l'ambassadeur de Norvège, une réunion avec des banquiers américains, l'entretien hebdomadaire avec le ministre des Affaires étrangères. Paul aimait cette banalité si exceptionnelle qu'il l'appelait son « extraordinaire présidentiel ». Mais cet extraordinaire dure rarement. À peine avait-il couché les premiers mots de son discours que le téléphone l'obligea à poser sa plume. Pierre Lenoir avait sa voix des mauvais jours. Plutôt que de le laisser s'époumoner, Marchetti lui proposa de le rejoindre, glissant, amer, qu'il n'avait aucune confiance dans sa ligne prétendument sécurisée. Même s'il se défendait d'être victime de la paranoïa qui avait saisi tous ses prédécesseurs, il n'avait pas mis plus de temps que les autres à se méfier de tout et de tout le monde. « Ce foutriquet veut ma place », disait-il régulièrement dès qu'un ministre sortait de son bureau à reculons en l'assurant de sa loyauté indéfectible. Trois ans après son élection, le président s'était déjà fâché avec la plupart de ses soutiens de la première heure, ne voyant en eux que des vautours complotant pour dépecer le cadavre présidentiel. Seul son secrétaire général avait jusqu'alors échappé au massacre au point que ce dernier s'était finalement demandé si ça n'était pas seulement parce que Marchetti le prenait pour un incapable.

Lenoir avait mis moins de deux minutes pour traverser la place et arriva si essoufflé qu'il s'effondra dans un fauteuil avant même que le président ne l'y invite.

– C'est à ce point urgent ? interrogea Marchetti mi-sérieux mi-ironique. Tu veux une bière ?

Le président avait le tutoiement facile mais n'aimait guère que ses ministres, fussent-ils longtemps ses proches, en fassent usage.

– Merci Paul, mais tu n'as pas plus fort ?

– Je te sers un whisky, mais appelle-moi monsieur le président s'il te plaît et évite de me tutoyer même si nous ne sommes que deux dans cette pièce. On pourrait nous entendre !

– Monsieur le président, enchaîna Lenoir, la police sort de chez Éloïse Chanteclerc.

– Et alors ? Ils font leur boulot, marmonna Marchetti d'un air faussement détaché.

– Mais Paul, ça n'était pas une visite ordinaire, s'insurgea le ministre, c'était une perquisition. Ils sont venus à six et ont passé la journée rue de Varenne.

– Et ils n'ont rien trouvé évidemment, renchérit Marchetti d'une voix moins assurée.

– Malheureusement si. Dans le coffre de Chanteclerc il y avait une chemise qui contient cinquante pages de documents, un carnet qui ressemble à un journal intime, des dizaines de lettres et son ordinateur. Tout est chez Barnier. S'il a trouvé un os à ronger, il ne le lâchera pas.

– Qui a décidé cette perquisition ?

– Partouche.

– Je le connais bien, je vais l'appeler.

Le ministre de l'Intérieur sursauta.

– Ne fais pas ça, Paul ! s'écria Lenoir en oubliant le vouvoiement. Dans le quart d'heure qui suivra ton appel, tout Paris saura que tu as tenté d'intervenir dans l'affaire Chanteclerc.

– Mais Pierre, il ne s'agit pas d'intervenir, juste de s'informer.

– Paul, ne fais pas cette connerie. Tu es vraiment naïf si tu penses que Partouche est notre ami. C'est un juge et il ne te fera pas de cadeau. S'il peut se faire mousser sur ton dos, il ne s'en privera pas. De toute façon, ni toi ni moi n'arrêterons la machine.

Le portable de Marchetti avait déjà vibré à plusieurs reprises. Au troisième appel, il se décida à décrocher d'un air excédé.

– Excuse-moi, c'est ma femme.

Lenoir fit mine de se lever. D'un geste le président lui fit comprendre de ne pas bouger. Le ministre de l'Intérieur n'entendait rien de ce que disait la première dame mais à la grimace de Marchetti, il comprit qu'elle n'appelait pas pour lui raconter l'ordinaire du jour.

– Apparemment tous les flics sont au courant, dit-il en reposant le téléphone. Justine vient de l'apprendre par son officier de sécurité.

– Raison de plus pour ne pas bouger, lâcha Lenoir d'une voix sourde. J'en saurai plus demain. Le temps de craquer l'ordinateur de Chanteclerc ça ne devrait pas être très long.

Et, s'approchant du président, comme si les murs avaient des oreilles :

– Mais dis-moi, Paul, tu es sûr que tu n'as rien à voir avec cette affaire, un truc que je ne saurais pas. Parce que…

Lenoir n'eut pas le temps de terminer sa phrase, il connaissait ce regard. Si Marchetti avait pu l'exécuter sur place, il l'aurait fait.

– Tu es cinglé. Tu sais à qui tu parles ? Normalement je devrais te démissionner avant même que tu ne sortes de ce bureau mais je ne le ferai pas, les vautours seraient trop heureux de mimer la danse du scalp devant les grilles de l'Élysée. Fiche le camp et dis à tes flics de la boucler.

Lenoir s'était promis de n'en rien faire. Bien lui en prit, deux heures plus tard l'AFP publiait une dépêche annonçant que le commissaire divisionnaire Philippe Barnier et son équipe avaient perquisitionné le domicile d'Olivier Chanteclerc sur commission rogatoire du juge Partouche.

Les journaux de 20 heures n'avaient pas eu la nouvelle à temps mais les chaînes d'info étaient déjà en boucle. Prenant de vitesse ses concurrentes, la première d'entre elles indiquait que les documents saisis étaient constitués de notes manuscrites et de nombreux courriers. Le contenu n'était pas précisé. « Ça ne saurait tarder », avait spéculé Lenoir en appuyant rageusement sur le bouton de sa télécommande.

L'attitude de Marchetti ne l'avait pas rassuré, encore moins convaincu. « On ne réagit pas avec une telle violence quand on n'a rien à se reprocher », se dit-il en cherchant le numéro d'Éloïse avant de reposer son portable. Pas une bonne idée, pensa-t-il mais il ne tint que quelques minutes avant de l'appeler. Trop envie de savoir. De toute façon cette affaire puait, ça n'était pas un coup de téléphone qui allait changer le cours des choses. Éloïse décrocha à la première sonnerie.

– J'étais sûre que tu m'appellerais. Curiosité professionnelle ou envie de me voir ?

– Les deux.

– Viens, je t'attends. Et laisse tes anges gardiens à Beauvau.

Vœu pieux que Lenoir n'avait exaucé qu'à moitié après que ses gardes lui eurent expliqué que sa sécurité ne relevait pas de ses humeurs vespérales. Il obtint seulement que la moto suiveuse reste au parking et que les gyrophares de sa voiture soient momentanément désactivés. Arrivé au 71, il s'engouffra tête baissée sous le porche après avoir signifié au chauffeur qu'il pouvait rentrer chez lui.

– Tu as raison, j'aime bien mes nounous mais il y a des jours où ce cirque sécuritaire me gonfle, dit-il en embrassant Éloïse.

– Ne raconte pas n'importe quoi, tu as tout fait pour décrocher ce ministère. Tu veux que je te rappelle tes mots doux envoyés anonymement au *Canard* pour dézinguer ton ami Benoît ? Non seulement Beauvau lui est passé sous le nez mais ses amis l'ont éjecté du groupe parlementaire. Ni fleurs ni couronnes.

– Peut-être mais moi je n'ai trempé dans aucune affaire crapoteuse.

– Non, mais tu t'en es bien servi pour flinguer ceux qui te gênaient. Les opérations immobilières douteuses, les associations bidon pour collecter des fonds, les logements sociaux attribués généreusement et occupés indûment, toutes ces affaires qui sortent de nulle part et qui tombent à point nommé, ne me dis pas que tu n'en as pas fait ton miel. Tu sais comment t'appelle Benoît ? Anonymous lave plus blanc.

– Je me moque de ce que dit Barrioul, il ferait mieux de s'occuper de ses affaires. Bercy veut sa peau, ils ne vont pas le lâcher. Plutôt que de vendre des défenses foireuses à ses clients, il ferait bien de préparer la sienne.

Le ton de la conversation avait pris d'emblée un tour si désagréable que Lenoir n'avait pas tardé à se demander ce qu'il faisait dans ce salon. Il s'approcha de la fenêtre ouverte sur la cour, prenant Éloïse par le bras.

– Tu m'as demandé de venir pour quoi au juste ? Parce que si c'est pour m'agresser je n'ai aucune raison de rester.

– Mais non, excuse-moi je ne faisais que répondre à l'agacement que tu as manifesté en arrivant chez moi. Comme si les voitures officielles, les chauffeurs et ce ministère, tu n'en avais pas toujours rêvé. La politique tu l'as dans la peau. C'est tout ce que je voulais dire.

Le balcon n'était pas large mais suffisant pour accueillir une table et deux chaises. Sur la table, deux pigeons picoraient les restes d'un gâteau. Leur mouvement de tête saccadé et bref pouvait donner à croire qu'ils n'avaient rien mangé depuis des jours. Éloïse expliqua au ministre qu'ils avaient pris l'habitude de venir à la tombée de la nuit et ne repartaient que les dernières miettes avalées. Lenoir les regardait, fasciné par l'indifférence qu'ils manifestaient à leur égard, alors qu'une nuée de moineaux s'était dispersée lorsqu'il s'était approché de la fenêtre.

À ses côtés, au seuil de la baie grande ouverte, Lenoir s'enivrait du parfum léger et puissant que la femme de Chanteclerc portait sur elle comme une seconde peau. Il lui prit la main sans rien dire, attendant que les oiseaux s'envolent après avoir achevé leur repas. Un bref roucoulement donna le signal du départ. Silhouette élégante, plumage noir irisé, ventre légèrement arrondi, plus petite que son compagnon, elle partit la première, le laissant grappiller l'ultime poussière de leur festin quotidien avant qu'il ne s'envole à son tour. Le couple n'avait que l'embarras du choix et se laissait guider par les vents pour choisir son abri nocturne. « Et si on partait nous aussi ? » murmura Pierre dans un souffle, en suivant du regard le mâle rejoindre précipitamment sa compagne dans un battement d'ailes bruyant et inquiet.

Ailleurs. Loin du bruit inutile de ces dîners où chacun multiplie les banalités d'un moi exacerbé pour séduire sa voisine d'un soir ou écraser son vis-à-vis du jour. Loin de l'air étouffant de ces week-ends à la campagne d'où l'on revient vibrant d'excitation à l'idée de la saloperie concoctée entre le gigot et la dégustation de cerises cueillies à même l'arbre. Loin des vacances d'autant plus chaleureuses et familiales qu'elles masquent les mensonges et les tromperies du reste de l'année. Ailleurs. Loin des estrades où l'on enfume à coups de fumigène, loin des écrans où l'on s'insulte en haute définition.

Le ministre était sincère. Plus couturé qu'un grognard d'Empire, fatigué des blessures infligées et des coups reçus, il avait mal vécu l'échange avec Marchetti. Alerte rouge, dernière sirène avant l'embrasement. Avant même l'élection du président, Lenoir pressentait que le feu couvait, mais lui qui s'était toujours prudemment tenu à l'écart des tripatouillages de Marchetti n'avait pas résisté à la puissance illusoire de Beauvau. Partir, ça n'était pas une fanfaronnade, encore moins un caprice juvénile né de ce moment suspendu, c'était juste l'instinct de survie d'un guéri de la politique.

– Tu te trompes, dit-il, tu parles d'un Pierre Lenoir qui n'existe plus. C'est vrai que j'ai aimé la politique, je pense même y avoir cru au point de me persuader que la fin pouvait justifier les moyens les plus médiocres. Mais aujourd'hui ça va trop loin. On élimine les gêneurs aussi facilement qu'on époussette une nappe. Je ne sais pas ce qu'il y a dans les documents de ton mari mais on peut s'inquiéter de ce que les flics vont trouver. Mes conseillers me disent que le mode opératoire du meurtre n'est pas le fait d'un assassin ordinaire. Tueur à gages, membre d'un service de renseignements ? Peut-être les deux, ce dont je suis sûr c'est que l'assassinat d'Olivier peut faire sauter le palais. Et je ne vois pas pourquoi je me retrouverais sous les décombres. Si Marchetti est mêlé à cette affaire, moi pas. Et toi non plus, dit-il en lâchant la main d'Éloïse pour l'entourer de ses bras.

– Arrête, s'écria-t-elle en s'écartant pour s'asseoir sur le canapé. C'est faux. Barnier m'a clairement laissé entendre que j'étais parmi les suspectes. Personne n'ignore les frasques d'Olivier. Femme jalouse, humiliée, incapable de quitter le grand homme qui puisait abondamment dans ma cassette, bonjour l'image d'Épinal de la criminelle qui passe à l'acte un soir de désespoir. Pourquoi s'enquiquiner la vie quand on est flic, un mobile sous la main et une version qui ne déplairait pas à l'Élysée.

« Partir ce serait fuir. Le pire des aveux alors que je n'ai rien à voir avec cette histoire. Et puis partir avec toi, pardon mais ça n'est pas possible. Tu nous vois tous les deux, main dans la main aux Marquises ou ailleurs ? Trop vieux, trop tard, il fallait le faire il y a trente ans. À l'époque je crois que je t'aimais mais tu m'as préféré la politique et j'avais mes deux garçons. Avec Chanteclerc j'ai appris à ne plus aimer, je n'ai pas envie de faire le chemin inverse. Avec toi ou avec un autre. Trop de douleurs, trop de larmes sous le maquillage de l'épouse admirable. Et puis on aime avec ses seins, son ventre, son sexe. Tu m'as regardée ? Tu vois mes bras ? Mon cou, ma peau sans amour depuis si longtemps. Aucune crème ne me donnera envie d'aimer. Encore moins de jouir. J'ai rayé ce mot de mon vocabulaire depuis que j'ai cessé de m'octroyer ces quelques minutes de plaisir que je payais au prix fort. Cet après qui me faisait basculer dans les entrailles de ma solitude.

À demi allongée sur le canapé d'angle, à peine visible dans la pénombre qui avait envahi la pièce, Éloïse avait brutalement interrompu le geste de Pierre qui cherchait l'interrupteur.

– N'allume surtout pas. J'ai besoin de noir pour te parler. Cet après-midi, ça n'est pas toi mais le ministre de l'Intérieur que j'ai appelé. Barnier m'avait fichu la trouille d'autant que je ne sais pas ce qu'ils vont trouver. Finalement je m'en fous, ministres, Premiers ministres, présidents, ça ne bluffe que les valets et les courtisanes. Tu peux rendre ton portefeuille, Beauvau ne peut rien pour moi mais je suis heureuse que tu sois là. Tu es le seul qui ne soit pas passé de l'autre côté du miroir. Reste mon ami, je n'ai ni le temps ni l'envie d'en avoir d'autres.

Ceux d'Olivier n'étaient pas les miens, Rodolphe court après ses succès, Charles se meurt à l'idée d'être sorti du spectacle et Benoît finira par payer cash ses magouilles. Sois différent, Pierre. Sois ce jumeau fantasmé, mort-né le jour de ma naissance. Ce frère imaginé à qui je confiais mes rêves et mes secrets de petite fille.

– Si tu veux aimer un fantasme, demande à Charles, il adore les déguisements, répliqua Lenoir ironique et tendre, moi je suis un très mauvais comédien. Trop vieux, dis-tu ? Mais tu me décris une femme que je n'ai jamais rencontrée et que je n'ai pas envie de connaître. Celle que j'ai devant moi est tout autre, ignorée par le temps qui flétrit les corps et rancit les âmes. Trop tard ? Mais seuls les morts ont le droit de parler ainsi.

Lenoir voulait lui dire qu'il l'aimait mais il n'osa pas et conclut par une pirouette en relevant qu'à la différence des morts, il avait faim.

La soirée s'acheva autour d'un plat de pâtes au basilic. Ce fut doux et nostalgique. Éloïse et Pierre s'étaient dit l'essentiel. Gros d'avenir ou d'incompréhensions futures. Ils étaient d'accord pour penser que le hasard trancherait pour eux. Elle lui proposa de dormir dans la chambre d'amis, il refusa en riant. Un jour peut-être, mais le ministre de l'Intérieur recherché dans tout-Paris alors qu'il était encore marié cela aurait fait mauvais effet. Ils s'embrassèrent tendrement et se quittèrent en se disant qu'il n'y avait plus qu'à attendre.

Chapitre 17

Ce 8 juin 2022 à l'heure du dîner, le 36 sonnait creux. Les flics de garde condamnés aux sandwiches livrés par le bistrot du coin, avaient déserté leur bureau pour le Blue Monkey. Le capitaine Spinoza avait quarante ans et s'apprêtait à quitter la PJ. Deux bonnes raisons qui justifiaient que la brigade se retrouve dans ce restaurant à la mode à deux pas de la rue du Bastion. Barnier, lui, avait décliné l'invitation arguant du fait qu'il fallait bien un patron pour garder la boutique. Le marbre noir de la table avait disparu sous l'amoncellement des enveloppes saisies dans le coffre d'Olivier. À l'intérieur, ce pouvait être quelques mots écrits dans la précipitation d'un lendemain amoureux, plus proches de la presse du cœur que de *Madame Bovary*. « Merci pour cette soirée inoubliable, la première je l'espère d'une longue série », « Je n'ai pas osé vous le dire après ce moment volé mais je vous aime. Vous avoir pour moi seule est mon rêve le plus cher », « Mon corps vibre encore à la pensée de tes caresses », « Ce fut si rapide mais l'intensité de l'amour ne se compte pas en heures passées », « C'était hier et je sens encore ta bouche au creux de mon ventre », « Ton parfum m'enivre et m'enlace ». Mais le plus souvent, il s'agissait de longs feuillets jaunis par le temps, des reliques précieusement classées, témoins de ces aventures multiples dont Olivier faisait son miel. Il ne confirmait jamais, mais souriait, faussement modeste, lorsqu'un journaliste les invoquait devant lui. Don Juan plus que Casanova, il n'avait rien de l'exubérance jouissive du second mais tout de l'égoïsme destructeur du premier. Les courriers étaient annotés de sa main. Barnier releva que les premiers avaient plus de quarante ans, certains possédaient la mention « décédée le ». Olivier ne se contentait pas de classer pour l'histoire, il relisait, hiérarchisait et rappelait certaines de ces femmes, parfois des années plus tard comme en témoignaient plusieurs lettres. La hiérarchie des commentaires était toujours la même. Un simple « vu » ne suscitait pas d'autre appréciation mais la plupart des missives étaient suivies d'une note de 0 à 5, composant une sorte de guide pratique, un manuel d'utilisation qu'il consultait certainement les jours « sans ».

« Inutile de rappeler », « À revoir », « Timide – D'autant plus excitante », « Exubérante. Trop ! », « Maladroite mais drôle », « Des braises toujours en éveil », « Un corps à prendre et à reprendre ».

Et d'autres plus salaces qu'érotiques, médiocre style d'un collectionneur sans panache. Il n'avait pas fallu plus de trois heures à Barnier pour parcourir ces dossiers déprimants quand Spinoza, de retour du Blue Monkey, s'affala lourdement sur le canapé qui faisait face au bureau, se saisissant d'une bouteille qui trônait sur la table basse.

– Tu ne crois pas que tu as assez bu ? maugréa Barnier. Tu pues l'alcool à dix mètres.

– Au moins, on a bien rigolé, rétorqua le capitaine en se versant un triple Lagavulin seize ans d'âge. Sans glace. Ce serait dommage d'abîmer un tel nectar.

Il ricana d'une voix embuée avant de s'approcher de la table où traînaient encore quelques lettres.

– Vous avez tout lu ?

– Presque. On n'apprend pas grand-chose. Des énamourées dans l'attente du grand soir et un mec qui profite de son trône en carton-pâte.

– De quoi agacer Éloïse Chanteclerc, non ?

– Agacer, peut-être mais de là à tuer ! Ces filles-là, elle ne les connaissait pas mais elle savait. Elle a toujours su… Tu m'écoutes ?

Le capitaine Spinoza n'écoutait plus. Il lisait.

– Tu as trouvé quelque chose ?

– Peut-être.

La double page qu'il venait de sortir de l'une des enveloppes restantes était couverte d'une écriture fine et serrée. Le style n'avait rien à voir avec les courriers dont lui avait parlé Barnier. Pas de guimauve, ni de mots doux mais une sorte de procès-verbal menaçant.

C'était il y a une semaine. Mon corps a cessé de souffrir mais la douleur est ailleurs. Dans le souvenir de cette soirée que j'avais rêvée inoubliable. Inoubliable, elle l'est en effet mais pas telle que je l'imaginais. Cette rencontre, je m'y étais préparée de longue date. Depuis que nous nous étions croisés dans une librairie d'Aix-en-Provence où vous donniez une conférence. Ce jour-là, vous étiez charmant, attentif m'interrogeant sur mes recherches et mon travail d'écriture. Nous avions pris un café aux Deux-Garçons, une demi-heure avant que vous sautiez dans un taxi pour l'aéroport. Un moment bref mais intense au cours duquel vous m'avez fait part de votre nouveau projet et de vos doutes sur votre métier. Je vous connaissais mal et fus séduite d'emblée. Vous étiez doux et lumineux. Dans la précipitation de votre départ, après un baiser léger et pudique, je n'ai pas trouvé le temps de vous laisser mon numéro. C'est donc moi qui vous ai envoyé un mot chez votre éditeur sans même savoir s'il vous parviendrait. Trois jours après vous m'appeliez pour me proposer un dîner à Paris. Vous avez évoqué le surlendemain, je ne pouvais qu'une quinzaine de jours plus tard. On fixa la date au 16 octobre 2003. Je l'écris volontairement en toutes lettres car elle est désormais en moi comme une blessure à jamais ouverte. Vous aviez choisi Le Récamier, me vantant l'intérêt de pouvoir y rencontrer des romanciers et des éditeurs qui pourraient m'être utiles. J'avoue avoir été surprise par cette volonté que vous sembliez avoir de nous afficher ensemble. Je ne savais pas qu'à l'instar de n'importe quel prédateur vous adorez exhiber vos proies. J'aurais dû me méfier au premier verre de champagne. Il devait sceller une amitié naissante, il fut rapidement le réceptacle muet de vos questions d'abord intimes puis franchement sexuelles. Vous mangiez frugalement et sans goût pour ce qu'il y avait dans votre assiette. C'est dire qu'une heure après votre entrée dans le restaurant, saluée par nombre de regards admiratifs et de demandes d'autographes, aucun éditeur ni romancier ne s'étant présenté, vous m'avez proposé de boire un dernier verre chez vous. Pourquoi ai-je accepté ? Sans doute parce que je ne voulais pas me résoudre à ce que l'homme cultivé et prévenant dont j'avais croisé le chemin à Aix soit ce garçon étrange et vorace que j'avais en face de moi dans cet endroit dont je n'avais que faire. Dois-je continuer et vous rappeler ce que vous m'avez fait vivre ? Certainement. Il me faut écrire pour que je vous imagine lire ce que vous êtes.

À peine la porte fermée, j'ai dû subir vos mains glissant sur mon dos et mes fesses, votre bouche cherchant la mienne, imposant votre langue, comme excité par mes suppliques et mon refus. Aucun mot ne vous arrêta. La délivrance ne vint que lorsque je pus fuir, vous laissant pantalon baissé et sexe pendant après que vous avez joui dans un râle minable. Aujourd'hui j'ai décidé de garder ma douleur sans l'enfermer dans une plainte inutile. Les flics ne savent que faire semblant et les classements sans suite des magistrats s'accumulent dans les caves des palais de justice. Mais ne vous avisez pas de vous trouver sur mon chemin. Je ne serai pas aussi clémente que la justice des hommes, je veux dire cette justice définitivement masculine.

Frédérique Courcelle

– Tu as tort de quitter la police, dit en souriant Barnier à son adjoint. Et tu devrais boire plus souvent. Tu viens de mettre la main sur le seul document intéressant au milieu de ce ramassis d'inepties érotico-fleur bleue.

– Au contraire, c'est pour ne plus me coltiner ce genre de salopard libidineux que je m'en vais.

– D'ici là, retrouve-moi cette Frédérique Courcelle. Elle en sait sans doute beaucoup plus qu'elle n'en dit dans ce courrier.

– Suspecte à votre avis ?

– Pas plus que beaucoup d'autres. Mais elle au moins ne cache pas son désir de vengeance et l'écrit. C'est d'ailleurs surprenant que Chanteclerc ait gardé cette lettre.

En marge de la première page, Olivier avait rédigé trois lignes de commentaire sous un « Répondre » écrit en majuscules et encadré. « Rappeler Frédérique, expliquer et la faire revenir. Je suis sûre qu'elle finira par aimer. »

En lisant ces quelques mots Spinoza explosa :

– Mais ce type était fou. Persuadé que rien ne lui résisterait ! Même Molière n'aurait pas osé affubler son Don Juan d'un tel cynisme !

C'était au tour du commissaire de s'écrouler sur le canapé.

– Demain on s'attaque à l'ordinateur. D'ici là essaie de dormir quelques heures, dit-il, les yeux déjà fermés.

Philippe Barnier passait souvent la nuit au Bastion. Il avait obtenu le droit de faire installer une salle de bains attenante à son bureau, d'autant plus aisément qu'il avait proposé d'en financer l'agencement. Comme il l'avait déjà fait pour les tables et les canapés, il avait choisi l'un des designers les plus en vogue et les plus chers pour dessiner la baignoire qui trônait au milieu de la pièce tapissée de marbre de carrare du sol au plafond. Deux vasques et une douche plus immense encore achevaient de faire de cet endroit un lieu sublimement décalé dans cet immeuble banal. Mais c'était Barnier ! Un grand flic, aux résultats brillants, trop riche pour être augmenté et qui, pour cette raison, pouvait à tout instant claquer la porte du 36. Qui lui aurait refusé une salle de bains ?

Le commissaire divisionnaire aimait ce Bastion dont il avait fait, par goût, son lieu de vie. Rentrer chez lui, rue du Docteur-Blanche, dans un quartier plus silencieux qu'un cimetière, était devenu une punition qu'il s'imposait de moins en moins, s'inventant des obligations nocturnes quasi quotidiennes. À peine marié, la traque de Guy Georges l'avait éloigné si fréquemment de l'appartement conjugal hérité de sa mère qu'il le trouva déserté par sa femme avant même que la chasse au tueur de l'Est parisien ne s'achève. Divorcé depuis plus d'une décennie, il poursuivait désormais une vie amoureuse intermittente avec cette ancienne épouse, chirurgienne et gynécologue, cheffe de service à la Pitié. Les deux s'étaient retrouvés après dix ans d'errance affective décidant que leur couple avait plus d'allure que les amours miniatures qu'ils avaient connues dans cet entre-deux. Désormais, chacun son appartement, chacun ses lieux pour des moments de vie choisis, seuls ou ensemble.

La nuit fut courte. Sans rêve et réparatrice. À 7 heures, douché et rasé de près – Philippe avait horreur de ces barbes de trois jours qui donnaient à la plupart de ses flics des airs de malfrats –, il s'attaqua au seul objet resté sur la table de marbre noir. Le carnet de Chanteclerc comptait une centaine de pages, noircies aux trois quarts. Des notes de reportage, des conducteurs d'émission et les pense-bêtes nombreux que Chanteclerc devait consulter chaque matin. Ces trois derniers mois il y était beaucoup question de Benoît et souvent de Marchetti. « Appeler Benoît à propos du *Canard* », « À creuser », « Appelé l'Élysée, coup de téléphone cet après-midi à Marchetti », « Je l'ai trouvé fébrile et menaçant », « Appel d'un confrère sénégalais », « Nombreux allers-retours de Benoît à Dakar ». Les dernières notes de Chanteclerc confirmaient que le journaliste enquêtait sur les liens entre Marchetti et Barrioul. « Appeler Georges D., lui proposer d'enquêter en Afrique. Rapport avec la campagne présidentielle française ? »

Suivi d'un début de papier rédigé à la veille de sa mort :

VOL AU-DESSUS DU CONTINENT AFRICAIN

Les démentis de l'Élysée opposés au Canard enchaîné *après la publication des comptes de campagne du candidat Marchetti s'avèrent singulièrement ténus. Tout juste l'épaisseur d'un écran de fumée qui masque provisoirement – pour combien de temps ? – les magouilles à grande échelle organisées par le staff du candidat pour financer sa campagne. La Françafrique n'est pas morte, à en juger par le nombre de voyages dans les capitales africaines effectués par les discrets émissaires du président. Il est question de dizaines de millions de dollars qui ne figurent sur aucun compte officiel, miraculeusement arrivés dans les coffres du candidat après avoir traversé la Méditerranée. Les présidences africaines nient avoir été les fournisseuses officielles de ces valises de billets, mais Georges D., qui enquête sur place, a rassemblé suffisamment de preuves pour que nous contestions ce soir les démentis franco-africains.*

Au pied de ce texte, Chanteclerc avait ajouté « éléments de lancement, à compléter après le retour de D. À programmer avant les vacances d'été ».

Bonne pioche. Barnier qui n'avait pas digéré l'interventionnisme du président avait désormais une raison officielle de convoquer Benoît Barrioul. L'ancien ministre aux casquettes arc-en-ciel, le bonimenteur en chef qui concoctait des argumentaires foireux pour patron en difficulté et qui s'était toujours tiré sans encombre des mailles du parquet financier allait désormais devoir compter avec la police judiciaire.

Plaisir gratuit, Barnier s'apprêtait à appeler lui-même Benoît quand Spinoza entra dans le bureau, sourire aux lèvres, un papier à la main.

– J'ai retrouvé Frédérique Courcelle. Quatre coups de fil aux opérateurs téléphoniques et l'affaire était dans le sac. La jeune femme n'a pas quitté les Bouches-du-Rhône. Elle enseigne les langues anciennes à la faculté d'Aix-Marseille et habite à Saint-Andiol à une cinquantaine de kilomètres d'Aix-en-Provence. On peut la joindre si vous voulez, dit-il en brandissant le papier.

– Fais-le, dit Barnier, moi je m'occupe de Barrioul.

« Je ne suis pas là, laissez-moi un message. » Benoît ne répondait jamais aux numéros masqués, mais en l'occurrence il n'avait pas entendu l'appel du commissaire, trop occupé à fouiller les derniers jours d'Olivier. L'inébranlable Barrioul n'était plus sûr de rien et surtout pas de Chanteclerc. À l'heure où Barnier l'appelait, il était au téléphone avec Éloïse. Les radios du matin avaient raconté la perquisition. Inquiet, il voulait en savoir plus. Il n'obtint que la réponse cinglante d'une femme décidée à tourner la page.

– Vos histoires, tu n'imagines pas à quel point je m'en moque. Rentre à Paris ou reste dans ton château normand, fais ce que tu veux mais ne m'appelle plus jamais.

À peine raccroché, son portable vibrait à nouveau. La sécheresse du message de Barnier n'avait fait que renforcer ses inquiétudes.

« Monsieur Barrioul bonjour. Merci de me rappeler dès que vous aurez ce message. Une conversation me paraît nécessaire après la perquisition chez Chanteclerc L'enquête progresse, j'ai besoin de vos lumières. Le mieux serait que vous veniez rue du Bastion demain à 10 heures. J'attends votre confirmation. »

Ni salutation ni merci. L'imagination du grand communicant qui faisait merveille lorsqu'il s'agissait des autres lui fit tout à coup défaut. Les crises traversées par ses clients le stimulaient, celle qu'il pressentait pour lui-même l'avait tétanisé au point qu'il décida de différer sa réponse. Masquer son inquiétude, retrouver l'assurance bravache qui avait fait sa carrière, c'était tout ce qu'il pouvait imaginer pour ne pas laisser paraître la fébrilité qui l'agitait depuis l'annonce de la perquisition. Il rappela le policier dans l'après-midi, l'assurant que sa journée du lendemain était si remplie qu'il craignait de ne pouvoir être à l'heure au rendez-vous proposé. Barnier fit semblant de le croire et accepta de le reporter au surlendemain.

– Vous ne voulez pas plutôt partager un déjeuner dans ma campagne normande ? tenta Benoît surjouant une sérénité mondaine dont le commissaire ne fut pas dupe.

– Non merci. Je vous attends à 10 heures dans mon bureau, répondit-il, ajoutant avec une pointe de perversité : je vous envoie l'adresse par SMS.

Et il raccrocha.

Spinoza avait rapporté au divisionnaire l'ordinateur de Chanteclerc que les services du Bastion avaient craqué en moins d'une minute. Et pour cause, il était vide. Pas franchement coopératif. Aucun secret, quelques photos de ses enfants et un historique régulièrement effacé mais qui ne contenait que des échanges de mails banals avec l'équipe de son émission. Des plans de décor, des conducteurs modifiés au dernier moment et des notes sur le travail de chacun de ses collaborateurs. Décidément, Olivier était un maniaque de l'évaluation. Et un piètre utilisateur du numérique. En revanche, le répertoire téléphonique frisait l'obésité. Près de quatre mille numéros. Tout ce que Paris contenait de célébrités. Politiques, comédiens, écrivains, journalistes, grands patrons, et même le gratin des Églises côtoyaient dans cet interminable labyrinthe numérique des centaines d'inconnues féminines. La plupart de ces numéros n'avaient pas été utilisés depuis longtemps mais certains revenaient régulièrement dans la liste des appels récents. Sans doute inutiles pour l'enquête, mais Spinoza s'était dit qu'à l'occasion, il vérifierait l'identité de ces appelées des dernières semaines.

Le capitaine avait laissé un mot sur le bureau de Barnier. « Ai réussi à trouver une place sur le 18 h 37 pour Aix-en-Provence. Déjeuner demain avec Frédérique Courcelle. »

Chapitre 18

La jeune femme qui avait achevé son année de cours à Aix n'avait pas souhaité rencontrer Spinoza chez elle. Dans un petit village tout se sait, on cancane vite et on extrapole plus encore. Déjeuner avec un policier n'aurait pas manqué de susciter des questions et des fantasmes inutiles. Frédérique était mariée au directeur général d'une entreprise de prêt qui avait pignon sur rue à Marseille et les deux enfants du couple étaient scolarisés à l'école primaire de Saint-Andiol. Inutile de provoquer une curiosité qui risquait de perturber la tranquillité de la famille Courcelle. Rendez-vous avait donc été pris dans un village proche, niché au pied des Alpilles.

– Vous savez que vous êtes sur les terres de Jean Moulin, dit-elle en proposant à Spinoza une table discrète sous les vignes. Sa famille avait une maison à Saint-Andiol, sa sœur Laure, qui fut une grande résistante, y est enterrée. Jean avait également un mas ici, à Eygalières. C'est d'ailleurs dans le jardin de cette maison que le futur président du CNR a été parachuté en janvier 42.

Spinoza avait jeté un regard circulaire avant de s'asseoir. Les tables étaient suffisamment espacées pour que la conversation ne soit pas parasitée par les échos de convives trop proches. Le policier était passé devant ce restaurant quelques semaines auparavant à l'occasion des obsèques de Chanteclerc. Provocation ou hasard ? La jeune femme lui avait proposé de déjeuner à trois cents mètres à peine du cimetière où était enterré Olivier Chanteclerc. Au moment de s'installer, il lui en fit la remarque.

– Ni l'une ni l'autre, dit-elle, mes parents aimaient ce village et nous y emmenaient mon frère et moi dès que les glycines fleurissaient au balcon de la grand-rue. À l'époque c'était un bourg anonyme, une parcelle de Provence enchanteresse. J'ai cessé d'y venir quand j'ai appris que Chanteclerc y avait acheté une maison. J'entends parler de ce restaurant depuis des années. Chez Paulette est devenu l'un des endroits les plus joyeux de la région, la carte y est légère et les patrons, Laetitia et Nicolas, délicieux. Ceux du village aiment s'y retrouver et les mondes de la politique et du cinéma s'y bousculent. Je profite de votre venue pour redécouvrir les terres de mon adolescence.

Spinoza l'interrompit en s'approchant si près de son visage qu'elle eut un mouvement de recul. Il s'en rendit compte et s'excusa.

– Pardon, je voulais seulement éviter qu'on nous entende parce que je ne vous cache pas que la lecture de votre lettre au milieu d'un fatras de courrier sans intérêt nous a surpris. La violence et les menaces qu'elle contient pourraient faire de vous une suspecte.

– Vous pensez vraiment que j'aurais pu tuer Chanteclerc ? dit-elle. Mais cette lettre a vingt ans ! Elle a été écrite sous le coup de la colère et du malheur. La colère est toujours là, le malheur n'est plus qu'un sinistre souvenir. Mon mari, mes enfants, la fac me réparent à chaque instant. Le temps n'a rien effacé mais la vie s'est chargée de cicatriser l'ineffable. Je n'ai jamais eu l'âme d'une tueuse encore moins vingt ans après. Je n'étais pas à Paris ni même à Saint-Andiol, le jour de la mort de Chanteclerc, j'animais un séminaire d'enseignants de langues anciennes à Bordeaux. Vous pouvez vérifier.

Les mots avaient jailli d'une traite n'autorisant ni remarques ni questions. Née à Marseille, Frédérique, la peau hâlée des femmes du Sud et l'accent léger que l'on cultive dans les quartiers bourgeois de la ville, avait l'élégance de sa beauté délicate et subtile, mariant ce jour-là, le noir d'un pantalon, pli parfait, au gris perle d'un chemisier de soie discrètement échancré. Le costume était sans tache mais la voix avait parlé, laissant entendre, entre les mots, une fêlure inconsciente. Spinoza me racontera plus tard avoir pensé en l'écoutant aux propos de Marianne sur l'effraction inextinguible du viol. Il n'en fit rien paraître et se contenta d'une réponse de flic, assurant la jeune femme qu'il la croyait, avant de se faire conter l'histoire de ce bout de terre marqué à jamais par la figure du préfet Moulin. Frédérique Courcelle était intarissable, disant combien le souvenir du résistant panthéonisé était vif et d'autant plus nécessaire que l'histoire la plus récente prouve à quel point les leçons du passé sont vite oubliées.

– Les langues mortes, conclut-elle, ne le seront vraiment que lorsqu'on aura cessé de les enseigner. Rappeler sans relâche que l'humanité est un continuum et que le langage d'aujourd'hui est le fruit d'une histoire, c'est ce que je ne cesse de répéter à mes étudiants.

À l'heure de la crème brûlée, Frédérique cheminait dans des contrées linguistiques très éloignées des préoccupations du capitaine qui n'était dupe de rien. Abandonner Jean Moulin pour disserter sur le grec ancien, quel meilleur moyen de ne rien dire d'elle-même ? Le flic avait discrètement regardé sa montre, pas suffisamment puisque la jeune femme l'avait relevé sèchement.

– Vous êtes pressé ?

Il ne réagit pas au ton aigre-doux et enchaîna :

– J'ai un train dans deux heures. Et encore quelques questions à vous poser. J'enquête sur un meurtre et quelle que soit l'antipathie que j'éprouve pour Chanteclerc, je suis ici pour trouver son assassin.

Elle l'interrompit en souriant.

– Mais vous ne le trouverez pas à Saint-Andiol. Ni à Eygalières. Ceux qui le croisaient dans les rues de ce village ne vous seront d'aucune utilité. Bonjour, bonsoir, je me suis laissé dire qu'il sortait rarement de chez lui. Sa femme ne venait quasiment jamais et ses enfants pas du tout. Ce type n'était sympathique qu'à ceux qui ne le connaissaient pas.

Le temps pressait, Spinoza la coupa à son tour.

– À qui avez-vous parlé de votre viol ?

Le policier lui aurait annoncé la mort d'un proche, la réaction n'aurait pas été différente. Elle se figea et le regarda fixement, les yeux embués de larmes. Le silence était si lourd que les voisins de table, habitués au brouhaha du restaurant, se retournèrent sans comprendre. Il lui fallut quelques secondes pour se ressaisir, la voix si basse qu'il dut s'approcher.

– À personne pendant des années jusqu'au jour où j'ai décidé de consulter une avocate. Elle m'a conseillé de porter plainte mais j'ai refusé.

– Tous les flics ne sont pas des salauds. Vous auriez dû.

– J'ai préféré aller voir un psy. Ce que je vous ai dit, mon mari, mon travail, mes enfants, ça n'est vrai qu'en partie. Il m'a fallu cinq ans de thérapie pour revivre normalement et des années pour que je n'aie plus cet imperceptible mouvement de recul quand un homme m'approche.

– Vous l'avez eu tout à l'heure, remarqua d'une voix douce Spinoza.

– Je m'en suis rendu compte et je m'en suis voulu, dit-elle en souriant. Je ne l'ai dit à mon mari que récemment.

– Et à vos parents ?

– Non, à quoi bon ? Les années ont passé, ça n'est plus qu'une cicatrice indolore.

– Je ne vais pas remplacer votre psy mais à vous entendre pas tout à fait.

– Je ne sais pas, murmura-t-elle en regardant ailleurs.

– Ce que je peux vous assurer, madame Courcelle, c'est que vous n'êtes pas la seule. Un autre témoignage qui nous est parvenu nous rapporte le viol d'une jeune fille de dix-huit ans. Il est aussi précis que le vôtre et nous n'avons aucune raison de ne pas le croire comme nous n'avons aucune raison de penser que vous avez affabulé en écrivant cette lettre à Chanteclerc. Un seul viol fait de vous un criminel, deux et plus sont la signature d'un prédateur sexuel. Vous avez eu affaire à un prédateur, dit-il en se levant. Je pense que d'avoir parlé à un flic vous aura fait du bien.

– Peut-être, dit-elle en lui serrant longuement la main.

La gare d'Avignon grouillait de monde, déversant son lot de Parisiens, pantalon de toile et Tod's aux pieds, venus parler à leurs oliviers, jurant que l'air de la capitale était irrespirable avant d'y retourner avec délectation.

Spinoza avait un quart d'heure d'avance, il appela Barnier.

– Vous pouvez rayer Frédérique Courcelle de la liste des suspects. En revanche on n'a pas fini de mesurer les dégâts qu'a pu faire Chanteclerc.

Chapitre 19

« J'ai bien fait de rentrer à Paris hier soir », se dit Benoît en s'approchant du miroir. Le journal de 8 heures de France Info avait été presque entièrement consacré au gigantesque carambolage qui avait eu lieu une heure plus tôt à hauteur de Poissy. L'orage violent qui était à l'origine de l'accident rendait l'arrivée des secours compliquée, les hélicoptères de la sécurité civile avaient dû rebrousser chemin, pompiers et ambulanciers avaient emprunté la nationale pour rejoindre l'autoroute. La radio avait d'abord donné le chiffre de sept blessés graves et d'une vingtaine de victimes plus légèrement atteintes, avant d'indiquer que le bilan serait sans doute beaucoup plus lourd. Quatre corps dont celui d'un bébé avaient été retrouvés dans une voiture calcinée, trois autres horriblement abîmés, découverts entre leur voiture et le rail de sécurité. En moins d'une heure le carambolage avait changé de statut, l'accident était devenu drame national. Après avoir posté des tweets assurant les victimes et leur famille de leur compassion, Lenoir et le Premier ministre avaient fait savoir qu'ils se rendraient sur place dès que les opérations de sauvetage le permettraient.

– À quoi ça rime, marmonna Barrioul dans sa barbe soigneusement rasée, le ministre de l'Intérieur passe encore, mais le Premier ministre qui va se faire mousser au milieu des corps encore chauds des victimes, c'est too much.

Benoît avait rageusement coupé le son du téléphone qui lui servait de radio. Face au miroir qui surplombait les deux vasques en pierre grise, il scrutait ce visage inconnu. Cheveux blancs, front strié de profondes rides, plis méchants de part et d'autre d'une bouche qui avait perdu le sourire, il ne restait de lui que les yeux et ce regard qui avait tant séduit. Benoît qui s'était beaucoup admiré, devenu la caricature vieillissante de lui-même, ne s'aimait plus. Arlequin des jours heureux, il n'était plus que le clown d'un cirque dont les gradins se vidaient inexorablement. L'homme du passé qu'il scrutait dans le miroir allait devoir rendre des comptes. Mais il espérait encore ce matin-là pouvoir reculer l'échéance. Barnier avait sans doute d'autres chats à fouetter que de l'interroger sur… Sur quoi au juste ? Il n'en avait aucune idée. Le téléphone resté dans la salle de bains balaya cet espoir matinal.

– Vous n'êtes pas sur l'autoroute, j'espère ?

La voix était aussi froide que l'avant-veille. C'était stupide de penser que cet accident aurait pu modifier le cours des choses. Le commissaire divisionnaire n'avait rien à voir avec Police secours et le Bastion n'était pas un commissariat de quartier. Barnier confirma qu'il attendait Benoît au 36 à 10 heures.

Le commissaire avait fait place nette. Le bureau ressemblait plus à l'élégant salon d'un appartement du VIIe arrondissement qu'aux salles dans lesquelles s'entassaient les flics du Bastion. Le plateau de marbre noir était débarrassé du moindre papier, Barnier avait enfermé le précieux carnet de notes dans un porte-documents calé au pied de la table. À 10 heures précises, le gardien de faction avait fait entrer Benoît, surpris comme je l'avais été par l'étrangeté du lieu. Pas plus que moi, il n'en fit la remarque mais son coup d'œil étonné ne suscita cette fois aucune explication du divisionnaire qui se contenta d'un bonjour glacial et d'un geste l'invitant à s'asseoir. Pas de café ni de verre d'eau, Barnier n'avait pas envie d'être aimable ni de disserter sur New York dont les photos accrochées de part et d'autre du bureau provoquaient généralement une utile entrée en matière. L'énergie de Manhattan, les bruits de la ville, c'était un bon moyen de différer le moment de l'interrogatoire. Avec Benoît, il ne fut question ni de Central Park ni même du carambolage meurtrier de la nuit. Mon ami avait bien essayé mais s'était fait envoyer dans les cordes sans ménagement.

– Je ne vous ai pas fait venir pour que vous me parliez sécurité routière, réagit sèchement Barnier. Chanteclerc, c'est tout ce qui m'intéresse.

Benoît raconta notre enfance, nos parties de foot au pied des tours du Mireuil, notre entrée par effraction dans la bourgeoisie rochelaise. Fénelon, Olivier, l'hôtel particulier des parents de Charles, la petite maison, les flirts du samedi soir les pieds dans le sable la tête ailleurs. Chacun sa route et une ambition commune, goûter à l'extraordinaire. Les moyens pour y parvenir n'avaient que peu d'importance, seuls comptaient les fins que l'on s'assignait. Inséparables au bord de l'Atlantique, nous l'étions encore à notre arrivée à Paris jusqu'à ce que la vie nous éloigne. Nos dîners s'étaient raréfiés au point de se compter sur les doigts d'une main. Trop de mensonges, d'invectives et de non-dits.

– Voilà, vous savez tout, avait martelé Benoît en scrutant le visage impassible du divisionnaire.

– Tout ? Je ne crois pas, répliqua Barnier en posant le carnet noir d'Olivier sur la table. Et l'ouvrant sur les dernières notes, il avait lu à haute voix : « Appeler Benoît à propos du *Canard*, à creuser... Appeler l'Élysée. »

Face au commissaire, Barrioul s'était figé, incapable de réagir. Il pensait avoir fait face, en quelques mots, le flic venait de lui faire comprendre que sa belle histoire ne l'exonérerait pas de comptes à rendre.

– Je continue ? interrogea Barnier en poursuivant la lecture sans attendre la réponse. Vous étiez au courant de ces financements occultes venus d'Afrique ?

– Pas du tout, bredouilla Benoît. D'ailleurs l'Élysée a démenti.

– Ça n'est pas à vous que je vais apprendre ce que vaut ce genre de démenti. Apparemment il n'avait pas convaincu Chanteclerc.

– Ça ne veut rien dire, Olivier détestait Marchetti.

– Soit, mais vous ? Peut-être savait-il des choses vous concernant. Vos relations avec Marchetti par exemple.

– Mes relations avec Marchetti ? Chacun les connaît. J'ai côtoyé le président à l'Assemblée, et lorsque j'ai quitté la politique il m'a consulté à plusieurs reprises.

– Vous vous sous-estimez. Vous étiez connu pour être l'un de ses proches pendant la campagne présidentielle.

– Disons qu'il m'a consulté un peu plus fréquemment.

– Chanteclerc fait allusion à vos nombreux voyages en Afrique pendant cette période.

– Mais ça n'a rien à voir, je conseille depuis des années le président du Sénégal. Vous pouvez vérifier.

Benoît s'était ressaisi. Manifestement Barnier n'avait d'autres sources que ce carnet noir saisi chez Chanteclerc. Barrioul avait trouvé la faille et s'y engouffra. Se redressant sur sa chaise, il but le verre d'eau que le commissaire lui avait enfin proposé et attaqua à son tour. Avec la férocité de celui qui venait d'échapper aux crocs du boucher. D'autant plus fort qu'il se savait innocent de la mort du journaliste et que l'argent enfoui dans des paradis lointains était passé entre tant de mains qu'il n'était pas sûr de s'y retrouver lui-même.

– Plutôt que de vous acharner sur moi, dit-il, vous feriez mieux de chercher du côté de Marchetti. Après tout, si ce que vous dites est vrai, le président avait beaucoup à perdre. Évidemment c'est plus facile de soupçonner un type comme moi que de s'attaquer au chef de l'État. J'ai été suffisamment longtemps au cœur du réacteur pour savoir comment ça marche.

Barnier avait écouté sans broncher. Le commissaire n'avait aucune sympathie pour Barrioul mais chapeau l'artiste, il l'avait vu se défaire quelques minutes plus tôt et voilà qu'il pointait du doigt ce qui était une évidence. Le président de la République était un coupable possible. La veille, le divisionnaire avait demandé à son adjoint de se mettre en chasse de ce pigiste parti enquêter en Afrique.

Chapitre 20

Des Georges D. il y en avait à la pelle. Avec l'aide de Justine, l'une des deux jeunes policières qui avaient participé à la perquisition, Spinoza avait visionné des centaines de reportages, lu des dizaines de papiers, décortiqué les curriculum vitæ de chacun. Aucun n'avait le profil du journaliste enquêteur dont parlait Chanteclerc. Certains étaient journalistes politiques dans un quotidien de province, d'autres s'étaient spécialisés dans l'environnement, l'éducation ou le cinéma, Justine avait même repéré un expert en abeilles auteur de plusieurs ouvrages sur l'apiculture. Le Georges D. d'Olivier n'était-il qu'un pseudonyme cachant un faux journaliste et un vrai flic ou un jeune pigiste sans carte, payé au black ? Alors qu'entre deux visionnages le capitaine pestait contre cette enquête pourrie, Justine reçut un appel de la commission de la carte. La secrétaire avait retrouvé la demande refusée d'un jeune homme de vingt-sept ans, un certain Georges D. qui avait joué les enquêteurs clandestins pour plusieurs rédactions. Aucune ne lui avait proposé de CDD, encore moins de l'embaucher. Selon un reporter qui avait utilisé ses services, le garçon était étrange, plus amateur de coups montés que de journalisme, il lui avait un jour proposé de piéger un politique soupçonné de fraude électorale en fabriquant de faux documents à en-tête du ministère de l'Intérieur. Casse-cou et amateur de poubelles, Georges D. n'en était pas moins, selon ce journaliste, un excellent enquêteur. Justine était repartie avec un nom et une adresse dans le Gers.

Georges D. habitait à Lectoure, un gros bourg gascon, planté sur un rocher coincé entre deux vallées. Les randonneurs de Compostelle ne manquent jamais de s'y arrêter, tant il est vrai que dans le Gers, marche et gastronomie forment un couple qu'aucun pèlerin ne saurait ignorer.

Pas d'autoroute ni d'aéroport dans ce coin de France, un temps privilégié par des Parisiens qui avaient accouru avant de découvrir que cet endroit si protégé était inaccessible. Chaque décennie subit sa vague de ras-le-bol citadin. Le Larzac dans les années 70, le Périgord en 80, le Gers à l'aube du troisième millénaire ont connu des migrations parisiennes aux accents aussi sincères que fugitifs. La campagne n'est pas la même sur une pelouse printanière et au cœur de l'hiver. La plupart des gentlemen-farmers d'un été s'étaient raconté une histoire qui n'avait pas tenu l'automne venu. Les parents de Georges D. furent de ces rares citadins qui avaient persévéré. Ils s'étaient installés dans la plaine de Lectoure et y fabriquaient un foie gras dont il continuait de faire la promotion chaque vendredi sur le marché installé au cœur de la ville.

Georges D. était né à la maternité d'Agen alors que ses parents habitaient déjà dans la maison qu'ils occupent à une dizaine de kilomètres du bourg. Le trou du cul du monde pour Spinoza. Le capitaine n'avait cessé de grogner depuis le décollage du Paris-Toulouse de 7 heures. Dès son arrivée à l'aéroport, il avait apostrophé Justine d'un « Qu'est-ce qu'on fout ici ? » tonitruant. Et n'avait pas décoléré jusqu'à Toulouse. Café trop chaud, croissant trop mou, le pilote lui-même n'avait pas échappé à ses sarcasmes. Le vent avait chahuté l'avion au moment de l'atterrissage mais le flic n'avait voulu y voir qu'une maladresse de l'équipage. Dans la voiture dont il avait laissé le volant à Justine, il avait fait mine de dormir, méprisant ostensiblement les paysages.

Solidement bâtie au bout d'une allée de grands chênes, ni tout à fait paysanne ni gentilhommière, la maison des parents de Georges D. ressemblait aux nombreuses demeures bourgeoises qui tapissent les terres gersoises. De forme carrée, elle était chapeautée par une imposante toiture à quatre pentes, bordée aux quatre coins de tourelles qui abritaient chacune un pigeonnier. D'autres constructions protégeaient les élevages et les terres agricoles. L'ensemble donnait une impression de confort qui tranchait avec les vieilles fermes dont on apercevait au loin les toitures enveloppantes. M. et Mme D. avaient beau habiter l'endroit depuis trente ans, ils n'étaient pas du pays et ça se voyait. Parisien un jour, Parisien toujours, ils pratiquaient pourtant avec application un voisinage convivial mais pour les paysans nés sur cette terre enclavée, ils n'étaient que d'aimables étrangers. Justine avait appelé la veille pour les prévenir de leur visite. Précaution inutile, ils ne manifestèrent aucune surprise et confièrent aux policiers, leur porte à peine ouverte, qu'ils s'attendaient à les voir débouler depuis le départ de leur fils. Après sa scolarité au lycée Maréchal-Lannes, Georges avait fui Lectoure qu'il n'aimait pas. Sa mère avait expliqué aux deux flics qu'il n'avait pas été un adolescent facile. Dès la sixième, il avait souhaité être pensionnaire à Toulouse, ce que ses parents avaient refusé. Le bac en poche, il avait saisi l'opportunité d'un boulot d'été à Paris pour ne plus revenir.

Depuis l'installation de leur fils dans la capitale, M. et Mme D. ne l'avaient jamais revu.

– Au début, il nous téléphonait, avait ajouté sa mère, puis ses appels se sont espacés. Il nous avait assuré qu'il était devenu journaliste et qu'il avait suffisamment d'argent pour vivre. Quand je lui demandais pour quel journal il travaillait, il nous expliquait, évasif, qu'il faisait des enquêtes qui lui rapportaient gros mais qu'il ne pouvait les signer sous son nom. C'était trop dangereux, expliquait-il. La dernière fois qu'il nous a appelés, c'était il y a trois mois. Il partait pour l'Afrique, un voyage de plusieurs semaines, nous avait-il dit. Depuis, nous n'avons aucune nouvelle.

Seule Mme D. avait parlé. Silencieux jusque-là, le père de Georges avait juste lâché, alors que sa femme avait proposé aux deux policiers de partager leur déjeuner :

– On s'est habitués à vivre sans lui et c'est aussi bien comme ça.

Spinoza et son adjointe s'étaient regardés, ils n'obtiendraient rien de plus et ils partirent en déclinant l'invitation. Avant de refermer la portière, le capitaine se tourna vers la mère de Georges. La question le taraudait depuis qu'elle lui avait dit être sans nouvelles.

– C'était dans ses habitudes de ne pas vous appeler lorsqu'il partait à l'étranger ?

– Non c'est même l'inverse, ce sont les seuls moments où il nous téléphonait. Vous pensez qu'il aurait pu lui arriver quelque chose ?

Spinoza choisit de ne pas répondre et fit signe à Justine de démarrer. Cette fois il ne fit pas semblant de dormir et apprécia suffisamment cet enchevêtrement ensoleillé de plaines et de massifs rocheux pour s'y arrêter. Au Castet, la terrasse de La Plancha leur avait été recommandée par le loueur de voitures. Sur la place de l'Église, les marcheurs y cantinaient le soir sous d'immenses marronniers. À l'heure du déjeuner, les arbres protégeaient à peine d'un soleil si chaud que les quelques passagers du car, qui déversait chaque jour à la même heure son lot de touristes, avaient préféré faire ripaille à l'intérieur.

– Au moins on sera au calme pour débriefer, dit en souriant Spinoza qui venait de s'installer dans le seul endroit suffisamment ombragé pour que le foie gras puisse se laisser goûter sans fondre dans l'instant.

Une fois qu'il eut achevé son assiette, il grommela :

– On n'a pas appris grand-chose. Tout juste que le gamin est bien parti en Afrique pour enquêter à la demande de Chanteclerc, ce qui n'est pas une raison pour rester silencieux plus de trois mois…

– Donc ? demanda Justine, lui faisant remarquer qu'elle n'avait pas eu le temps de voir la couleur du gâteau.

– Donc, il y a un loup, murmura Spinoza comme s'il se parlait à lui-même. Et pour chasser le fauve, nous n'avons que deux solutions. On sillonne une bonne dizaine de pays africains sur les traces de Georges, ou on épluche tous les vols vers l'Afrique depuis six mois. C'est moins fun mais je pense que c'est la solution qu'on va proposer à Barnier, conclut-il en éclatant de rire.

La bouteille de madiran et l'armagnac offert par le patron eurent définitivement raison de l'humeur grincheuse dont le capitaine avait gratifié Justine à l'aller. Le retour fut joyeux et sonore dans la voiture, endormi dans l'avion. Arrivé chez lui, il appela le divisionnaire et lui fit un bref compte-rendu, avant d'assurer qu'à la première heure il serait au Bastion pour se faire expédier les milliers de listings des vols dont il avait besoin.

– Demande à Justine de faire plancher ses stagiaires sur la presse africaine, ça ne devrait pas être très long.

Le commissaire n'avait pas tort. Avec une moyenne de deux cents passagers par vol, il fallut moins d'une journée à Spinoza pour pister le journaliste. Et le perdre peu après. Georges D. avait décollé de Paris pour Dakar le 18 janvier 2022 à 5 h 15 dans un avion de la compagnie espagnole Iberia. Après une interminable escale à Madrid, il avait atterri au creux de la nuit dans la capitale sénégalaise. Qu'avait-il fait ensuite ? Sur les images des caméras de surveillance, on le voyait discuter avec deux hommes à la sortie de l'aéroport puis monter dans leur voiture dont le numéro est illisible. Un 4 × 4 noir comme il en circule des centaines à Dakar. Spinoza avait passé son après-midi au téléphone avec ses collègues de la police sénégalaise. Certains d'entre eux ne lui étaient pas inconnus, il les avait croisés au Bastion à l'occasion d'une session de formation sur la lutte antiterroriste, c'étaient de bons flics, habitués aux enquêtes compliquées. Ils avaient retrouvé la trace du journaliste dans un endroit improbable, mi-bordel mi-hôtel, aux portes de la ville. Le taulier se souvenait d'un jeune homme qui pour payer sa chambre avait fait office à plusieurs reprises de gardien de nuit. Peu bavard, il partait des journées entières sans jamais dire ce qu'il était venu faire à Dakar. Jusqu'au jour où il n'est pas revenu. Sans prévenir et sans ses affaires. L'hôtelier avait gardé son sac, laissé dans la chambre. Deux pantalons, trois tee-shirts plus très propres, deux chemises impeccablement repassées, une paire de baskets, deux livres de poche, *L'Étranger* de Camus et *Les Cavaliers* de Kessel, et des affaires de toilette. Rien de plus, sinon son passeport que l'homme avait trouvé quelques jours plus tard dans la poche revolver d'un pantalon. Georges était donc parti sans papiers. Au flic qui s'étonnait que le propriétaire de l'hôtel ne se soit pas inquiété de cette disparition et ne l'ait pas signalé à la police, l'hôtelier avait seulement répondu qu'il n'aimait pas se mêler des affaires des autres. « Ça n'apporte que des emmerdes, avait-il dit, surtout quand on tient un établissement comme le mien. » Des palaces aux hôtels borgnes, des bars à putes aux points de deal, les collègues sénégalais de Spinoza avaient ratissé large. Et rien. Plus aucune trace de Georges D. Pourquoi le jeune homme était-il parti sans ses papiers ? Simple oubli ? Ou volonté de se dissimuler derrière une fausse carte d'identité ? Trois mois plus tard, la disparition n'était plus inquiétante, elle était consommée. De mémoire de flic, les seuls disparus qui refont surface sont les assassins et les tortionnaires, l'homme recherché n'était ni l'un ni l'autre et Spinoza s'était résolu à ranger le dossier Georges D. au rayon des *cold cases*. Jusqu'à ce soir de France-Portugal ou Justine l'avait appelé au beau milieu du match.

– J'espère que c'est vraiment important, dit-il.

– Il faut que je te voie maintenant, répliqua-t-elle sur un ton qui ne souffrait aucun refus.

– Rappelle-moi dans dix minutes.

Les cinq minutes de prolongation n'avaient rien changé au score, c'est lui qui rappela.

– Alors c'est quoi ton truc important ?

– Je ne peux pas te le dire par téléphone, il faut que je te montre des photos.

– Viens à la maison, Mathilde travaille sur le dossier d'un patient compliqué, ça lui fera du bien de faire une pause.

Justine ne connaissait pas bien la femme de Spinoza mais elle appréciait la douceur qu'elle exhalait, tel un parfum discret. Sans doute un truc de psychiatre, un jeu savamment travaillé, peu importe, la jeune lieutenante la trouvait reposante et s'étonnait qu'elle supporte depuis si longtemps les foucades de son mari. En arrivant chez le capitaine, elle la trouva riant de son homme qui n'arrivait pas à ouvrir la bouteille de champagne. Les deux fêtaient le match nul qui avait évité à Spinoza de choisir son camp. Après avoir bu un premier verre cul sec et invité Gérard à le remplir à nouveau, Justine jeta sur la table basse un exemplaire du *Quotidien* de Dakar et une dizaine de coupures de presse. Partout la même photo. Un 4 × 4 calciné sur l'autoroute A1. *Le Quotidien* daté du 15 février 2022 avait titré « Incompréhensible accident sur l'autoroute ». Et le papier enfonçait le clou :

Trois corps difficilement identifiables ont été retrouvés dans la voiture qui a heurté à grande vitesse le rail de sécurité sur l'autoroute A1, à une trentaine de kilomètres de Dakar. Il était près de minuit lorsque l'accident a été signalé alors que le 4 × 4 achevait de se consumer. Pour l'heure, aucun témoin ne s'est présenté. Le drame est d'autant plus inexplicable que la chaussée était sèche et la visibilité excellente. Les plaques d'immatriculation, illisibles, n'ont pas permis l'identification du véhicule, seul le numéro de série permettra d'identifier le propriétaire.

Trois jours plus tard, dans leur parution du 18 février 2022, *Le Soleil* et *Sud Quotidien* précisaient que la voiture appartenait à un garde du corps attaché à la présidence. L'homme avait disparu depuis l'accident.

Les tests ADN, poursuivait *Sud Quotidien, devraient confirmer que ce garde du corps est l'une des trois victimes, les deux autres n'ont pu jusqu'à ce jour être identifiées mais d'ores et déjà,* concluait le journal, *on sait que l'un des deux était de type caucasien.*

Les causes de l'accident, soulignait de son côté *Le Soleil, sont d'autant plus mystérieuses que la voiture était neuve, ce qui exclut la défaillance mécanique. Quant à la défaillance humaine, elle est d'autant moins probable que le garde du corps était connu pour être un excellent conducteur et un musulman pratiquant. Il ne buvait jamais d'alcool.*

Spinoza s'était servi un nouveau verre de champagne qu'il leva en parlant fort.

– Sacré boulot Justine, j'imagine que tu penses la même chose que moi, l'homme blanc ce ne peut être que Georges D.

– Tout correspond, les dates, la disparition du jeune homme peu après son arrivée à Dakar, le 4 × 4 noir. Et ce probable sabotage.

– Le garçon a dû vouloir fouiller d'un peu trop près les poubelles, enchaîna le capitaine. Plus d'enquête, plus de preuves et pas de reportage dans l'émission de Chanteclerc. La mort de Georges D. et l'assassinat d'Olivier, deux meurtres pour une seule histoire. Et une même question. À qui profite le crime ?

– Tu te la poses vraiment ?

Justine sursauta en entendant Mathilde qui n'avait rien dit jusqu'alors. La femme de Spinoza avait encore dans les mains le papier de *Sud Quotidien* quand elle apostropha son mari en répétant la question :

– À qui profite le crime ? Mais ça ne fait aucun doute, dit-elle. À Marchetti, bien sûr. À qui d'autre sinon ? Ce type est une ordure. Vulgaire, menteur, il a passé sa vie à tremper dans des affaires louches, à tromper les Français, jurant la main sur le cœur qu'il était du côté du peuple alors qu'il ne pense qu'au fric et au pouvoir. Il jouit en piétinant les autres. Ridiculiser, humilier, c'est son casse-croûte quotidien. Il utilise la violence verbale comme d'autres leurs flingues. Tout ça est signé. Chanteclerc a envoyé ce pauvre garçon au casse-pipe, pensant faire un coup bien au chaud derrière son bureau mais cette fois le grand homme s'est planté, il a trouvé plus fort que lui.

Spinoza n'avait jamais vu Mathilde dans cet état. Elle était souvent rentrée de l'hôpital désespérée de ce dont elle avait témoigné. Des femmes apeurées qui niaient être battues, des adolescentes qui avaient subi en silence des années de viols paternels, des gamins terrorisés par des parents qui se déchiraient le jour et jouissaient bruyamment la nuit avant de se détester au petit matin. Lorsqu'elle rentrait ces soirs-là, il y avait de la tristesse dans ses yeux mais jamais la haine qu'il venait d'y lire.

– Arrête Mathilde, dit-il en lui serrant le bras si fort qu'elle poussa un cri de douleur. Je t'en supplie, ne répète pas à l'extérieur ce que tu viens de dire. Que tu penses que Marchetti est un sale con, pas de problème. Tu peux même le crier sur les toits mais ne laisse pas entendre qu'il a pu faire tuer ce môme, encore moins Chanteclerc.

– C'est pourtant ce qu'il y a de plus probable, dit-elle refusant de rendre les armes.

– Pour l'heure, enchaîna Spinoza en martelant ces mots, rien ne rattache Marchetti à ces crimes. Le papier du *Canard* a été démenti et tout le monde s'est écrasé faute de preuve. Les financements occultes ? Pas de matière. Les meurtres ? Encore moins.

– À vous de les trouver, c'est votre boulot non ?

– Mais on n'arrête pas de les chercher, cela fait des semaines qu'on s'y épuise. Chaque fois qu'on s'est embarqués sur une piste on s'est pris un mur. Cette histoire nous rend dingues au Bastion. On en est au point où on ne sait plus qui est qui et sur quoi on enquête. Le meurtre de Chanteclerc, les saloperies de Marchetti, les magouilles de Barrioul ou le suicide de Sophie Valcroze. On a mis sur écoute la femme de Chanteclerc, ses fils et beaucoup d'autres dans l'entourage de Marchetti…

– … Avec l'autorisation du procureur ? s'étouffa Mathilde.

– Non, mais il faut bien avancer. C'est ce que tu nous demandes.

– Si ça se sait, je ne donne pas cher de votre peau.

– Ne sois pas naïve, ça s'est toujours fait. Si on se fait choper on trouvera bien un truc pour raccrocher ces écoutes à l'enquête. De toute façon on y a mis fin, ça ne servait à rien. Ces gens se méfient et utilisent des portables prépayés. La seule chose qu'on ait apprise, c'est que Lenoir a passé la soirée chez Éloïse Chanteclerc, le jour de la perquisition.

– Vous avez écouté le ministre de l'Intérieur ? Mais vous êtes vraiment cinglés.

– Pas Lenoir. La femme de Chanteclerc, grogna le capitaine.

– Le résultat est le même. Vous savez ce que vous risquez. Pas seulement de sauter mais la taule.

– C'est pour ça qu'on a tout arrêté.

Spinoza avait l'air piteux d'un petit délinquant pris en flagrant délit de chapardage. Justine tenta de venir à son secours en arguant qu'on ne pouvait vouloir tout et son contraire, arrêter les assassins et ne pas s'en donner les moyens. Mathilde répliqua que la fin n'autorisait pas tout.

– Quand j'ai rencontré Gérard il ne m'a pas dit qu'il était entré dans la police pour jouer au cow-boy, la France ça n'est pas le Far West quand même.

Elle s'était levée pour signifier que la soirée était terminée.

– Regarde ce que tu es devenu, dit-elle, fusillant du regard son mari. Pas mieux que les mecs que tu arrêtes, le droit, les lois c'est uniquement quand ça vous arrange, sinon comme tu dis vous trouvez un truc pour ficeler vos bavures. Cette enquête vous rend fous. Elle suinte la pourriture. Mais ne vous faites pas d'illusions, plus vous avancerez moins on vous laissera écrire la fin de l'histoire. D'autres que vous trouveront le coupable idéal, qui fera oublier ce fumet nauséabond qui n'émane pas seulement du cadavre de Chanteclerc.

Parenthèse

Je les entendais dehors. Leurs cris se mêlaient au chant de mes pies bavardes. D'ordinaire cela m'agace, ils hurlent parfois si fort que ma plume se bloque sur leurs mots aux dépens des miens mais cet après-midi avait été différent. Marianne m'avait prévenu qu'à l'heure du thé elle ne serait pas seule. Garance est à Paris. Pour quelques jours seulement, le temps de finaliser sa prochaine mission au Tadjikistan. Je ne l'avais plus revue depuis son retour du Pérou. Égale à elle-même, elle nous avait raconté ses dernières fouilles comme si nous nous étions vus la veille. C'était sa façon à elle de nous dire qu'elle nous aimait malgré ces mois de séparation. Enthousiaste à l'idée de rejoindre les équipes installées sur le site de Sarazm, « Là-bas c'est la tour de Babel, nous avait-elle expliqué en riant, on y parle le français, l'anglais, l'allemand, l'italien, certains s'essaient même au tadjik ». Elle devait poursuivre le travail des archéologues qui avaient exhumé plusieurs complexes de palais et la tombe d'une princesse dont les restes et les bijoux constituent désormais la principale curiosité du musée national du Tadjikistan.

– Je repars dans une semaine, ça nous laisse du temps pour se voir. Elle avait parlé d'un ton doux et câlin comme si elle avait senti le besoin de me rassurer, embrassant d'un regard surpris la décoration minimaliste de mon bureau.

– Tu n'es pas un peu à l'étroit ? Je préférais ton bureau-bibliothèque. Pas de rideaux, pas de tableaux, c'est trop monacal pour moi, ici. Et, se tournant vers Marianne : Tu pourrais au moins accrocher quelques photos.

– C'est ce que ta mère me dit tous les jours, ai-je répondu en souriant. Mais j'ai besoin de cette nudité pour écrire. Je regarde les murs comme autant de feuilles qu'il me reste à couvrir. Ne t'inquiète pas, ce sera bientôt fini.

Chapitre 21

J'avais menti. Benoît n'était plus un ami, mais ce qu'il m'avait dit à Villerville relevait plus de la confession que d'intimes confidences. Même s'il se vantait de n'avoir laissé aucune trace qui permettrait aux flics de remonter jusqu'à lui, je savais que s'il était démasqué, c'était la case prison pour très longtemps. Après tout, ses histoires ne me regardaient pas. J'étais depuis longtemps au clair sur qui était Barrioul mais le Mireuil nous avait construits et nous nous étions juré de ne jamais salir ces années d'enfance. Même si nous étions les quatre de La Rochelle, nous n'avions pas la même histoire que Charles et Olivier. Benoît et moi avons grandi dans la rue quand les deux autres pianotaient dans le salon de leurs parents, cette différence-là, on ne la gomme jamais. J'avais menti et j'en étais fier. S'il devait arriver quelque chose à Benoît ce ne serait pas de mon fait.

Barnier avait pourtant mis les petits plats dans les grands. C'était quelques jours après la perquisition chez Éloïse. Pour cet interrogatoire qui n'était pas censé en être un, le commissaire divisionnaire avait retrouvé le ton doucereux du *good cop*.

– Je vous ai vu dans mon bureau apprécier les belles choses. Déjeunons à l'extérieur plutôt qu'au 36.

– Pourquoi ? l'interrompis-je en riant. Je suis sûr qu'au Bastion, le poulet grillé est excellent.

À la froideur de la réponse, je compris que j'avais sans doute forcé sur l'ironie mais il se reprit très vite et me donna l'adresse du restaurant. Je connaissais très bien l'endroit. C'était la table préférée de mon premier éditeur. Marianne, qui avait toujours qualifié Lecœur de plouc macho, attendait malgré tout ses invitations qui deux fois par an nous faisaient gravir de nouveaux sommets culinaires.

En retrouvant Barnier à l'entrée de la salle, je m'étais empressé de faire oublier mon ironie en le remerciant de cette invitation dont j'avais bien compris qu'elle ne finirait pas en note de frais. Il se contenta de sourire sans répondre et d'un geste me proposa de suivre la jeune femme qui nous avait accueillis. Les tables étaient suffisamment espacées pour que notre conversation échappe aux oreilles voisines. Entre la « cocotte d'aromatique dans laquelle on fume » et le « mont d'or au vin jaune du Jura », mes papilles ont balancé suffisamment longtemps pour que Barnier ait eu le temps de choisir la « gelée de topinambour » suivi pour nous deux d'un « pavé de bar saisi à la poêle terminé à l'étouffée dans un beurre mousseux agrémenté de citronnelle et d'estragon ». Restait au sommelier à faire son travail. Un « pouilly fumé, silex D. dagueneau 2008 » avait fait l'affaire.

– L'avantage d'avoir de l'argent, dit le commissaire, ça n'est pas seulement de consommer à volonté cette sublime gelée, c'est de goûter la liberté sans limites de ceux qui ne doivent rien à personne. Et dans mon métier c'est aussi exceptionnel que le vin dont nous gratifie ce sommelier. Parce que lorsque vous êtes flic vous n'avez pas un patron mais des dizaines. À commencer par le supérieur hiérarchique du vôtre, coiffé par un directeur de quelque chose, qui répond de ses actes auprès d'un préfet qui lui-même envoie ses notes au ministre de l'Intérieur au garde-à-vous devant le président. Dans la police, la filière des chefs est si dense et obscure que faire son travail dans ce labyrinthe relève de l'exploit. D'autant que souvent la justice s'en mêle ajoutant aux ordres et contre-ordres du quotidien, les pressions discrètes ou brutales qui viennent d'ailleurs. Dans l'affaire Chanteclerc, par exemple, j'ai failli claquer la porte quand le directeur général de la police m'a obligé à taire l'assassinat.

– Vous ne l'avez pas fait.

– Non mais la thèse de l'infarctus n'a pas tenu très longtemps.

– C'est vous qui avez balancé l'information ?

– Disons que moi aussi, j'ai des amis bien placés. Ils savent ne pas être discrets quand c'est nécessaire.

– Mais ça ne me dit pas pourquoi vous n'avez pas tout plaqué. Peut-être parce que vous n'êtes pas plus blanc que les autres. Une légitime défense contestable, une conduite en état d'ivresse, un billet par-ci, une brutalité conjugale par-là, tout le monde se tient par la barbichette chez vous.

Était-ce l'endroit ou le fait que Barnier avait entendu mille fois ce genre de banalités ? Toujours est-il qu'il adopta le ton serein de celui qui avait encaissé bien pire.

– Épargnez-vous ces lieux communs. Il y a des ripoux chez nous, c'est vrai mais sans doute moins qu'ailleurs. La corruption vous la trouverez plus facilement salle des Quatre-Colonnes qu'au 36. Quant à votre ami Chanteclerc, il y a bien longtemps que nous le savions champion hors catégorie. Et vous, vous êtes sûr d'avoir toujours traversé dans les clous ?

La manière dont il avait posé la question avait quelque chose d'inquiétant. J'avais pâli de façon si visible qu'il enchaîna satisfait :

– Ah ! Vous voyez. Mais je ne vous demanderai pas ce que vous avez à cacher, chacun ses petits secrets.

Il avait dû parler suffisamment fort pour que les deux jeunes femmes qui déjeunaient à la table voisine se penchent vers nous. L'une d'elles s'enhardit, s'excusant d'avoir entendu notre échange. Elle m'avait reconnu et dit avoir adoré *Les Années sida*. À trente ans, elle avouait n'avoir connu qu'à travers ce que lui en avaient raconté ses parents et mon livre cette époque où l'amour libre des années 70 avait basculé dans la peur de coucher avec la mort. Je n'eus que le temps de la remercier avant que deux serveurs viennent poser deux assiettes chapeautées d'un couvercle qu'ils soulevèrent fièrement détaillant la cuisson du « bar et ses accompagnants, navets boule d'or, gruyère de garde, mangue et pommes vertes, anémone de mer, quinoa rouge à la bière blanche d'eau de mer, feuille de sésame ».

Le commissaire contemplait l'assiette tel l'esthète devant une œuvre d'art. Il n'avait pas tort. À sa manière, le chef est un artiste qui travaille ses compositions comme certains les couleurs ou d'autres la pierre, terre et mer sont ses sources d'inspiration. J'écoutais Barnier me conter ses pèlerinages gastronomiques. De Strasbourg au creux des Pyrénées, des côtes bretonnes à la Drôme provençale, il égrenait les étoiles comme autant de victoires délicieuses placardées au frontispice de son Panthéon gastronomique.

La plupart des convives avaient déserté le restaurant depuis un bon moment, repus de saveurs mêlées alors que nous attaquions à peine notre « biscuit soufflé-crus de chocolat base armagnac, feuille de chocolat caramelin, crème glacée guanaja, ganache maajari, macaronade Équateur, eau pamplemousse, Wurtz et cassis éclatés, panacotta-amarelli, glace de citron confit ». Les serveurs avaient disparu comme si Barnier avait négocié avec l'hôte de ces lieux la possibilité de m'interroger l'après-midi entier dans cet endroit plus habitué au jeu de l'amour et des affaires qu'au poker menteur des locataires du Bastion. À cet exercice-là, face au grand flic, je n'étais pas le plus mal loti. Il n'avait rien d'autre que le carnet de Chanteclerc qui ouvrait des pistes sans débouchés, j'avais les aveux de Benoît que jamais rien ni personne ne me ferait dévoiler. Barnier avait attendu le café, accompagné de ses mignardises, pour me poser la seule question qui justifiait que nous nous retrouvions face à face. L'homme avait surjoué pendant deux heures une convivialité qui n'était pas feinte, mais à 15 h 47 précises, il était redevenu le flic que je connaissais. Élégant et retors. Malgré la puissance des vins et la délicatesse des plats je n'avais baissé la garde qu'une brève minute lorsqu'il avait tenté de se faufiler dans mes failles. J'étais prêt. La partie de ping-pong dura une heure et six minutes exactement. Il croyait sûrement le match facile, il trébucha dès la première balle.

– Vous avez vu Barrioul et ça ne s'est pas bien passé, n'est-ce pas ?

Sans réfléchir, j'ai menti et compris dans l'instant qu'il en serait ainsi jusqu'à la fin de l'histoire. Que dire sinon mentir pour ne pas trahir. D'autant plus facile qu'à ce jeu, l'imagination du romancier ne s'autorise aucune limite.

– Pourquoi dites-vous cela ? répliquai-je, jouant l'incompréhension. Au contraire, se retrouver en Normandie fut pour nous l'occasion d'une délicieuse descente dans nos souvenirs d'enfance.

Et l'écrasant de l'histoire d'un passé qu'il connaissait déjà, j'avais conté sans omettre un détail ses spectacles à trois francs six sous et nos rêves d'ados devant cette maison acquise sur les hauteurs de Villerville.

– Pour des amis très proches, vous êtes reparti trois heures à peine après votre arrivée, c'est bref non ?

– Vous me faites suivre, répliquai-je en souriant.

– Non, mais les péages sont connus pour être bavards.

– Apparemment pas au point de vous préciser que j'avais promis à ma femme de la rejoindre alors qu'elle rentrait d'un procès difficile. J'avais prévenu Benoît, vous pouvez vérifier.

– Inutile vous n'êtes suspect de rien. En revanche je n'en dirais pas autant de votre ami Barrioul. Les notes de Chanteclerc font le lien entre la campagne de Marchetti et votre ami. J'imagine que vous lui en avez parlé.

– Non pas du tout. Ça vous surprend ce genre d'histoire ? Moi pas. Vous connaissez des partis qui se financent honnêtement ? Qui n'a pas eu sa séquence d'emplois bidon et de financements occultes parmi ceux qui aboient avec les chiens dès qu'il s'agit de chasser la fraude fiscale… des autres ? Certains l'ont même fait les yeux dans les yeux. Le chant des estrades est rarement celui des coulisses.

Plus je mentais, plus je m'attardais sur les charmes des côtes normandes sans dire un mot de ma conversation avec Benoît, plus je le voyais s'agacer de n'entendre rien d'autre que l'histoire d'une belle amitié. Vrai mensonge et faux témoignage, je découvrais la jouissance narcissique de ceux qui se jouent de la police. Au point d'inverser les rôles. Il avait renoncé à me questionner, à moi de l'interroger. Après tout rien ne prouvait qu'Olivier ait été assassiné. Quand ? Avec quelle arme ? La presse, habituellement si prompte à déterrer les cadavres, s'était contentée des déclarations vagues du patron de la police. Secret de l'enquête, circulez il n'y a rien à voir. L'omerta que l'Élysée n'avait pu imposer sur l'assassinat était devenu la règle au 36. Ne rien dire qui puisse permettre au meurtrier d'échapper à la toile tissée par les enquêteurs. Ne livrer aucune piste. Laisser les suspects penser que la police s'étouffe dans le brouillard indéchiffrable de l'investigation.

– C'est moi, dit Barnier qui ai souhaité qu'il en soit ainsi. Ils nous croient perdus. Tant mieux, pendant ce temps-là on avance.

Grand bluff ou stratégie ? *Le Parisien* avait posé la question le matin même.

Depuis un mois, écrivait le journal, *les flics sont devenus les meilleurs fantassins d'une Grande Muette qui aurait déserté les casernes pour s'installer rue du Bastion. Le divisionnaire Philippe Barnier, commandant en chef de cette armée silencieuse, a refusé de commenter l'information qui nous est parvenue la semaine dernière selon laquelle notre confrère Olivier Chanteclerc aurait été empoisonné. Pour seule réponse nous n'avons eu qu'un long silence qui n'autorisait aucune autre question. Nous ne pouvons que regretter ce mépris affiché par un policier habituellement plus respectueux de la liberté de la presse.*

Et *Le Parisien* concluait en ne manquant pas de rappeler qu'il avait été le premier à dévoiler l'assassinat de Chanteclerc :

Le mystère qui entoure ce meurtre ne fait pas que s'épaissir, ce silence est suspect depuis le premier jour. On voudrait étouffer cette affaire avec la complicité de la justice et de la police qu'on ne s'y prendrait pas autrement.

À l'évocation de ce papier, Barnier avait bondi.

– Le journaliste qui a écrit ce torchon fouille les poubelles des commissariats depuis vingt ans avec la complicité de pauvres types qui racontent n'importe quoi pour exister.

– Les pauvres types, comme vous dites, ce sont vos collègues, fis-je remarquer mais peu importe, ce qui m'intéresse c'est ce que dit ce journaliste. Il parle d'empoisonnement. C'est vrai ou c'est faux ?

– Bien sûr que c'est vrai, mais je n'allais quand même pas lui faire le cadeau d'une confirmation.

Alors qu'il prononçait cette dernière phrase, je vis les lèvres de Barnier trembler et son visage se décomposer. Lui qui tenait ses troupes d'une poigne d'acier et les avait menacées des flammes de l'enfer si elles disaient un mot de l'enquête venait de craquer. Le gentleman divisionnaire qui ne craignait rien ni personne était passé aux aveux comme un vulgaire malfrat emporté par une colère que j'avais provoquée. La table était trois étoiles mais finalement pas différente de celles qui meublaient les salles d'interrogatoire. Barnier et moi étions face à face et venions de finir la partie à contre-emploi.

Un trou. Un minuscule trou entre le gros orteil et le deuxième doigt du pied gauche. Le commissaire était coincé. Convenant qu'il en avait trop dit, il ne pouvait qu'aller jusqu'au bout, me faisant jurer de n'en jamais parler. D'un regard circulaire sur l'endroit où nous étions, je lui fis comprendre que ce déjeuner scellait une relation qui excluait toute trahison de ma part. S'il avait su les mensonges que j'avais proférés pour protéger Benoît, il en aurait été aisément convaincu.

D'une voix sourde et si basse que j'avais dû tendre l'oreille, il me conta ce qui devait rester secret jusqu'à l'arrestation du meurtrier.

– L'insuline. Chanteclerc a été tué d'une injection d'insuline. Quand on a affirmé qu'il n'avait pas fallu plus d'un quart d'heure au médecin légiste pour découvrir qu'il s'agissait d'un assassinat, c'était vrai. Ce médecin avait eu affaire quelques mois auparavant à un crime similaire. Un cadavre intact et un trou à peine visible à la jointure du cou et de la clavicule. Dans le cas d'Olivier, le point de contact était encore plus discret mais pas suffisamment pour qu'à l'examen il échappe à l'œil averti du légiste. La mort est intervenue moins d'une demi-heure après l'injection. L'examen du cerveau a montré que l'insuline asparte était présente dans la substance blanche, le corps calleux, le cervelet, et le tronc cérébral. La dose injectée n'a laissé aucune chance à Chanteclerc. En revanche si sa femme n'avait pas trouvé suspect l'infarctus, nous n'aurions jamais fait d'autopsie. Ce qui, par parenthèse, rend peu probable la culpabilité d'Éloïse. Vous comprenez pourquoi nous n'avons jamais rien dit de l'assassinat. Le meurtrier ne doit pas être loin de penser qu'il a commis le crime parfait. Si ça n'est pas un tueur à gages, il finira par commettre une erreur.

– Et si c'est un tueur à gages ?

– On trouvera son commanditaire.

Barnier avait recouvré l'assurance du premier de la classe qu'il avait sans doute été.

À 17 heures, le personnel de cuisine que l'on apercevait derrière une immense baie vitrée commençait de s'affairer. Barnier s'était excusé auprès du responsable de salle pour cette occupation inhabituelle, ce qui lui valut en retour un sonore « Mais vous êtes chez vous monsieur le commissaire, un dernier café peut-être ? ».

– Non mais un thé volontiers, dis-je alors que le divisionnaire s'était déjà levé.

– Laissons ces messieurs faire leur mise en place, dit-il, m'entraînant vers l'extérieur.

La rue Balzac dégorgeait un flot ininterrompu de voitures qui tentaient de se frayer un chemin entre les palissades. C'était si bruyant que j'avais dû hausser le ton pour me faire entendre et proposer à Barnier de poursuivre cette conversation au bar voisin. Le divisionnaire avait décliné en prétextant un rendez-vous chez le procureur.

– Je suis pressé d'en finir, dit-il en s'engouffrant dans sa voiture. Il n'y a pas que les journalistes du *Parisien* qui s'agitent. Je ne sais pas ce qu'il y a dans la bombe Chanteclerc mais si l'Élysée et l'Intérieur le savent je doute qu'ils nous laissent fouiller.

Un an déjà. Marianne venait de partir me laissant seul avec Garance à demi couchée sur le divan. Le crépuscule avait noirci la pièce au point que la suspension, censée éclairer le bureau, laissait dans l'ombre le visage de ma fille. Sa mère partie, elle me parlait de sa rencontre avec un collègue égyptien, quand j'entendis sa voix se briser.

– Je te demande pardon, je n'aurais jamais dû…

Je m'étais approché. Garance était en larmes, secouée de sanglots au point d'être incompréhensible.

– Tu n'aurais pas dû quoi ?

– Te parler comme je l'ai fait à mon retour du Pérou. C'est à cause de moi tout ça…

– Tout ça quoi ?

– Ce livre, votre séparation à Maman et toi.

– Mais on n'est pas séparés, on vit différemment, c'est tout. À l'automne mon roman sera publié et tout redeviendra comme avant, tu verras.

– Je n'en suis pas sûre, lâcha-t-elle, si tu veux j'annule ma mission.

– Mais il n'en est pas question, dis-je en riant. J'ai besoin d'être seul pour finir ce travail.

Nous étions restés un long moment l'un contre l'autre sans rien dire, jusqu'à ce que la nuit noire lui donne le signal du départ.

Je viens de retrouver les notes jetées sur le papier, le soir même de ce déjeuner avec Barnier. Je m'en souviens comme si c'était hier. J'avais écrit en gros caractères : « IL N'Y A PAS DE CRIME PARFAIT, JUSTE DES MEURTRES NON RÉSOLUS OU DES FLICS INCOMPÉTENTS. » Or, il n'y avait pas meilleur au 36 que Barnier. Je me souviens m'être dit qu'il allait trouver. À tort.

Chapitre 22

Le témoin du téléphone fixe clignotait dans l'entrée. Inutile de chercher l'auteur du message, Charles était le seul qui utilisait encore cette ligne. J'avais beau lui répéter que je ne m'en servais jamais et n'y prêtais aucune attention, il m'expliquait que c'était sa manière à lui de garder la mémoire de notre passé. Exactement ce qu'il me disait dans son message sur un ton de reproche reconnaissable entre tous :

– Alors vieille branche, tu as enterré tes amis avec Chanteclerc. Je n'ai plus de nouvelles depuis notre escapade tropézienne. Ce serait trop demander au grand écrivain Rodolphe Shapira que de me rappeler ?

Et il avait signé « un acteur en voie de disparition ».

C'était du Charles tout craché, désuet, ironique et amer. Je l'avais rappelé de mon portable, ce qui me valut un éclat de rire si sonore qu'il m'obligea à éloigner mon téléphone.

– Décidément, le passé t'emmerde, dit-il en continuant de rire puis plus sérieux : J'avais envie qu'on parle de nous. Tous les deux, un dîner en amoureux.

Le déjeuner trois étoiles m'avait fait la journée et Marianne et moi avions prévu une soirée cinéma pour le lendemain. Débat de couple hebdomadaire, ma femme avait choisi *Revoir Paris*, j'avais opté pour la dernière livraison de Spielberg. Les horaires de séance avaient tranché en faveur de ma femme, je ne l'ai pas regretté. Film lourd et puissant. Les victimes d'attentat peuvent-elles se reconstruire ? Seuls ceux qui ont vécu un traumatisme identique peuvent entendre l'autre et ses déchirures. Pour le pire ou le meilleur. Nous n'avons pas beaucoup dormi, Marianne fut intarissable cette nuit-là sur ces femmes meurtries, agressées, violées qu'elle défendait quotidiennement. Pour elles aussi, la reconstruction était difficile, parfois impossible.

Charles avait réservé au Train Bleu. Parfait pour un dîner nostalgie. Pietragalli avait beaucoup à dire et moi pas grand-chose puisqu'il n'était pas question d'évoquer mon aller-retour à Villerville et moins encore les confidences du commissaire Barnier. C'était d'ailleurs sans importance, Charles était venu pour parler de lui. Je le regardais sans l'écouter vraiment. Les traits affaissés, la voix rauque nappée d'alcool fort, les mains maigres et jaunies à la feuille de cigare, l'acteur devait redoubler de maquillage sur scène et de trucage à l'écran pour faire illusion. C'était dérisoire mais efficace. Au théâtre il plaisait aux anciens et dans les salles obscures à des admiratrices qui ne pouvaient l'abandonner sans se perdre elles-mêmes. Charles savait mieux que personne se vêtir de sa propre image qui l'avait rendu immuable depuis cinq décennies. C'est du moins ce qu'il croyait jusqu'à ce que dans un train revenu du Sud, une jeune fille l'ait enterré sans le connaître.

– Tu te rends compte, me dit-il, l'air perdu d'un ado qui vient de se faire piquer son premier amour, elle n'en avait que pour ce Timothée quelque chose qui a dû tourner dix films dans sa vie.

– Un peu plus, glissai-je en souriant.

– Oui, enfin peu importe. Ce freluquet a tout juste vingt-huit ans. Et quasiment pas d'expérience.

– Au moins, autant que toi au même âge, rétorquai-je. À l'époque, tu étais toi aussi numéro un à l'ATP des stars. Cela fait des années que tu triches, mais il arrive un jour où les couches de crème ne trompent plus personne. Tires-en la leçon au lieu de pleurnicher sur un passé qui va te bouffer.

– Mais je vais crever, si je ne monte plus sur scène.

Je ne l'aurais pas terrassé plus durement si je lui avais annoncé la mort de l'un de ses proches. Ou la sienne. Le reste de la soirée eut pour thème cette unique question : comment résister à Timothée Chalamet sans être écrasé par l'insolence de ses trente ans ? Je l'avais finalement rassuré en lui disant qu'il ne s'agissait pas d'abandonner les planches mais de cesser de courir après celui qu'il n'était plus.

– Nous sommes vieux, dis-je en riant, alors joue les vieux et tu plairas aux jeunes, aux moins jeunes et à tous les autres. S'assumer, assumer ce que l'on est, c'est si rare aujourd'hui. Succès garanti.

Sur le parvis de la gare de Lyon, il songea enfin à me demander comment j'allais. J'avais évacué d'un mot la question.

– Très bien, j'ai commencé un nouveau roman. Il parle de nous.

Il eut l'air surpris.

– Ah bon ? De Benoît également ? Comment va-t-il ?

– Il va bien, lui aussi.

Dans le taxi qui me ramenait chez moi, je me suis dit que j'étais entré dans la spirale du mensonge. Sans bruit et sans douleur. Pire, c'était presque réjouissant. Et j'ai compris à cet instant que je n'en sortirai plus. Marianne m'attendait, le téléphone à la main.

– Benoît me dit qu'il n'arrive pas à te joindre, il avait l'air très énervé. Rappelle-le, cela avait l'air urgent.
– Je le ferai demain.
– Non, tout de suite.

Je connaissais cette voix geignarde qui m'avait toujours agacé. Déjà, à La Rochelle, lorsque je m'intéressais à d'autres que lui, il avait ce ton pleurnichard des jaloux maladifs.
– Cela fait deux jours que je te cours après et Marianne me dit que tu dînes avec Charles ! À quoi tu joues Rodolphe ? Je sais que tu as déjeuné avec Barnier, c'est quoi ce numéro avec les flics ? Tu vas me balancer ?
Ça n'était plus une conversation téléphonique, mais un concert de gémissements. Il m'avait fallu hurler pour qu'enfin il s'arrête.
– Encore un délire de ce genre et tu ne me reverras jamais.
À peine avais-je raccroché que mon portable sonnait à nouveau.
– Excuse-moi. À force de dire des conneries, je vais finir par en faire une.
Sa voix était redevenue sourde et suppliante :
– Est-ce qu'on peut se voir demain ? Où tu veux, quand tu veux.
Nous étions convenus du Bourbon à 15 heures. J'avais peu dormi cette nuit-là. Les hurlements de Barrioul m'avaient vrillé les oreilles et résonnaient encore en moi, comme l'écho d'une amitié fracassée.
J'étais arrivé en avance et dus attendre au bar qu'une table se libère. Difficile de trouver un couvert libre après 13 heures, dans cet endroit où se retrouvent du petit matin jusqu'au creux de la nuit ceux qui s'étripaient l'heure d'avant dans les travées de l'Hémicycle. Fausses

rivalités et vraies complicités ou l'inverse, il n'y a qu'une langue commune au Bourbon. On y parle le politique plus couramment que l'anglais à l'ONU, sésame universel et obligatoire partagé par l'armada de journalistes, familiers ou de passage, faussement confrères et vrais concurrents. La pêche à l'information y est l'ordinaire, la recherche du scoop une obsession. Olivier y organisait la plupart de ses rendez-vous, je l'y retrouvais fréquemment dans les années 70, friand de cette comédie du pouvoir qui avait nourri nombre de mes romans. Jacques, le plus ancien des serveurs, mémoire vivante d'une Ve République dont les leaders avaient consommé au Bourbon plus de boissons alcoolisées que nulle part ailleurs, avait fini par me trouver une table. Sur la terrasse, à deux pas de ce qui fut un temps le siège du Parti socialiste. À l'époque, Chanteclerc y avait ses entrées et m'avait fait rencontrer dans ces locaux exigus et mal commodes, l'armée des jeunes loups mitterrandiens dont « le Président » (Mitterrand se faisait appeler ainsi, avant même qu'il ne le soit) s'était entouré pour forger sa légende et construire sa victoire. Le premier secrétaire détestait la cité Malesherbes et ses odeurs de tabac froid laissées par les caciques de la SFIO. Le bureau qu'il occupait avait été si longtemps celui de Guy Mollet qu'il n'eut de cesse de vouloir en changer. L'échec de 74 lui fit définitivement prendre en grippe ces lieux qu'il déserta progressivement jusqu'au déménagement organisé par ses lieutenants un an plus tard. Pas question pour ces jeunes sabras qui avaient pris le pouvoir au PS de moisir dans ces locaux, chargés d'une histoire qui n'était pas la leur. L'immeuble du 7 *bis*, place du Palais-Bourbon ressemblait à ses nouveaux locataires. Planté au beau milieu du quartier le plus bourgeois de Paris, il abritait une multitude de bureaux disparates et mal chauffés qui s'apparentaient plus à des piaules d'étudiants couvertes d'affiches et de graphiques qu'au siège d'un parti de gouvernement. On y croisait, le cheveu en bataille ou le crâne demi-chauve, Jospin, Fabius, Joxe, Estier, Mermaz, Hernu, Mauroy, Rocard et cent autres petites mains qui avaient parié sur la victoire du président. Cinq ans plus tard, imaginant le succès possible, François Mitterrand avait décidé d'emménager à nouveau et de traverser le boulevard pour s'installer dans l'hôtel particulier de Solférino plus conforme à ses costumes désormais taillés sur mesure qu'aux vieux tweeds qu'il affectionnait comme de vieux chaussons. On ne gagne pas une présidentielle en savate.

J'ai toujours aimé cette place du Palais-Bourbon sertie de plots et de chaînes, parvis de ce temple laïque qui résonne encore des voix de Bonaparte et de Clemenceau, de Blum et de Mendès, de de Gaulle et de Mitterrand avant que ces deux-là ne s'installent de l'autre côté de la Seine, dans les meubles du comte d'Évreux.

L'arrivée de Benoît ne passa pas inaperçue. Le vieux serveur se précipita, lui donnant du monsieur le ministre long comme le bras.

– On ne vous voit plus beaucoup, dit-il en lui proposant un café accompagné d'un fond de cognac qui était son ordinaire lorsqu'il déjeunait au Bourbon.

– Ça n'est plus de mon âge, répondit Barrioul en souriant. Un double express, mais pas de cognac, de toute façon, ça n'est plus dans l'air du temps, bientôt on ne mangera plus que des graines dans les ministères. Écolo et économique, mais qu'est-ce qu'ils doivent s'emmerder ! Il paraît que Lenoir que j'ai connu bon vivant ne se fait plus servir que des plats à base de quinoa. Si Beauvau s'y met aussi, on est mal parti. À mon époque, on savait se tenir à table. Avec Marchais au siège du

PC, Mitterrand à la Gauloise, Pasqua, place Beauvau et Chirac n'importe où, le combat politique n'excluait pas la bonne bouffe. Aujourd'hui on s'insulte, on se méprise et on chipote à table. Ça ne fait pas envie.

Jacques avait opiné du chef en écoutant la saillie de Benoît avant de s'exclamer :

– Vous nous manquez vraiment, monsieur le ministre.

– À vous peut-être, aux Français sûrement pas, lâcha Benoît mi-grinçant mi-amer.

Les autres tables pouvaient attendre, le temps d'un aller-retour et le vieux serveur revint avec deux double expressos et deux verres ballon. En posant la bouteille, il précisa que c'était un cadeau du patron. Un Lhéraud Bons Bois 1967, dit-il, fabrication d'une vieille famille charentaise installée depuis plus de deux siècles à Lasdoux. Oubliant son âge et l'état de ses artères, Benoît fit mine de goûter du bout des lèvres avant de remplir au tiers nos verres dès que Jacques tourna le dos. Et il enchaîna sans me regarder :

– Excuse-moi encore pour hier, mais comprends-moi, j'apprends que tu déjeunes avec Barnier et tu ne me rappelles pas, alors évidemment j'ai gambergé.

– Et tu as gambergé de travers, dis-je froidement. Fais attention, la panique n'a jamais été bonne conseillère. Depuis l'enterrement d'Olivier, tu agis comme un coupable. Tu pars au Cap-Vert sans prévenir et tu files en Normandie te terrer dans ta maison. Pour un type qui prétend avoir la conscience tranquille, ça n'est pas cool.

– Peut-être, mais c'est la mort de Chanteclerc qui nous fout dans un sacré bordel.

– Toi peut-être, moi je n'ai rien à voir avec tout ça.

– Oui, enfin… Le viol de Sophie Valcroze, son suicide, c'est du lourd.

Je l'interrompis, agacé :

– Et alors ? On ne savait rien. Ni moi, ni toi, ni Charles…

– C'est vrai mais les flics ne sont pas obligés de nous croire. Tu connais la chanson : « Tout le monde savait. » Ceux qui disent cela ne savent rien mais ils parlent. Au festival de la délation, la foule adore faire la queue. Cela dit, je ne lui en veux pas, on lui a tellement raconté de craques. Moi le premier. Surtout depuis que je me fais payer très cher pour inventer des vérités alternatives. Et encore, dit-il dans un rire coloré au Lhéraud 67, je ne suis pas le plus imaginatif dans ce domaine.

Son verre aux trois quarts vide, Benoît avait retrouvé la verve du politicien qu'il n'avait jamais cessé d'être pour me décrire le monde enchanté des communicants de crise. Avant d'être l'un d'eux, il les avait connus lorsque, ministre du Logement, il avait eu recours à leurs services. Une sombre affaire d'appartements rachetés à bas prix, après qu'il eut convaincu le bailleur social de revendre une partie de son parc. Le conseiller qui l'avait accompagné dans ce dossier avait fait merveille, justifiant cette vente en arguant un objectif généreux : permettre aux familles modestes d'acquérir un logement à un prix très inférieur au marché. À ceci près que cela restait excessif pour la plupart des foyers qui occupaient ces appartements et dérisoire pour Benoît. Mais peu importe, la presse s'était satisfaite de cette explication totalement malhonnête et suffisamment crédible pour qu'elle se cherche d'autres terrains de chasse. Quant à la justice, elle n'allait pas s'embarrasser d'une affaire qui n'en était plus une puisque les journalistes avaient décidé de regarder ailleurs. Barrioul avait découvert à cette occasion qu'avec un peu de savoir-faire et un réseau puissant les vessies et les lanternes se confondent aisément. Benoît était désormais l'un des ténors de ce barreau très particulier qui se nourrit de l'expérience et des relations d'anciens cadres des médias pour les affaires courantes et d'ex-conseillers politiques pour les dossiers les plus sensibles. Mon ami avait vite appris de ses pairs. Écouter un peu, parler beaucoup. Imaginer le pire, le plus improbable pour s'attribuer le mérite de l'avoir évité. Profiter de l'état de faiblesse du client pour installer une emprise durable. Et last but not least, donner son numéro de téléphone dès la première rencontre en assurant qu'on sera toujours là, samedi et dimanche compris, à midi comme à minuit.

– Je ne compte plus les dirigeants d'entreprise et les politiques que j'ai vus se liquéfier dans leur stress, morts de trouille à l'idée de perdre leur statut et leur voiture de fonction, dit-il en remplissant son verre. Plus le poisson est gros plus il se fragilise vite. Pour des gens comme moi ce sont les meilleurs clients. Un ministre pris la main dans le sac d'intérêts aussi croisés que ses costumes, un patron accusé de harcèlement par des employés longtemps pétrifiés, un comédien qui confond l'admiration d'une jeune actrice et le passeport pour un viol, autant d'affaires toujours difficiles pour un avocat qui plaide face à une justice rétive mais pain bénit pour le communicant qui nettoie l'image de son client à grands coups de Photoshop.

De notre table, je m'amusais de voir des ministres pétris de mille importances imaginaires guetter d'un œil habitué la terrasse du Bourbon dans l'espoir d'y trouver un journaliste ami. Le comble du bonheur pour ces gens-là, se faire héler par une grande signature sous les regards envieux de quelques secrétaires d'État anonymes. L'occasion pour ces champions de la confidence murmurée sur l'air du « je vous dis ça mais je ne vous ai rien dit » d'envoyer une grenade explosive dans le dos d'un collègue avec qui on s'affichera peu après bras dessus, bras dessous dans les couloirs de l'Assemblée nationale. Quoi de plus jouissif pour les têtes de gondole de ce monde où l'inimitié fait figure de nécessité, que de balancer une rumeur suffisamment dégueulasse pour que la cible du jour n'ait d'autre choix que de disparaître une heure ou à jamais ? Et quoi de plus excitant pour les chasseurs de scoops que de balancer l'information sans autre forme de procès ? Les morts à bas bruit, victimes de cette macabre danse médiatico-politique, se ramassent à la pelle au moment des échéances électorales. Nous étions à la veille des législatives de 2022, le Palais-Bourbon déserté pour quelques semaines encore se refaisait une beauté comme à chaque nouvelle législature. En attendant les premiers pas des nouveaux arrivants, pressés de chevaucher leur jouet avant de le piétiner pour tenter d'exister, un bataillon d'ouvriers à l'extérieur et l'armée des employés à l'intérieur veillaient à ce que la République se donne fière allure. À la grille de ce palais, tour à tour temple de la démocratie et témoin de régimes finissants, j'aperçus Pierre Lenoir et l'un des pontes de BFM saisissant l'aubaine de cette rencontre pour convenir d'une prochaine intervention du ministre de l'Intérieur sur la chaîne d'info. Nous ne pouvions rien entendre de ce qu'ils se disaient, mais ces deux-là semblaient s'accorder comme larrons en foire. J'en fis la remarque à Benoît alors que le journaliste venait de s'esclaffer de ce qui devait être un bon mot du locataire de Beauvau.

– Cela t'étonne ? ricana Barrioul. Ils ne sont pas les seuls. Même âge, même école, même éditeur, mêmes plateaux de télévision où l'on se tutoie à peine les micros fermés, mêmes menus services rendus au nom d'amitiés anciennes, des années de route qui se croisent et s'entrecroisent, ça crée des liens. Avec ces gens-là le cinéma est permanent. Quand l'un joue la comédie de l'agressivité, l'autre affecte de s'en offusquer avant que les deux se retrouvent, lumières tout juste éteintes, autour d'un verre ou d'un café. Parfois surgit un moment de vérité hors micro. Ce qui aurait dû être dit à l'antenne est lâché entre les quatre murs feutrés d'un salon voisin et le journaliste ami n'en fera son miel qu'à la condition de ne pas nuire à sa source rendue méconnaissable.

Benoît était intarissable, se glorifiant de ses propres méfaits, de la simple mauvaise foi pour les plus anodins aux montages les plus sophistiqués quand il s'agissait de trouver l'argent des campagnes électorales.

Autour de nous, la terrasse s'était vidée de ses habitués au profit de touristes découvrant à l'heure du thé, le charme de la place, protégée de la foire automobile qui squattait les quais et la place de la Concorde par ce Palais-Bourbon, cadeau posthume de Louis XIV à l'une de ses filles. Désignant d'un mouvement de tête l'une des tables encore occupée dans la salle, Barrioul m'avait égrené goguenard le curriculum vitæ de la jeune femme qui, devant son ordinateur avait fait de l'endroit son bureau. Jolie, mais sans charme, Flora Revol palliait ce manque de séduction par une élégance du vêtement qui attirait le regard. Lèvres soulignées d'un rouge discret, mains longues et finement manucurées, elle portait une robe tailleur gris pâle dont le col à peine échancré laissait entrevoir un collier de perles noires.

– Elle a fait ses débuts professionnels chez moi, me dit Benoît, c'était une gamine, je lui ai fait faire ses premiers pas d'attachée parlementaire lorsque j'étais à l'Industrie. J'ai dû m'en séparer au terme d'une année au cours de laquelle elle a failli me brouiller avec la terre entière.

Violente, elle terrorisait les députés en mon nom, les menaçant des flammes de l'enfer si elle n'obtenait pas ce qu'elle pensait m'être utile. Je faillis y laisser mon portefeuille et ne dus mon maintien au gouvernement qu'au soutien sans faille du Premier ministre de l'époque. Je ne l'ai revue que bien plus tard, elle avait souhaité me rencontrer alors que je venais d'annoncer mon retrait de la vie politique. J'ai découvert une femme qui n'était plus seulement la Flora tempétueuse de ses débuts. Mêlant désormais sans vergogne ses intérêts professionnels et privés, elle s'était habilement mise au service d'un homme politique dont elle n'avait épousé la cause que pour gonfler sa cassette personnelle au détriment des deniers de l'État. Insupportable à tous ceux qui l'approchaient, elle s'enquérait de leurs failles et pointait leurs faiblesses pour les réduire au silence. Avec un cynisme stupéfiant, elle a proposé de m'associer à ses affaires. J'ai failli éclater de rire mais la connaissant, je me suis contenté de décliner en souriant. Bien m'en a pris, même si la justice est molle, l'étau se resserre autour d'elle. Le jour où son mentor sera à terre le couperet tombera. À moins que…, avait-il ajouté songeur comme s'il se parlait à lui-même. Chez ces gens-là les reins sont insondables. Certains sont plus solides que d'autres.

Nous apercevant sur la terrasse, Flora Revol s'était levée pour nous rejoindre. Benoît m'offrit à cet instant un réjouissant moment de comédie humaine. Sombre et féroce la minute d'avant, je l'ai vu se lever à son tour, souriant et bras ouverts pour embrasser celle qu'il venait de vouer aux gémonies. Les présentations faites, la jeune femme se lança dans un monologue chargé de souvenirs concernant Olivier dont elle nous fit comprendre qu'ils ne s'étaient pas seulement croisés dans les dîners mondains.

– Quelle histoire, dit-elle, nous interrogeant sur l'enquête.

Méfiants, nous nous étions contentés d'une réponse évasive avant que Benoît n'enchaîne sur les prochaines élections.

– Ça ne sent pas bon pour Marchetti, s'exclama Flora en éclatant de rire. Il y a des valises de billets qui finissent par coûter plus cher qu'elles ne rapportent.

En observant Benoît qui riait à son tour, je me dis que décidément je n'étais pas des leurs. Quoi qu'il m'ait conté, Barrioul n'était pas différent de Flora Revol. En m'embrassant avant de s'éloigner, la jeune femme dut penser que j'étais de leur côté. Ce qui m'agaça prodigieusement.

– Sacré numéro de claquettes, dis-je. À quoi ça rime alors que tu m'en avais dit pis que pendre l'instant d'avant ?

– Et tu t'attendais à quoi ? Qu'on se déchire en place publique ? À ce jeu-là il n'y aurait que des perdants. La seule façon de se protéger, c'est de ne jamais fouiller dans les affaires des autres, cela évite qu'ils mettent le nez dans les vôtres.

Deux anciens ministres venaient de s'asseoir à une table proche de la nôtre. Le vieux serveur qui se morfondait derrière son bar courut presque. Les deux n'étaient pas du même bord mais longtemps locataires du Quai d'Orsay voisin, ils avaient gardé leurs habitudes au Bourbon. Jacques n'eut pas besoin de prendre la commande et les accueillit avec le whisky préféré de l'un et le Coca sans glace de l'autre. Celui de gauche revenait d'Abou Dabi, celui de droite d'une tournée africaine, le premier conseillait les émirats du Golfe, son homologue, la plupart des pays d'Afrique francophone. On les voyait régulièrement disserter sur l'état du monde à la télévision. Benoît les avait longtemps côtoyés et les croisait parfois dans les allées des pouvoirs étrangers qu'ils avaient accrochés à leurs tableaux de chasse. Après les avoir salués d'un signe de tête, il me glissa d'une voix suffisamment basse pour ne pas être entendu :

– Tu vois ces deux-là, appréciés pour leur parole qui se veut d'or, aucun journaliste n'ignore qu'ils sont payés par les États dont ils parlent. Mais nul n'en a jamais dit mot sur un plateau, trop heureux d'avoir à son micro d'aussi prestigieux experts. L'argent n'a pas d'odeur pour les grandes voix.

– Si l'argent n'a pas d'odeur, dis-je à Benoît, le fric qui sent mauvais remonte toujours aux narines de la police. Le divisionnaire m'a confirmé que le parquet financier te tournait autour, n'attends pas qu'il ouvre une information judiciaire pour mettre tes affaires en ordre.

– C'est-à-dire ?

– Oublie le pactole que tu as planqué je ne sais où. Coupe le cordon, fais en sorte que ton nom disparaisse, ferme tes comptes à l'étranger et débrouille-toi pour abandonner cet argent avant qu'il ne t'explose à la figure.

– Mais tu n'y penses pas, cela représente plusieurs millions de dollars.

– C'est ça ou la prison. Pour longtemps et sans le moindre billet à la sortie. Fais ce que tu veux, mais je t'aurais prévenu.

Benoît me fixait avec le regard d'un homme à qui le médecin vient d'annoncer une maladie incurable.

– C'est impossible, bredouilla-t-il.

– Mais si, dis-je, tu vas le faire. D'autant qu'au premier papier dans la presse il n'y aura plus personne pour te sauver la mise. Marchetti a déjà établi un cordon sanitaire entre lui et tous les autres. Dont toi au premier chef.

Benoît savait que je disais vrai, il me gratifia d'une grimace peu lisible.

– Ça veut dire quoi ? demandai-je.

– Ça veut dire que tu as raison, mais ça va être très compliqué.

– Pas pour toi, je suis sûr que tu vas trouver.

Je venais d'apercevoir Garance au coin de la rue de Bourgogne. Elle avait la grâce des belles âmes. En tee-shirt, blue-jeans et tennis blanches, elle me rappelait la gamine qui se pendait à mon bras, déambulant sur les digues normandes. Vingt ans plus tard, elle affichait cette même légèreté qui faisait d'elle un être à part dévorant les jours heureux, survolant de son regard lumineux les heures sombres. Marianne devait à nouveau partir en province. Quarante-huit heures d'une parenthèse impromptue que ma fille m'avait proposé d'ouvrir. C'est elle qui choisit l'endroit. Elle y avait passé ses années d'adolescence et n'y était jamais retournée.

– Tu fais une drôle de tête ! s'exclama Garance en embrassant Benoît.

– Il a la tête d'un type qui vient de faire une mauvaise affaire, dis-je, mais ça n'est pas grave, c'est le genre de truc qu'on digère facilement une fois listées les emmerdes qu'on va s'éviter.

Barrioul me jeta un regard noir avant de se lever.

– Je vais payer, dit-il, je te dois bien cela !

Garance était déjà debout, impatiente et tendre.

– On y va, dit-elle d'une voix qui n'attendait pas de réponse. Tu es garé loin ?

– Aux Invalides.

Chapitre 23

Ce trajet, nous l'avions fait des centaines de fois. En voiture, du printemps à l'automne, en train les week-ends d'hiver. De la gare du Nord à Calais nous connaissions le nom de chacun des arrêts que le chef de train égrenait de gare en gare. C'était un jeu entre Garance et moi. Les réciter dans l'ordre, à peine assis dans notre compartiment. Vingt ans plus tard, elle m'avait défié de reprendre le jeu. Une à une les gares défilaient. D'une même voix, comme des gamins nous prononcions à nouveau ces noms que l'on croyait oubliés. Creil, Longueau, Amiens, Longpré, Abbeville et le « petit train » qui de Noyelles nous emmenait jusqu'au fond de la baie de Somme.

– Vas-y, continue dit-elle en riant.

Et sans attendre elle enchaîna. Rue, Rang-du-Fliers, Étaples… jusqu'à Calais. J'avais lâché l'affaire. Au-delà des plages du Marquenterre, la mémoire me faisait défaut. Nous étions si heureux dans cette grande bâtisse louée sur les hauteurs du Crotoy que nous nous échappions rarement au-delà du village.

– J'espère qu'on ne va pas être déçus, dis-je en m'engageant sur cette autoroute A1, roulante et sans charme. Rien à voir avec les nationales étroites et dangereuses qui nous conduisaient dans ce bout de France méprisé par tous ceux pour qui les vacances rimaient avec A7. Aujourd'hui l'élégance se fait picarde, on redécouvre la chasse à la hutte, le joyau ornithologique d'une réserve naturelle millénaire et on déplore avec les écologistes la baie qui s'ensable après l'avoir ignorée pendant des décennies.

J'avais réservé aux Tourelles, proche de notre ancienne maison. Cette vaste demeure bourgeoise hérissée de deux tours faisait rêver Garance. Ma fille s'imaginait princesse dans ce minichâteau, transformé depuis en hôtel confortable. L'endroit surplombait la baie de Somme. À notre arrivée rien n'occultait les lumières blanches et vertes du phare lointain qui striait cette nuit de pleine lune. Pas envie de dormir. Garance s'était blottie contre moi et tentait en vain d'identifier la nuée d'étoiles qui éclaboussait ce ciel sans nuages.

– J'irai bien, glissa-t-elle d'une voix si douce que j'ai dû tendre l'oreille.

– Tu irais où ?

– Là-haut ! Et même au-delà.

– Tu dis ça parce que tu sais que tu n'iras jamais.

– Pas du tout, j'aimerais vraiment. Après tout c'est une autre manière de fouiller le passé. Creuser pour écrire notre histoire, plonger dans l'espace pour comprendre nos origines, archéologue, astronome, et astronaute, même combat.

Garance ne plaisantait pas. La passion qu'elle mettait à déchiffrer notre humanité avait quelque chose de fascinant. Je m'aperçus que je ne connaissais rien de ses convictions politiques, la véhémence qu'elle avait mise dans sa défense de l'Ukraine m'avait surpris mais ne disait rien de ses choix. Je lui avais posé la question cette nuit-là. Elle me répondit d'un haussement d'épaules.

– Je ne vais pas te dire que je m'en moque, mais je n'aime pas ces gens.

Trop jeune pour avoir connu Foucault ou Bataille, elle avait fait d'Althusser et de Balibar ses maîtres à penser et de Lévi-Strauss son mentor inconnu. Ma fille était un ovni délicat et secret. Depuis son retour du Pérou je la sentais fébrile, elle voulait parler mais ne manquait jamais un prétexte pour repousser le moment des confidences. J'avais cessé de la questionner.

La journée du lendemain fut délicieuse et infirma notre crainte de ne rien reconnaître du Crotoy d'autrefois. Certes les bateaux de pêche amarrés à d'anciennes jetées de bois, côtoyaient désormais les nombreux voiliers ancrés au pied de la promenade, des hôtels avaient été rénovés, d'autres bâtis à la faveur d'une mode renaissante, mais la grand-rue avait vieilli à l'identique et la foule qui l'envahissait avait toujours cet air composite qui marie gens du Nord et bourgeois venus d'ailleurs. À quelques minutes du village, Garance avait cherché longtemps les traces de son adolescence dans les dunes, gravissant la montagne de sable où elle reçut son premier baiser. Les pieds dans l'eau, nous avons marché jusqu'au Marquenterre. Difficile de retrouver dans cet ensemble d'hôtels, de restaurants, et de chemins balisés, l'endroit sauvage et peu fréquenté que nous parcourions à bicyclette pour pique-niquer à l'ombre des pins. Mais les odeurs demeuraient et les espaces préservés offraient toujours aux milliers d'oiseaux en transit vers la Scandinavie ou l'Afrique, une aire de jeux sans risque. Les chasseurs cantonnés de l'autre côté de la baie avaient définitivement déposé les armes dans ces lieux où les canards siffleurs côtoyaient dans un désordre bruyant les oies cendrées qui zigzaguaient hautaines entre hérons, cigognes et des centaines d'espèces affublées de patronymes légers et enfantins. Des avocettes élégantes, des chevaliers gambettes, des bernaches nonnettes, des aigrettes et autres marouettes sans oublier les milliers de mouettes qui narguaient à chaque instant un monde où ciel et mer se mêlaient dans un incessant brouhaha.

Nous avions marché longtemps entre marais et forêts avant de revenir sur nos pas. D'ordinaire si pudique, adossée au pied de la dune la plus haute, Garance se remémorait les garçons qui peuplaient son imaginaire d'ado, ses flirts, ses amours et ses premières déceptions. Nostalgies réciproques, son histoire d'enfance racontait la mienne. La bande de copains qui parcourait chaque jour les routes de bord de mer, les lèvres qui se cherchaient sur la plage et les discussions interminables les pieds au bord de la jetée. Jackson, Madonna, Nirvana versus les Platters, Jerry Lee Lewis ou Presley. Le Crotoy versus La Rochelle.

Vingt-cinq mille pas, nous étions fourbus mais rien ni personne ne nous aurait fait manquer notre dîner à la brasserie du Commerce. Garance avait réservé ce restaurant qui avait rythmé les week-ends de son enfance. Des huîtres aux langoustines, elle avait appris très tôt à humer la mer dans son assiette. Quand ses camarades de jeu ignoraient les moules pour ne garder que les frites, elle appréciait déjà les couteaux et les coques qui affleuraient sous le sable humide. Ce soir-là, Garance privilégia la salade Saint-Jacques, j'optai de mon côté pour une soupe de poissons avant que nous partagions une langouste et un plateau de palourdes. La salle était suffisamment bruyante pour qu'aucune des tables voisines ne puisse nous entendre. Un couple installé sur la terrasse m'avait reconnu et s'était approché, sollicitant un selfie sous le regard amusé de ma fille. La femme avait assuré avoir lu tous mes romans depuis la parution de *Fausse route*.

– Même *Les Années sida* ? lui demandai-je sceptique.

La réponse fusa :

– Évidemment ! C'est un grand livre. Très différent des autres mais sans doute le meilleur. Enfin c'est mon avis.

– Le mien aussi ! s'exclama Garance qui n'avait rien dit jusqu'alors.

La femme repartit en regrettant de ne pas en avoir un exemplaire sur elle.

– Une dédicace de vous, ça compte, dit-elle en s'excusant de nous avoir dérangés.

À peine avait-elle tourné les talons que Garance m'apostropha, plus admirative qu'ironique.

– Tu vois, tu as encore des fans. C'est vrai que j'ai trouvé ton dernier roman formidable.

C'était la première fois depuis des années que Garance me parlait de mes livres. Chaque fois que je lui faisais parvenir une parution, je recevais par retour de courrier le même mot : « Merci Papa, je vais le lire, je te dirai. » Et puis rien. Lorsqu'on se revoyait le roman avait déjà disparu des librairies et je l'avais moi-même presque oublié. Marianne n'était guère plus prolixe. Au point que je m'étais souvent demandé si elle avait une quelconque considération pour mon travail. Jusqu'à la parution des *Années sida* qu'elle avait aimé et abondamment commenté. Comme Garance ce soir-là.

– J'imagine que tu es en train d'écrire le deuxième tome. Avec ce bouquin tu tiens une œuvre. Personne n'a jamais si bien écrit l'histoire d'une génération. La vôtre, à Maman et toi, mais d'une certaine manière la mienne aussi.

– Non, je n'ai rien écrit depuis, murmurai-je sans la regarder. Le livre n'a pas bien marché, je suis vide. Je m'assieds devant ma table et rien ne sort, le moteur est grippé. À moins que ce ne soit pire. J'ai parfois l'impression d'avoir perdu ma vie à noircir des pages sans intérêt.

Elle avait l'air surpris. Je m'en voulais. Rien de plus inquiétant que des parents qui flanchent. Ma fille avait trente-cinq ans, elle semblait avoir la solidité d'un diamant, je compris cette nuit-là que ce diamant n'était que la couverture élégante et trompeuse d'un corps meurtri. Mais Garance ne me laissa pas le temps de m'excuser. Elle enchaîna :

– Dans ce cas, va voir un psy. Ou bois une demi-bouteille de whisky avant d'écrire, ça te coûtera moins cher. Si tu veux on commence tout de suite.

Elle commanda deux Colonel et passa à autre chose.

À minuit, le bar des Tourelles était désert. On avait dû supplier le barman et lui faire miroiter plusieurs billets pour qu'il consente à nous servir une vodka. Après quoi, il s'éclipsa, précisant que l'endroit nous appartenait, il suffirait de fermer la porte derrière nous. Je m'étais assis sur le grand canapé de cuir noir qui faisait face au bar. Plutôt que d'utiliser le fauteuil proche, Garance m'avait rejoint, se lovant contre moi.

– Tu te souviens, c'était ma place favorite, j'adorais ces moments où je te racontais mes histoires de petite fille, mes conflits de cours d'école et mes premières peines de cœur. Cela agaçait Maman qui se moquait de nos messes basses, moi j'adorais que tu sois le dépositaire de mes petits secrets.

En disant cela, Garance s'était mise à parler si doucement que je dus tendre l'oreille, je le lui fis remarquer mais elle continua sur le même ton.

– Tu n'as jamais parlé à Maman de notre secret.

– Tu es folle, évidemment non.

– Je me dis parfois que je n'aurais jamais dû t'en parler ; c'est mon histoire, jure-moi que tu n'en diras jamais rien à Marianne.

Garance appelait sa mère par son prénom uniquement dans les moments qu'elle voulait marquer du sceau de notre intimité. J'ai dû la rassurer, lui promettre que jamais ma femme n'en saurait rien.

Le lendemain au petit déjeuner, elle arriva le cheveu mouillé, le teint légèrement hâlé, aussi fraîche que si elle avait dîné d'une soupe et d'un verre d'eau. La vérité était qu'on s'était gavés, qu'on avait beaucoup bu et qu'on s'était couchés à 2 heures du matin. Face à ma fille qui semblait émerger d'une nuit de douze heures, j'affichais ma gueule de bois et souffrais d'une épouvantable migraine. Garance avait l'air sincèrement surpris de me voir dans cet état.

– Ça ne va pas ? demanda-t-elle en piochant dans la montagne de viennoiseries et de pains de toutes sortes qui occupaient une bonne partie de la table.

– Grosse insomnie, grommelai-je. Ça peut se comprendre, non ?

– Tu vieillis Papa, je t'ai connu plus vaillant après une nuit arrosée, d'autant que nous n'avons pas bu tant que cela. Une bouteille et deux verres de vodkas, pas de quoi faire des cauchemars.

Elle posa sa main sur la mienne et enchaîna sur la journée.

– Je n'ai pas envie de rentrer, dit-elle, ce serait sympa que Maman nous rejoigne.

Sur la route de Noyelles, alors que nous allions chercher Marianne, Garance m'avait défié à nouveau. Paris, Creil, Longueau, Amiens, Longpré, Abbeville, Noyelles, Rue. J'avais calé à Rang-du-Fliers.

– Franchement tu pourrais faire un effort, dit-elle, je pense que tu le fais exprès. Comme si ta vie s'était arrêtée au Crotoy.

Pourquoi pas ? C'était l'époque de mes succès, nous étions trois, autosuffisants et heureux. À vingt ans, ma fille avait fait ses bagages et notre couple avait dû réinventer un futur orphelin de ce trio inséparable. Nombreux sont ceux qui s'éloignent et se disloquent. Pour Marianne et moi ce fut tout le contraire, mais la fusion était parfois éruptive et fatigante. Nous y avions laissé notre légèreté et cette partie de nous-mêmes qui s'appelait l'insouciance.

Je n'eus pas le temps de répondre à Garance, ma femme nous attendait devant la gare, faisant mine d'ignorer notre retard qui aurait provoqué chez toute autre une avalanche de reproches. À peine débarquée du train, elle avait profité de l'attente pour jouir elle aussi des odeurs salées exhalées par ces flaques de mer incrustées en pleine terre. Ce devait être quarante-huit heures de repos, ce fut une semaine de parcours mémoriel. La baie traversée à pied jusqu'au chenal qui sépare Le Crotoy de Saint-Valéry, les dunes de Fort-Mahon, les chars à voile poussés par les vents fous de Berck et la fraîcheur apaisante de la forêt du Touquet, les déjeuners chez Mado et les dîners au bistrot du port.

Chaque jour nous reportions au lendemain le retour prévu. C'est Barnier qui mit fin à cette plongée impromptue dans un passé d'autant plus idéalisé que nous en avions gommé la moindre des aspérités. Pour ce premier jour de l'été, la météo nous avait annoncé une journée méditerranéenne mais à l'heure où la nuit bataillait encore avec l'aube, la plage émergeait difficilement de cette brume épaisse qui découpait en noir et blanc le port de Saint-Valéry. Ça n'était pas sombre, juste flou. J'étais occupé à poursuivre les minicrabes qui se carapataient dès que je faisais un pas quand le nom du divisionnaire s'afficha. C'était le flic des mauvais jours.

– Je ne vous réveille pas au moins, dit-il sans attendre ma réponse. Est-ce qu'on peut se voir aujourd'hui à 11 heures rue du Bastion, ce serait parfait.

– Pour vous peut-être, pour moi c'est impossible, répondis-je froidement. Je ne suis pas à Paris et je n'y serai pas avant ce soir.

– Alors, ce soir au bar du Costes à 21 heures.

– Je préfère, dis-je en riant. À tout prendre mieux vaut la rue Saint-Honoré que le Bastion.

– 21 heures. Ne soyez pas en retard, c'est grave.

– Qu'est-ce qui est grave ?

– Votre copain Barrioul a disparu.

Chapitre 24

Benoît disparu, j'avais du mal à y croire. Nos liens s'étaient distendus au point qu'il nous arrivait de rester plusieurs mois sans nous parler mais silencieux pour ses amis, il ne l'était pas pour la police. Les flics le suivaient à la trace depuis la perquisition chez Chanteclerc.

Khadidja ne travaillait plus avec lui mais il continuait de la solliciter pour ses dîners professionnels. Elle l'avait croisé cinq jours plus tôt au vernissage de l'exposition « Basquiat et Warhol ».

– Benoît disparu ? C'est impossible ! s'était-elle écriée lorsque je l'avais appelée. Disert et enthousiaste à l'idée des nouveaux contrats qu'il venait de signer, il m'avait même proposé de le rejoindre plutôt que de croupir dans un cabinet ministériel. Nous avions beaucoup ri et étions convenus d'un dîner la semaine prochaine.

Dans la voiture j'avais la gorge serrée. Garance avait vite décroché. Barrioul/Chanteclerc, cette histoire la saoulait. « Qu'est-ce que vous en avez à faire de ces gens », avait-elle maugréé avant de s'enfermer dans un silence boudeur. À travers ses écouteurs on entendait les échos d'une musique andine. Avant même d'arriver à Paris notre fille était déjà ailleurs. J'avais imaginé un autre retour, joyeux et chantant à l'image des nôtres vingt ans plus tôt. Barnier avait gâché la fête. Seule Marianne avait trouvé la disparition de Barrioul crédible.

– Disparu, ça ne m'étonne pas, ce type a planté tant de gens et raconté tellement de bobards. Entre mafieux, la justice peut être expéditive.

– Tu ne crois pas que tu vas un peu vite en besogne ? répliquai-je. À force de croiser des tordus dans les prétoires, tu vois des tueurs partout. Premièrement Benoît n'était pas un mafieux. Deuxièmement, entre disparaître trois jours et mourir assassiné, il y a mille hypothèses possibles.

– Peut-être, mais je maintiens que les malfrats en cols blancs qu'on a souvent croisés à table sont autrement plus dangereux que les petites frappes de banlieue.

Nous avions passé le reste du voyage à commenter ce qu'annonçait France Info. Des succès rapides des forces de Kiev et la débandade de l'armée russe reculant sous la pression des blindés ukrainiens. La plupart des experts pronostiquaient la victoire de Zelensky qui se félicitait chaque soir de la hardiesse et du professionnalisme de son armée. Seules quelques voix ronchonnantes mettaient en garde contre un triomphe trop vite proclamé : « Les Russes ont le nombre pour eux et une puissance de feu supérieure, méfiez-vous de l'ours qui dort », avertissaient quelques généraux d'expérience qui n'imaginaient pas qu'un tel conflit puisse être réglé en quelques mois. Mais pour l'heure, ils n'étaient guère entendus par une opinion qui s'enthousiasmait des réussites de David face à un Goliath brinquebalant.

– J'imagine Poutine genou à terre, quel pied, avait commenté Marianne qui jusqu'alors avait suivi l'épopée du président ukrainien plus en esthète qu'en stratège avertie.

– Méfie-toi de ce tintamarre médiatique. À la première difficulté, il rongera les os de Zelensky aussi bruyamment qu'il le porte aux nues depuis le début de la guerre, avais-je répondu avant de pester contre ce roue dans roue qui risquait de me faire rater mon rendez-vous au Costes.

Le bar refusait du monde, j'aperçus de dos la silhouette de Barnier, proche de la fenêtre. Il me fallut cinq bonnes minutes pour remonter la file d'attente et convaincre le maître d'hôtel de me laisser entrer.

– C'est comme ça tous les soirs ? demandai-je au commissaire dont j'avais compris qu'il était un familier des lieux.

– Bien pire le week-end. Le reste de la semaine, j'aime bien y finir la journée quand je ne suis pas retenu au Bastion.

Je ne pus m'empêcher d'éclater de rire.

– Vous n'êtes décidément pas un flic comme les autres. Spinoza non plus dans son genre. Vous faites un drôle de couple tous les deux.

– Vous trouvez, vous aussi. À la PJ on nous appelle les infiltrés mais ça ne va pas durer, Gérard me lâche. Après son départ ce ne sera plus pareil. Je ne suis pas certain de continuer. Je ne supporte plus cette société de courtisans. Ils sont partout. Dans les entreprises, les médias, les syndicats, la magistrature et chez les flics bien sûr. Plus on grimpe plus on marche à quatre pattes. Si je savais écrire, je ferais comme vous, Shapira. Ça doit être le pied. Un bureau, du papier, un Bic et personne pour lire par-dessus votre épaule. C'est cool.

– Pas toujours, ça peut être douloureux aussi.

– Vraiment ?

– Bien sûr, répondis-je en me disant que cette conversation avait quelque chose d'étrange.

À quoi jouait Barnier, faisant mine de livrer ses états d'âme ? Ça n'était pas la première fois qu'il me faisait le coup, Spinoza me l'avait joué aussi. Les deux n'étaient que les pile et face d'une même pièce. Intrusive et perverse. Affecter de se livrer, jouer l'amitié extra-professionnelle pour chercher la faille, Barnier en avait trop fait pour ne pas m'inciter à la prudence. Plutôt que de poursuivre sur les doutes et les angoisses de l'écrivain, j'avais enchaîné sèchement.

– Vous avez retrouvé Barrioul ?

– Non. Trois jours qu'on le cherche, son portable ne répond plus. La gardienne de l'immeuble dit ne pas l'avoir croisé depuis une semaine. Vous l'avez eu récemment ?

– Nous avons déjeuné au Bourbon il y a huit jours.

– Et ?

– Rien de particulier.

Le mensonge est décidément une addiction comme les autres. Plus on le consomme, plus on y prend goût. Non seulement je n'avais rien dit des comptes de Benoît mais j'avais assuré l'avoir trouvé plus bavard qu'à l'habitude, détaillant le dernier contrat passé avec un auteur empêtré dans une affaire de plagiat.

– Peut-être est-il allé fêter ce contrat au bord d'une mer chaude, dis-je. Benoît a toujours aimé dépenser l'argent qu'il n'a pas encore gagné.

– Sans téléphone ? Sans la moindre affaire ? La femme de ménage nous a confirmé qu'elle avait trouvé son appartement tel qu'elle l'avait laissé la veille. Pas de valise, pas de sac fermé à la hâte, le voyage impromptu ne me paraît guère plausible. À moins qu'on l'ait emmené de force.

– Benoît enlevé ? Mais par qui ?

– Sans doute par ceux qui ont assassiné Chanteclerc. L'un en savait peut-être beaucoup trop, l'autre a été supprimé avant même de savoir.

– Vous êtes sérieux ?

– J'ai l'air de plaisanter ? Dans ce genre d'histoires les accidents sont nombreux et les disparitions toujours inquiétantes. Une procédure a été lancée pour retrouver Barrioul. Une semaine sans donner signe de vie, ça n'est jamais normal.

– Et cela a donné quoi ?

– Rien justement, c'est pour cela que je vous ai appelé ! les hôpitaux, les gares, les aéroports, aucune trace. Votre ami s'est volatilisé.

Miles Davis s'était invité dans notre conversation et j'avais dû me rapprocher pour entendre ce que disait Barnier. Au fil de la soirée, le bar avait pris des allures de club new-yorkais. Le Village en plus confortable. Pas d'orchestre mais une playlist scotchée aux années 60. La batterie de Roach, le son de Coltrane, le piano de Monk rythmaient des conversations d'autant plus confidentielles qu'elles étaient inaudibles à la table voisine. Au dernier mot de Barnier je m'étais contenté d'un hochement de tête. Habitué aux volte-face de Benoît, je le pensais plutôt « ailleurs » que volatilisé. Plus que des hypothèses dramatiques j'imaginais une version rocambolesque plus conforme au personnage. J'avais attendu qu'il soit parti pour rappeler Lenoir qui m'avait laissé un SMS.

– Je sais que tu dois revoir les flics, m'avait dit le ministre de l'Intérieur, ce serait bien qu'on se parle avant.

– Trop tard, j'ai vu Barnier ce soir. Il a l'air paumé. À quoi joue Barrioul ? Je ne crois pas un instant à la thèse d'une disparition inquiétante, encore moins à un enlèvement ou un assassinat.

– Viens demain en fin de matinée, dit-il d'une voix étranglée et il raccrocha.

Ahmad Jamal à Marciac, le piano du dernier des grands avait succédé au saxophone de Stan Getz. L'enregistrement datait de 2014. Nous y étions Marianne et moi. Nous pensions passer une soirée au cœur des collines gersoises, nous sommes restés quinze jours, communiant avec ces dizaines de milliers de fidèles venus de toute l'Europe. Malgré l'heure, en entendant les premières notes de *Ssunday Afternoon*, j'avais appelé ma femme et approché le téléphone de l'enceinte.

– Tu te souviens ?

– Non… Tu as vu l'heure ? C'est quoi cette musique ?

– Ahmad Jamal, ça ne te rappelle rien ?

– Si, 2014 à Marciac. Et alors ?

– Barnier vient de partir et je pense à toi. À nous, à Garance, je me dis que j'ai de la chance.

– De nous avoir ? Sûrement, répondit en riant Marianne. Avec Barnier ça s'est bien passé ? Il t'a dit quoi ?

– Pas grand-chose, sinon qu'il ne croit pas à une disparition volontaire de Barrioul.

– Qu'est-ce que cela peut être d'autre ?

– Je n'en sais rien, il imagine un assassinat.

Elle éclata de rire.

– Il n'est pas flic pour rien. Mais après tout pourquoi pas. J'ai été la première à t'en parler.

– À vrai dire je ne sais plus quoi penser. J'en saurai plus demain, Lenoir veut me voir.

Chapitre 25

Je n'étais jamais allé à Beauvau. L'endroit restait pour moi associé à la rue des Saussaies et à la Gestapo. C'est la première chose que je dis à Lenoir, sans voir que cet hôtel particulier était beaucoup plus marqué par le souvenir du grand Clemenceau que par les atrocités de la guerre de 40. Lenoir avait imaginé faire revenir à l'Intérieur le bureau de son lointain prédécesseur mais devant le tollé des admirateurs du grand homme qui s'étaient battus pour le conserver à l'hôtel de Brienne, il avait renoncé au projet. À défaut du meuble il y avait les photos. Un immense portrait du Tigre dans les tranchées, ministre-soldat parmi les soldats, trônait dans le salon attenant au bureau ministériel, une autre le montrant bras vengeur face aux députés surplombait le grand escalier. Je continuais malgré tout de penser que cet antre glorieux avait quelque chose de sinistre. Au moins, rue du Bastion on affichait la couleur, à Beauvau je trouvais que ça sentait le flic honteux. Les jeunes gens croisés dans les couloirs semblaient d'autant plus attachés à leur costume-cravate que leur ordinaire était de basse police.

Lenoir avait la mine grise des gens qui ont fait un mauvais coup. Pierre n'était pas un ami mais je le respectais. Je ne doutais pas qu'il avait manœuvré sans scrupule excessif pour gravir les marches gouvernementales, mais je lui avais toujours accordé le bénéfice de la sincérité. Ce jour-là, j'avais devant moi un type au bord de l'implosion.

– Ça ne va pas ? lui demandai-je, observant les mouvements de sa main droite qui semblait vouloir se saisir d'un objet imaginaire.

– Je crois que j'ai fait une énorme connerie, lâcha-t-il d'une voix sourde. S'il l'apprend, le président ne me le pardonnera pas.

– Raconte.

– Pas ici. Nous serons plus tranquilles dans l'appartement.

Trois pièces confortables à la touche étrangement féminine, Pierre n'avait rien modifié de ce que son prédécesseur lui avait laissé et qu'il avait lui-même hérité de Salma Rossel, la seule femme nommée place Beauvau. Comme tous les ministres de l'Intérieur, Salma avait décidé d'y vivre mais contrairement aux hommes qui ne les avaient jamais imaginés autrement qu'en dortoir impersonnel ou garçonnière commode, la ministre avait puisé dans le Mobilier national de quoi faire de ces cent mètres carrés un lieu où il faisait bon vivre. Quitte à y passer ses nuits, autant que ce soit dans la douceur ouatée d'un *queen size* moelleux.

L'intimité du lieu et le champagne servi avaient fait leur effet. Lenoir avait commencé par grommeler, lèvres serrées :

– Finalement je m'en fous, tous ces gens m'insupportent, si je dois démissionner je le ferai.

À demi couché sur le canapé, pieds sur la table basse et verre à la main, Pierre m'avait ensuite raconté que Marchetti l'avait appelé après que les deux se furent accrochés quelques jours auparavant à propos de Benoît. C'était sa première altercation avec le président. Jusqu'alors il avait échappé aux colères élyséennes d'autant plus injustes que la servilité des ministres qui en étaient les victimes n'était plus à démontrer. Les mêmes qui plastronnaient dans les salons et ne se gênaient pas pour dire pis que pendre de leurs collègues, voire du président, n'étaient plus qu'agneaux bêlants dès qu'ils franchissaient le porche de la rue du Faubourg-Saint-Honoré. Pierre n'était pas de ceux-là, Marchetti le savait et manifestait pour ce ministre pas comme les autres, une forme de crainte respectueuse.

– Lorsqu'il m'a appelé, poursuivit Lenoir, je n'ai pas reconnu sa voix. Elle pouvait être désagréable ou ironique mais jamais ce qu'elle fut cette nuit-là. Glaciale et haineuse. Ça n'était plus le président mais un chef mafieux éructant et menaçant. Benoît allait être à nouveau convoqué, m'a dit Marchetti avant de souligner qu'il connaissait bien Barnier. « Un traître. À sa classe, à son milieu, il me déteste. Il va dépecer cet enfoiré de Barrioul pour m'atteindre. Ses trafics, ses comptes, tout va y passer. Ce con va se déballonner. Je ne veux pas de ça », a ajouté le président qui a conclu en me pointant du doigt : « Débrouille-toi comme tu veux, mais fais-le taire. »

Pierre s'était levé, titubant légèrement. Il dut s'en rendre compte et appela les cuisines du ministère.

– On devrait manger quelque chose sinon je serai bourré avant d'avoir fini mon histoire.

Je pus vérifier à cette occasion que contrairement à ce qu'affirmaient les méchantes langues, Beauvau méritait encore sa réputation culinaire. Carpaccio de Saint-Jacques et loup grillé, au Michelin des palais nationaux l'Intérieur justifiait son étoile.

Comme s'il hésitait désormais à m'en dire plus, Pierre avait profité du déjeuner pour parler d'autre chose, m'interrogeant sur mon travail et le livre que j'avais en préparation. Mais il ne m'avait pas fait venir pour que nous dissertions sur mon prochain roman, je l'interrompis brutalement mi-ironique, mi-sérieux.

– Tu n'as pas fait assassiner Benoît tout de même…

– Non mais je l'ai vu.

– Tu l'as vu quand ? Tout le monde le cherche depuis huit jours.

– Il y a huit jours précisément. Après le coup de téléphone de Marchetti, j'ai appelé Barrioul. Je suis allé le voir chez lui boulevard de Courcelles. Il était fébrile, les premiers entretiens avec Barnier ne s'étaient pas bien passés. Benoît avait trouvé le policier menaçant et pervers. Il redoutait un nouvel interrogatoire et répétait en boucle que le divisionnaire savait des choses. Je lui ai dit qu'il était dans le collimateur du président, persuadé que les flics allaient l'exploser en vol. Mais qu'est-ce qu'ils ont foutu, bon Dieu ? Tu sais ce que m'a répondu Benoît ? « On a fait campagne c'est tout. » Ça ne doit pas être tout pour que Marchetti soit dans cet état.

– Et alors ? Pour toi, ça n'est pas si grave.

– Tu plaisantes, jamais je n'aurais dû appeler Barrioul. Quoi qu'il arrive, ça fait de moi un complice. *A minima* de sa fuite. Pire, d'avoir encouragé ou laissé faire, s'il a un malencontreux accident. Éloïse m'a mis au défi de tourner le dos à cette vie, elle a tort, je vais démissionner.

En le regardant d'autant plus défait qu'il était dégrisé, je crus un instant qu'il disait vrai jusqu'au moment où un garde frappa à la porte de l'appartement. Le flic lui glissa un mot :

– Excuse-moi, me dit-il, je file, une fusillade à Cavaillon, quatre morts dans un restaurant.

Il partit sans même penser à fermer la porte de l'appartement. Je n'en dis rien. Il ne démissionna jamais. Quant à Benoît…

Chapitre 26

– David Schwartz, ça vous dit quelque chose ? Au téléphone, le divisionnaire n'était pas d'humeur badine.

L'homme était inconnu des services de police, de l'administration fiscale et des hôpitaux. David Schwartz avait franchi tous les contrôles et la douane du terminal 2 à Roissy-Charles-de-Gaulle le mardi 21 juin 2022. Son avion avait décollé à 11 h 40 et atterri à l'heure à 16 h 27. Vol sans histoires, à peine quelques turbulences à l'atterrissage à Mexico. Schwartz avait passé trois jours et trois nuits au Riu Palace avant de s'envoler pour Cancún. Quarante-huit heures au Moon Palace et depuis, le mystérieux passager du vol AF 178 s'était perdu dans les sables mexicains. Parti seul de Paris, il était accompagné à son arrivée au Riu d'une femme d'une quarantaine d'années qui parlait l'espagnol avec un léger accent américain.

J'avais écouté Barnier lire sa fiche d'une traite. Je ne connaissais pas de Schwartz et ne voyais pas où il voulait en venir. Avant de s'interrompre, il avait ajouté une dernière précision, la jeune Américaine ne l'avait pas suivi, elle n'était pas avec lui à Cancún.

– Votre ami, me dit-il, n'est pas seulement un politicien véreux, il connaît également d'excellents faussaires. Le passeport présenté à la police de Roissy avait zéro défaut et la photo était bien celle de Benoît Barrioul. Schwartz-Barrioul, les deux faces d'un même visage. Normal que nous n'ayons pas trouvé trace de son départ puisqu'on cherchait le passeport de Barrioul. Il aura fallu quarante-huit heures à la dizaine d'enquêteurs qui se sont coltinés les images des caméras de surveillance des huit terminaux de Roissy et des quatre halls d'Orly pour voir passer enfin la vidéo de votre copain.

– Vous n'avez jamais beaucoup aimé Barrioul, dis-je à Barnier, ça fait des semaines que vous mourrez d'envie de l'arrêter. La raison est toute trouvée, ricanai-je sans rien dire de ma conversation avec le ministre de l'Intérieur.

– Pas si simple, rétorqua le flic, il n'a pas choisi le Mexique au hasard ou pour ses plages de cartes postales. Là-bas, l'extradition reste l'exception, l'accueil, la règle pour tous ceux qui arrivent les poches pleines. Il y a pire comme prison à ciel ouvert. Avec deux passeports il peut même décider de qui il est, selon son humeur. Ou ses intérêts.

Qu'attendait Barnier ? Que je lui balance la liste des comptes cachés de Benoît ? Il comprit qu'il n'obtiendrait rien et changea de sujet pour demander des nouvelles de Charles.

– J'ai déjeuné avec lui récemment. Tout va bien, dis-je, il est préoccupé par son âge mais il n'est pas le seul.

– J'ai l'impression que vous n'êtes pas au courant, il a fait un malaise hier soir. C'est l'hôpital qui nous a prévenus mais ça va, il est rentré chez lui. Apparemment, il ne souhaitait pas que ça s'ébruite.

Je l'avais écouté, incrédule et vexé de n'en rien savoir.

C'est Raphaëlle qui m'a répondu, Charles allait bien, un malaise vagal sans doute lié au problème de santé qu'il avait depuis quelques années. Rien de plus, rien de grave. Au téléphone, Pietragalli avait la voix pâteuse, à demi endormie.

– Tiens le choc, mon camarade, dis-je en riant parce que après Olivier on a perdu Benoît. La mort de Chanteclerc remue une sacrée boue. Protège-toi, lui conseillai-je encore, le cœur serré. Sur les quatre, deux hors-jeu et un troisième qui flageole, j'aimerais bien ne pas être le dernier.

En raccrochant, je m'étais rappelé cette phrase de mon père : « Au commencement on compte ses amis, à la fin on compte ses morts. » À l'époque j'avais ri. Connement.

Chapitre 27

Depuis notre retour du Crotoy et le départ de Garance, je m'efforçais de ne rien laisser paraître de mon désarroi. Selon un rituel vieux comme notre couple, je préparais le petit déjeuner de Marianne et jouais le rôle de l'écrivain préoccupé par son nouveau roman avant de m'enfermer dans le bureau-bibliothèque. Plus d'un mois s'était passé depuis cette nuit au bar des Tourelles et je n'avais pas écrit une ligne, l'humeur percutée par les mots de Garance. Plutôt que de se cloîtrer dans notre appartement pour se protéger d'un soleil qui faisait de Paris la capitale la plus chaude d'Europe, nous nous étions installés à Ramatuelle où les vents marins nous épargnaient la canicule qui s'était abattue sur le pays. Pas une heure sans que les médias déjà lassés de la guerre en Ukraine et désespérant de trouver un fait divers qui embrase la France, égrènent triomphants les records de chaleur atteints dans le nord du pays. Marianne qui espérait faire une pause après un hiver de procès difficiles avait vite déchanté. Comme si le dérèglement climatique déréglait encore un peu plus les esprits perturbés des maris violents, des parents incestueux et des violeurs si propres sur eux ! Les chambres avaient été transformées en annexe de ses bureaux parisiens, l'une de ses associées et son assistante nous avaient rejoints. Et j'avais dû réaménager la pièce d'angle qui fait ordinairement office de salle à manger pour tenter d'écrire loin d'une agitation qui nous était peu familière dans cette maison. L'été s'étira ainsi, étrange et poisseux, pollué par les appels de Barnier. Le divisionnaire avait compris que Charles ne lui serait d'aucun secours, Benoît envolé, il ne restait que moi pour répondre à ses questions. Toujours les mêmes. En trois mois, les flics n'avaient rien trouvé de concret. J'avais le sentiment que le commissaire m'appelait seulement par habitude, comme s'il voulait s'assurer que j'étais toujours là. J'avais lu dans un hebdomadaire que près de deux cents crimes commis chaque année restaient non élucidés, je n'étais pas loin de penser que l'assassinat de Chanteclerc rejoindrait bientôt les milliers de *cold cases* enfouies dans les caves du Bastion.

L'automne me donna tort. Comme j'avais eu tort de croire que les coups de téléphone de Barnier n'étaient que de pure routine alors qu'il me suffisait de tendre l'oreille pour entendre son stylo courir sur le papier et noter chaque mot de ce que je disais ! La personnalité d'Éloïse, les relations Marchetti-Barrioul, les liens de ce dernier avec Lenoir, Barrioul et l'argent, Barrioul et ses trafics… Barrioul l'obsédait au point de devenir l'unique objet de nos échanges. Pour l'énerver un peu plus encore, je lui avais raconté non sans un sadisme délicieux, les déambulations de Benoît entre Mexique et Chili.

J'avais reçu une photo mi-juillet. Sur mon portable, le numéro était inconnu et deux mots seulement accompagnaient l'image d'un sommet enneigé : « Ça secoue », suivi d'un plan rapproché. « Le Huascaran, 6 700 mètres ». Puis une troisième photo quatre heures plus tard. Benoît à l'aéroport de Santiago : « Bienvenue au Chili, je vous attends Charles et toi. » Impossible de rappeler.

À peine arrivé, Barrioul-Schwartz s'était débarrassé de la carte prépayée. Utilisant l'un ou l'autre de ses passeports, Benoît n'avait passé que deux petites semaines à Cancún, le temps d'organiser son exil à Santiago. Maria Cuervas, qui avait partagé ses trois premières nuits mexicaines, l'avait précédé au Chili. La jeune femme d'origine chilienne avait émigré à New York dans les années 2000, achevant ses études à l'université Columbia avant d'entrer à la Chase Bank. Elle n'y resta que le temps d'approcher quelques grosses fortunes qu'elle se proposa de gérer en direct. La gestion de patrimoines volumineux et la carte des paradis fiscaux n'avaient plus de secrets pour elle lorsqu'elle rencontra Benoît à l'occasion d'une soirée caritative au Waldorf Astoria. Les deux s'étaient trouvés assis côte à côte à une table où personne ne semblait se connaître et mettaient un point d'honneur à s'ennuyer élégamment. Au détour d'un foie gras sans saveur et de quelques banalités, ils avaient découvert en riant qu'il s'agissait de quatre couples qui affichaient quarante ans de mariage et autant de soirées de bienfaisance, ce qui expliquait leur mutisme. Benoît venait de quitter la politique, Maria lui proposa de cogérer quelques-uns de ses placements officieux. Lui dormait au Four Seasons, elle avait un appartement à deux pas du Waldorf mais pour éviter le qu'en-dira-t-on autour d'un premier soir, elle choisit l'hôtel. Les deux étaient officiellement célibataires et jusqu'alors s'en trouvaient bien. L'exil précipité de Benoît avait changé la donne. En retournant au Chili où sa famille vivait encore, Maria ne savait que penser. L'idée d'avoir cet amant intermittent dans sa ville natale à quelques encâblures de ses deux sœurs, l'excitait et l'exaspérait à la fois. Arrivée à Santiago une semaine avant Barrioul, elle avait loué un appartement dans le quartier résidentiel de Las Condes, proche d'un parc où se mêlaient dans un tête-à-tête élégant grands arbres européens et gratte-ciel. À dix mille kilomètres de la France, au vingt-quatrième étage d'une tour qui dominait la ville, cet endroit n'était guère différent des deux cent cinquante mètres carrés parisiens de Benoît, à ceci près que la vue sur la cordillère des Andes fait aisément oublier le parc Monceau. Le décorateur avait dû passer par les Beaux-Arts et la rue Bonaparte avant d'étudier à la Parsons School de New York tant la modernité du mobilier et le choix des étoffes étaient identiques d'un endroit à l'autre. C'était beau et sans originalité.

Maria avait huit jours devant elle avant de redécoller pour New York. Benoît s'appliqua à lui faire oublier qu'ils avaient trente ans de différence, découvrant Santiago en marchant à son rythme. Elle lui apprenait la ville, il lui fit rencontrer d'anciens dirigeants qu'il côtoyait lorsqu'il était ministre. L'un d'eux, qui avait dirigé un temps le cabinet de l'ex-présidente Bachelet, leur proposa de visiter la Moneda, le palais présidentiel qui ne serait qu'une lourde bâtisse sans grande allure s'il n'était devenu un lieu chargé d'histoire depuis le coup d'État de Pinochet. Maria avait été élevée dans la haine de ces casques noirs qui ont sillonné les rues pendant vingt-sept ans et tué son enfance. Son grand-père fut arrêté et emprisonné quelques mois. La Moneda, les murs criblés de balles, a enfoui les dernières traces de ces années de plomb sous une couche de blanc mais en entrant dans l'endroit où Salvador Allende s'est suicidé, Benoît vit Maria saisie de frissons.

– Viens, on rentre, dit-elle l'attirant hors de la pièce, courant presque jusqu'à l'appartement.

Dans l'entrée, il l'avait prise dans ses bras, il se voulait tendre mais elle n'avait pas envie de faire l'amour. Juste jouir. Fort. Elle se caressa les yeux fermés, jouit très vite, les rouvrit, demanda à Benoît de la caresser encore et s'endormit. Pour oublier ces années qui venaient de lui exploser à la figure.

– Tu comprends pourquoi je suis partie, souffla-t-elle au réveil. Pour fuir cette odeur de cadavre qui collait à la peau de mes grands-parents. Je leur en ai voulu longtemps comme s'ils étaient responsables de ce qui s'était passé. C'était stupide, mais hier le fantôme d'Allende, ça m'a fichu un choc, j'ai senti cette odeur à nouveau. Je ne comprends pas comment vous faites avec tous vos fachos en France, ça ne sent pas bon non plus à Paris.

– Ce sont des fachos à la sauce Trump ou Meloni, rien à voir avec Pinochet, répliqua Benoît agacé.

– En es-tu sûr ?

– Non pas plus que toi.

– Je repars dans trois jours, dit-elle en changeant brutalement de sujet, tu vas faire quoi à Santiago ?

– Mon métier.

Maria sourit sans répondre se contentant d'un « on y va », qui ressemblait plus à un ordre qu'à une invitation. Ils avaient le temps. Plutôt que l'autoroute qui aurait eu la banalité d'un Paris-Deauville, Maria choisit la route du bord de mer après un détour par la vallée de Rosario. Le ciel était bas au point de se confondre avec les terres granitiques plantées de vignes.

– Ça n'est pas la bonne saison mais l'endroit est magnifique quelles que soient les humeurs de la météo.

Syrah, sauvignon, pinot noir, les noms des crus chiliens qui prétendaient rivaliser avec le vignoble français s'inscrivaient un à un de part et d'autre de cette route des vins bordée de milliers de pieds protégés des vents par d'immenses bâches transparentes. Benoît avait découvert une jeune femme inconnue, amoureuse d'un pays dont elle ne lui avait jamais rien dit, commentant avec enthousiasme le travail des viticulteurs. Des artisans du bio, capables de raconter des heures durant l'histoire du Matetic le plus célèbre de ces vignobles.

Maria était intarissable. Avant d'arriver à Valparaiso, Benoît savait déjà tout de la maison de Neruda, perchée au sommet de la ville haute. Sa compagne lui avait décrit les moindres recoins, la chambre du poète restée telle qu'elle était le jour de sa mort, les mules au pied du lit, les vestes dans la penderie, le cheval de manège dans le salon, les figurines dans le bar, cinq étages traversés par un escalier étroit et les baies vitrées qui surplombaient le port sans autre limite qu'un horizon lointain.

La jeune femme avait choisi un hôtel centenaire au cœur de la vieille ville, faisant découvrir à Benoît cet étrange enchevêtrement de façades colorées et de murs tagués, exposition géante à ciel ouvert où le street art régnait en maître.

Ces deux semaines au Mexique, les premiers jours au Chili, Barrioul me les avait racontés dès son retour de Valparaiso. Le téléphone prépayé était son mode de communication ordinaire. « A priori je ne risque rien au Chili, m'avait-il dit, mais deux précautions valent mieux qu'une. » Et nos échanges n'entraient jamais dans le détail. Nulle question d'argent encore moins de compte en banque. Nos conversations portaient rarement sur la politique, jamais sur Marchetti. Même les prépayés peuvent avoir des oreilles. Benoît me parlait de ses nouveaux clients, de ses week-ends avec Maria, et s'étonnait que la France lui manque si peu. Charles m'inquiétait, je lui avais parlé de son malaise. Il en avait ri. « La peur de vieillir le fera mourir », avait-il assené. Mais quelques jours après, il m'avait rappelé :

– Tu as des nouvelles de Charles ? C'est bizarre cette histoire de malaise vagal.

Au bout du fil la voix était inhabituellement blanche. C'était celle de notre enfance et de nos oraux mal préparés, enfouie sous trente ans de politique et de discours péremptoires. Une voix humaine.

– Qu'est-ce qu'il t'arrive ? demandai-je ému à mon tour.

– Je pense à Charles, cela fait des mois que je ne le trouve pas en forme, la dernière fois que je l'ai vu il avait grossi et avait l'air fatigué. J'espère qu'il n'a pas chopé une saloperie.

– Mais non, répliquai-je agacé, il est comme nous, il vieillit. De toute façon j'en saurai plus début août, il doit venir à Ramatuelle. Luchini et lui font la clôture du festival.

J'avais profité des derniers jours de juillet pour mettre de l'ordre dans le vrac de mes projets. Je balançais entre travailler pour le théâtre, imaginer la suite des *Années sida* malgré les réticences de mon éditeur ou rédiger ce roman-mémoire maintes fois écrit, maintes fois jeté. De son côté Marianne avait enfin décidé que le mois d'août serait sans collaborateur ni client. L'assassin de Chanteclerc courait toujours mais plus les jours passaient moins l'affaire nous intéressait. Sans information, ni rumeur, les journalistes avaient tourné la page et les flics eux-mêmes semblaient avoir opté pour l'hypothèse du tueur à gages impossible à fixer. Un matin alors que nous venions de renouer avec la marche avant que le soleil n'écrase les couleurs du bord de mer, Marianne s'était arrêtée au sommet de la plus haute colline.

– Assieds-toi, je voudrais te dire un truc à propos d'Olivier. Je n'ai jamais réussi à trouver ce crime odieux. Pire, quand je l'ai appris, j'ai applaudi. Ce type n'a eu que ce qu'il méritait. Au fond je n'ai pas envie qu'on retrouve son assassin. Pour que la justice soit faite, dit-on, mais la justice, c'est ce meurtrier qui l'a rendue. Pour de bonnes ou de mauvaises raisons, je m'en fous.

Marianne avait parlé sans me regarder, les yeux rivés sur la mer.

– Je ne suis pas sûre que tu me comprennes, avait-elle poursuivi, c'était ton pote…

– Plus vraiment !

– Dans tous les cas je vois trop de femmes abîmées pour avoir la moindre pitié pour ce genre de mec. Et pour sa femme qui ne pouvait rien ignorer de tout ça.

– Laisse Éloïse en dehors, s'il te plaît.

– Décidément, dit-elle mi-figue mi-raisin, je vais finir par croire qu'il y a un truc entre elle et toi.

– Arrête avec ça. L'amitié entre une femme et un homme ça existe, non ?

– Non, je ne crois pas.

– Et ta relation avec Charles, je dois la prendre comment dans ce cas-là ?

– Ça n'est pas la même chose. Heureusement que tu as un copain un peu moins dégueulasse que les autres.

Elle s'était levée d'un bond après m'avoir furtivement embrassé.

– On rentre, il fait trop chaud, dit-elle en me prenant la main.

À la une du *Var-Matin* qui traînait sur la table, il y avait la photo de Charles.

– Tiens, dis-je en montrant le journal à Marianne, il y a le portrait de ton amoureux.

– C'est normal, il sera ce soir au festival.

– Non justement, ils disent qu'il a annulé. Luchini sera seul en scène.

Ma femme m'arracha le journal des mains.

– Merde, deux fois en un mois ! Pour un malaise vagal c'est beaucoup.

Le téléphone de Charles était sur messagerie. Je repensais à ma conversation avec Benoît, « J'espère qu'il n'a pas chopé une saloperie ». Je n'avais pas vraiment répondu à Barrioul, la vérité c'est que je le savais malade depuis longtemps. Un diabète, m'avait-il dit. Mais lui aussi avait minimisé. Une piqûre quotidienne un jour dans la cuisse, le lendemain dans le ventre, le jour d'après dans le bras pour ne pas laisser de traces, un trou minuscule, invisible à condition de ne pas le faire toujours au même endroit. Sinon tout allait bien, juste un peu de fatigue de temps en temps, des trous de mémoire parfois, des maux de tête un peu plus souvent mais rien d'inquiétant. Charles avait découvert sa maladie trois ans auparavant. Une prise de sang normale, même pas de PSA, tu te rends compte, m'avait-il dit, il n'y a que ce foutu taux de glycémie. J'avais cherché sur Internet. Ah oui, il en avait beaucoup mais puisque les médecins disaient que c'était sous contrôle… Il suffisait d'avoir à portée de main le produit miracle. À plusieurs reprises il m'avait demandé d'aller l'acheter. « C'est pour vous ? » interrogeait systématiquement le pharmacien. Mais non ducon, lis l'ordonnance. Et je repartais avec cette mise en garde glissée discrètement : « Attention à la surdose, rappelez à votre ami que ça n'est pas un produit banal. » La toile était catégorique : « Insuline, poison dangereux, peut provoquer une hypoglycémie mortelle précédée de graves atteintes cérébrales. Laisse peu de traces dans le sang, rapidement indétectables. » Conclusion d'Internet qui regorgeait d'histoires criminelles incriminant ce produit sans jamais que l'on puisse prouver son utilisation : l'insuline est un défi pour la médecine médico-légale. En m'écoutant rapporter les mises en garde de l'apothicaire, Charles avait éclaté de rire, me suggérant d'en faire la trame d'un prochain roman ou le sujet de la pièce que je lui avais promis d'écrire.

Marianne avait fini par joindre Raphaëlle. Non, ça n'était pas un malaise vagal, oui, c'était sérieux, Charles avait fait un AVC. Léger, mais suffisamment grave pour qu'il n'ait pas encore recouvré l'usage normal de la parole. Les doses d'insuline étaient devenues trop faibles, Charles avait tardé à voir son médecin. L'alerte avait été rude mais sans conséquence durable.

– Tu peux rassurer Rodolphe. Laissez passer la fin du mois et voyons-nous après. Tout sera rentré dans l'ordre.

Huit semaines plus tard, Pietragalli n'était toujours pas remonté sur scène et Luchini ne l'attendait plus. Chaque jour je visitais mon ami que je trouvais somnolent, indifférent à ce que je lui racontais. Les tribulations chiliennes de Benoît qui alimentaient nos échanges l'avaient un temps distrait avant qu'il ne s'en désintéresse comme du reste. Je voyais bien que ses neurones bataillaient ferme pour mettre les mots dans le bon ordre, mais le résultat était médiocre et pas toujours compréhensible. Les médecins s'étaient plantés et refusaient de le reconnaître. Raphaëlle avait voulu porter plainte. Je l'en avais dissuadée. À quoi bon ! La faute à qui ? Au médecin ou à ce cerveau qui pour contredire la faculté, refusait de se rabibocher avec lui-même ? Charles n'était pas un légume mais il n'avait plus rien de la plante élégante et fière qui avait couru les planches pendant près d'un demi-siècle. Je voulais malgré tout y croire. En vain, mes paroles rassurantes ne rassuraient personne, Charles évoluait désormais dans un entre-deux gazeux dont il était suffisamment conscient pour imaginer y mettre fin. Un après-midi ordinaire, ni blanc ni noir, d'une grisaille mortifère, il m'avait avoué y songer.

– C'est foutu, m'avait-il dit en butant sur les mots. Le rideau est tiré, c'est fini pour nous. Et pas seulement pour Chanteclerc, pour Barrioul également, qui croit pouvoir tromper son monde en mettant un océan entre lui et ses mensonges et pour toi Rodolphe, qui n'arrive pas à écrire les mots qui t'éviteraient un oubli programmé. On a cru bouffer le monde, on s'est décomposés avant même de crever. Mets-toi ça dans le crâne, camarade, nous sommes finis, c'est juste une affaire de temps.

J'avais voulu trouver une réponse mais rien n'était venu. Je m'étais levé pour l'embrasser et j'avais senti sous mes lèvres une larme. Je partis sans rien dire.

En rentrant, j'avais raconté la scène à Marianne et ma crainte de voir Charles mettre sa menace à exécution.

– S'il arrive quoi que ce soit, lui dis-je, mon silence aura pesé lourd. Tu aurais fait quoi à ma place ?

– Je ne sais pas, rétorqua Marianne, agacée. Arrête de faire des nœuds pour tes copains. À moins que tu aies des choses à me cacher.

– Mais pas du tout, pourquoi dis-tu ça ?

– Parce que depuis ce voyage au Crotoy, tu n'es plus le même. C'était pourtant un moment sympa.

– Oui, très.

– Alors, oublie Charles et les autres s'il te plaît.

« Plus facile à dire qu'à faire », murmurai-je en jetant un œil sur mon portable. « Des nouvelles de votre ami Pietragalli ? À très vite. Philippe Barnier. » Le SMS avait été envoyé à 17 h 40 suivi d'un appel manqué à 21 heures. Trop tard pour appeler le divisionnaire, trop tôt pour se coucher, je zappais machinalement d'une chaîne à l'autre, pestant contre la nullité des programmes avant que Marianne ne m'arrache la télécommande des mains. Sur la 3, la voix du ciné-club annonçait la diffusion de *Garde à vue*.

– Mais on l'a déjà vu dix fois, marmonnai-je excédé.

– Toi peut-être, pas moi, dit-elle en se serrant contre moi.

Personne n'a filmé mieux que Claude Miller la tension palpable d'une salle d'interrogatoire. Ces heures ponctuées de silences et d'interruptions, de séquences violentes et d'instants presque paisibles, ce jeu pervers du chat et de la souris, je m'y étais laissé prendre à nouveau d'autant plus fasciné que je voyais du Lino Ventura chez Barnier. Au point de m'interroger sur le rôle qu'il m'avait assigné. J'avais sans doute eu tort d'accepter ses invitations dans des endroits où la police, ordinairement, n'a pas sa table. Trop prévenant pour être fiable, n'est pas Ventura qui veut. Sur l'écran, les faits s'accumulaient au point que Serrault avait fini par avouer un crime qu'il n'avait pas commis. Avec Miller, le notaire était un coupable parfait. Au Bastion qui sera le coupable idéal ? L'épouse maltraitée, une victime de Chanteclerc, un tueur à gages introuvable ?

À l'été, j'avais senti Barnier d'autant plus désemparé qu'on le pressait d'en finir. Nous ne nous étions pas parlé depuis plusieurs semaines, je le retrouvai égal à lui-même, charmant et brutal, doucereux et incisif. Je le regardais et je voyais Ventura. Il m'avait proposé de le rejoindre chez lui. Prétextant un rendez-vous dans le XVIIe, j'avais refusé, expliquant pouvoir être rue du Bastion en fin de matinée. Je pensais qu'il allait me parler de Charles, il attaqua avec Benoît.

– Avec le Chili aucune chance qu'il soit extradé. À votre avis pourquoi a-t-il filé si brutalement ? En général quand on abandonne du jour au lendemain ses clients et qu'on met dix mille kilomètres entre soi et son pays, c'est qu'on a des trucs sérieux à se reprocher.

Il avait parlé en me regardant fixement, prenant garde de ne pas élever le ton, s'étonnant malgré tout de mon silence en ce début d'automne. Qu'avais-je à répondre sinon que malgré un déjeuner étoilé et un verre dans un bar luxueux nous n'étions pas amis. Pourquoi l'aurais-je appelé ?

– Pour m'informer de ce que vous saviez.

– Mais je ne suis pas votre informateur, mes relations amicales restent privées. Cela dit Barrioul m'a appelé en effet à plusieurs reprises. Pour me parler de sa nouvelle vie, de Maria et de Valparaiso.

– C'est tout ?

– Évidemment, vous n'imaginez pas que Benoît serait assez stupide pour me faire des confidences au téléphone.

Je souriais intérieurement, le round d'observation s'était bien passé mais avec Barnier, la contre-attaque ne tardait jamais. Elle commença par une invitation à déjeuner. Je déclinai et proposai qu'on se retrouve à 16 heures dans son bureau.

– À 16 heures c'est très bien.

Cette fois c'était sec comme une convocation !

Trois heures à tuer et pas de déjeuner. Marianne était désolée mais elle avait prévu d'enchaîner les rendez-vous avant de partir pour Nantes en fin d'après-midi. Au téléphone elle s'était inquiétée :

– Fais attention, Rodolphe, ce policier est tordu. Au Palais, tout le monde le connaît. Avec ses costumes bien coupés et son amabilité de façade, il terrorise les jeunes avocats et défie les procureurs. C'est un tueur qui ne lâche sa proie qu'une fois dépecée. Seuls ceux qui ont adopté la stratégie de la mouche s'en sont sortis.

– La stratégie de la mouche ?

– Oui, quand on croit l'avoir frappée elle est déjà ailleurs.

Elle raccrocha après un « bon courage » qui n'était guère encourageant.

Je m'étais suffisamment éloigné pour être sûr de ne pas croiser un flic du 36. Attablé dans un bistrot de la place Clichy, je comptais les jours : cent cinquante-quatre depuis la mort de Chanteclerc. Cent cinquante-quatre nuits où nous dormions à trois avec ce cadavre puant incrusté entre Marianne et moi. J'avais beau battre les draps chaque matin, ouvrir les fenêtres des journées entières, la puanteur discrète le jour s'enfonçait dans notre lit à l'heure du coucher. Marianne disait ne rien sentir. Agacée par mon questionnement quotidien, elle m'avait obligé à consulter un otorhino qui bien sûr n'avait rien trouvé d'anormal. À Ramatuelle les effluves mêlés de jasmin et de romarin étaient si puissants que l'odeur avait presque disparu. Au point de l'oublier. Le retour dans notre appartement avait été violent. J'étais submergé à nouveau et les appels de Barnier n'avaient rien arrangé.

À quelques mètres de moi, une dizaine de jeunes gens qui préféraient ce bistrot à la cantine du lycée voisin me regardaient interrogatifs. L'un d'eux finit par se lever et s'approcha. J'avais une tête qui leur disait quelque chose mais aucun de ses camarades n'avait été capable de donner un nom. Un vieux chanteur qui avait décroché ? Un acteur qui avait déserté les écrans ? Un politique ? Ou peut-être un ancien animateur de télévision ? Quand j'avais décliné mon identité, il s'était excusé : « Ah pardon on croyait que vous étiez quelqu'un de connu. » Et il était retourné s'asseoir, provoquant le rire de ses amis qui cessèrent de me regarder. « On est finis ! » m'avait dit Charles. Finalement le cerveau de Pietragalli était peut-être moins embrumé que le mien.

À nouveau dans le bureau de Barnier, je pensais à ce que m'avait dit Marianne. J'avais quitté le divisionnaire désagréable, j'avais devant moi un homme soucieux de mon confort me proposant un fauteuil plutôt que la chaise qui faisait face au bureau, s'empressant de me servir un café.

– Vous avez des nouvelles de Pietragalli ? demanda-t-il sur le ton affecté de celui qui s'inquiète de la santé d'un proche. Parce que j'ai cru comprendre que c'était beaucoup plus sérieux qu'un simple malaise vagal. Il a fait un AVC, n'est-ce pas ? Sans doute une conséquence de son diabète. Vous saviez qu'il était diabétique ?

Je regardais le commissaire. Barnier-Ventura venait d'entrer en scène. Action.

– Bien sûr, dis-je, surjouant le ton d'une conversation légère. Mais il nous a assuré que c'était sous contrôle. Jusqu'à son accident, c'était pour moi un truc banal. D'autant plus invisible que ni le physique ni la vie de Pietragalli n'avaient changé en quoi que ce soit.

– J'ai appelé son médecin, enchaîna le commissaire.

– Son médecin ? Mais pour quoi faire ?

– Pour connaître la nature de son traitement et savoir s'il était en mesure d'être interrogé.

– Et ?

– Il a refusé de répondre, se retranchant derrière le secret médical. Et vous, vous en pensez quoi ?

– Que vous auriez tort de vous acharner sur ce pauvre Charles. Vous allez voir un type déprimé et confus qui ne fera pas avancer d'un iota votre enquête. Si j'étais vous, je chercherais plutôt du côté de Marchetti. À moins que ce ne soit tabou.

Je regrettais déjà ma dernière phrase mais Barnier ne haussa pas même un sourcil.

– Oui mais vous n'êtes pas moi. Comme tous les diabétiques, dit-il, j'imagine que Pietragalli est traité à l'insuline.

– Sans doute.
– Ça veut dire quoi *sans doute* ?
– Ça veut dire que Charles ne s'est jamais piqué devant nous, mais je crois savoir que dans les cas graves il n'y a pas d'autres traitements.

J'observais l'acteur. Chapeau l'artiste, Barnier avait bifurqué sans prévenir de Charles à Chanteclerc. Les deux ne se voyaient plus qu'à l'occasion de rares dîners, il voulait savoir pourquoi. Il avait pris le bloc qui était sur la table et jetait mes mots sur le papier.

– Je vais mettre tout ça en forme, dit-il et j'y ajouterai nos conversations précédentes. Ne vous inquiétez pas, c'est pour mon usage personnel, il y en a qui réfléchissent en regardant des photos sur un tableau, moi j'aime bien écrire. Je n'ai pas votre talent, mais ça me permet de m'éclaircir les idées.

Il m'avait raccompagné dans le hall du 36. Alors que j'attendais un taxi je le sentais dans mon dos. Je me retournai, il était toujours là me fixant, immobile. Marianne avait raison, Barnier-Ventura était vraiment tordu. Ou très habile.

Ma femme m'avait proposé de la rejoindre à Nantes. Je ne connaissais rien de la ville sinon cette rue de la Grange-au-Loup chantée par Barbara. « Un père jamais revu et un ciel chagrin. » Non merci.

– Tu as tort, s'était insurgée Marianne, pense plutôt à Lola et à la sensualité sublime d'Anouk Aimé, fille à marin magnifique. Ce Nantes existe encore, viens, ça te changera les idées.

Elle m'attendait à la gare. La ville que nous avions traversée pour rejoindre l'hôtel n'avait pas grand-chose à voir avec le film de Demy. Moderne et lumineuse, elle m'apparut belle et banale. Je la préférais en noir et blanc, dis-je à Marianne. J'étais de mauvaise foi. La brasserie La Cigale n'avait rien abandonné de la démesure du moderne style des années 1900, l'escalier de la rue de l'Abreuvoir avait disparu mais le passage Pommeraye demeurait et la rue du Calvaire désormais livrée aux piétons bruissait encore des pas de Lola.

Loin de me changer les idées, ce furent trois jours étranges et douloureux. Je n'étais pas bien sans vraiment savoir pourquoi. Les heures passées dans le bureau de Barnier m'avaient laissé un goût désagréable qui ne se dissipait pas. Pouvait-il imaginer que Charles ait quoi que ce soit à voir avec l'assassinat de Chanteclerc ? L'insistance qu'il avait mise à vouloir fouiller son passé médical me troublait.

– Tu fais la gueule ? s'était exclamée Marianne. C'est sympa pour moi qui rêvais d'un week-end en amoureux. C'est tout juste si tu ne m'as pas reproché hier soir de t'avoir attiré dans un traquenard. Et tu n'as pas desserré les dents depuis ce matin. Plutôt que d'aller manger des fruits de mer, si tu veux on rentre à Paris.

J'ai dû lui raconter ma journée au 36, les questions du divisionnaire, le halo de soupçons qui semblait désormais peser sur Pietragalli et ces notes que Barnier n'avait cessé de prendre. Dans quel but ? Marianne avait explosé avant même que j'aie fini de m'expliquer :

– Arrête avec Barnier, je t'ai prévenu, c'est un fouille-merde comme tous les flics. Tu as fait l'erreur de déjeuner avec lui, depuis il imagine pouvoir jouer avec toi. Il sème le doute. Et ça marche, il suffit de regarder ta tête. Je suis avocate depuis suffisamment longtemps pour savoir que ce jeu trouble confirme qu'il patauge lamentablement. Il a trouvé un nouvel os à ronger avec Pietragalli, laisse-le courir.

Chapitre 28

– Tu ne peux pas me refuser ça.

Les pieds dans le sable, casque sur les oreilles, Spinoza avait enfin décroché. Cela faisait une semaine que Barnier l'inondait de messages lui intimant l'ordre de rentrer. Une semaine qu'il raccrochait rageusement chaque fois que le nom du divisionnaire s'inscrivait sur son portable. Mathilde était partie tôt le matin, les appels de ses patients s'accumulaient dès l'aube. Ils avaient choisi Biarritz plutôt que d'habiter le village où se trouvait son cabinet. Les kilomètres étaient vite avalés et la maison sur la mer valait bien ces quelques minutes de sommeil en moins. Le couple avait profité de ses vacances pour déménager, campant quelques semaines dans un appartement provisoire avant de s'installer au cœur de la ville à deux pas de la grande plage, appelée autrefois la côte des Fous. On ne s'arrache pas si facilement à son passé, avait dit en riant Mathilde. L'ancien capitaine de police s'était initié au surf partageant désormais ses journées entre les spots de la côte et les visioconférences de préparation au CAPA.

Spinoza connaissait bien cette voix doucereuse qui ne doutait jamais de parvenir à ses fins.

– Tu ne peux pas me refuser ça, avait répété le divisionnaire, ce ne sera pas long. Je suis certain d'avoir le coupable mais j'ai besoin de toi pour boucler le dossier. Un mois, pas plus. Je ne te demande pas de revenir au Bastion. On travaillera chez moi, personne ne saura que tu es là.

Un mois, pas plus. Après tout Spinoza s'était promis de partir après avoir bouclé l'affaire, il avait juste pris un peu d'avance. Mathilde en était convenue après lui avoir fait jurer. Un mois pas plus. C'est promis.

Lorsqu'il avait débarqué le 23 septembre 2022 à la gare Montparnasse, le divisionnaire l'attendait au bout du quai et, geste inhabituel, il l'avait étreint, lui glissant à l'oreille :

– J'y suis presque, il faut juste qu'on vérifie ensemble deux ou trois choses.

Barnier avait tout prévu. Pile de dossiers dans l'entrée, salon transformé en bureau, deux tables et deux ordinateurs reliés au 36, l'élégant appartement du XVIe avait pris les allures d'une annexe du Bastion. La chambre d'amis avait été préparée pour l'ex-adjoint et la cuisine gorgée de victuailles, pour éviter que des oreilles indélicates croisent les deux flics au restaurant.

À son arrivée, Spinoza avait déjà sur sa table l'historique de l'affaire Chanteclerc. Depuis le premier appel d'Éloïse jusqu'à ma dernière rencontre avec Barnier. Coups de téléphone, échanges informels, interrogatoires, fadettes, le divisionnaire avait compilé des centaines de pages.

– Lis ça, dit le commissaire, d'un air satisfait, et dis-moi ce que tu en penses. La conclusion me paraît évidente mais il y a encore des trucs qui ne me paraissent pas clairs. On ne sera pas trop de deux pour boucler le dossier.

Avant d'ajouter mi-figue mi-raisin :

– On devrait se préoccuper plus souvent de la santé de nos clients. Ça me servira de leçon !

Spinoza venait d'attaquer la lecture quand surgirent les premières notes de la *Symphonie n° 40* de Mozart. Barnier bondit sur son téléphone.

– 17B34.

Et se tournant vers son ancien adjoint.

– Tu as entendu, j'ai changé la sonnerie de mon téléphone, c'est plus festif que leurs trucs rétro.

Spinoza se contenta d'un vague acquiescement avant de s'inquiéter de qui pouvait venir à l'heure du dîner.

– Ma femme, répondit le divisionnaire avec un large sourire. J'ai pensé que tu trouverais cela moins triste qu'un tête-à-tête avec ton patron.

– Ancien patron, avait corrigé Spinoza alors qu'il se levait pour saluer la nouvelle venue.

L'ex-épouse du divisionnaire, devenue sa compagne après leur divorce était l'Arlésienne du 36. Tous en avaient entendu parler, personne ne l'avait jamais vue. Au point que le capitaine et nombre de ses collègues doutaient de son existence, persuadés que ce flic qui n'était pas des leurs avait imaginé cette histoire pour peaufiner son image de bourgeois amateur de hors-piste. Gérard Spinoza pourrait désormais témoigner du contraire. Les deux formaient un couple raffiné. Même taille, même silhouette élancée, un brin de dandysme chez lui, une grâce chez elle, qui donnait au tailleur-pantalon qu'elle portait ce soir-là, une élégance supplémentaire.

– Je te présente Anne.

Barnier, manifestement fier, avait ajouté avec un sourire entendu :

– Anne qui m'a accompagné à mes débuts, qui s'est échappée ensuite avant que nous reprenions la route ensemble. Mais tu connais l'histoire, dit-il faisant mine d'ignorer les rumeurs qui couraient sur son couple au 36. C'est elle qui mit les pieds dans le plat.

– Vous voyez, j'existe bien, dit-elle. Les autres, il s'en moque, mais Philippe était soucieux que je puisse vous rencontrer. Il m'a souvent parlé de vous. Il vous aime beaucoup parce que vous êtes différent. Comme lui.

Mathilde, Biarritz, le surf et la nouvelle vie des Spinoza prirent la place du plat de résistance qu'avait oublié Barnier. Le saumon froid préparé au dernier moment était resté chez le poissonnier. Les trois avaient ri. Puis Anne avait apostrophé le capitaine, affectant d'ignorer son compagnon, assis à la même table.

– Je vous ai dit tout à l'heure que Philippe vous aime beaucoup, c'est plus que ça, il vous admire. Il ne vous le dira jamais puisque entre mecs on ne se parle pas, mais il est bluffé par ce que vous avez été capable de faire. Vous étiez un super flic, vous auriez pu prendre sa place dans quelques années et vous avez tout plaqué. Moi je suis partie, non parce que j'ai passé l'essentiel de mes nuits seule mais parce que je voyais Philippe prendre des chemins qui ne mènent nulle part. Toujours plus de résultats, toujours plus de promotions. Des honneurs et plus le moindre recul. Jusqu'au jour où pour exister encore, on devient aussi détraqué que ceux que l'on traque.

Spinoza surprit le regard de Barnier. Jusqu'où la laisserait-il parler sans broncher ? Ni accablé ni furieux, il l'écoutait et fixait son adjoint presque amusé.

– J'ai retrouvé Philippe, avait-elle poursuivi, quand j'ai compris qu'il avait pris sa décision. Votre rencontre a accéléré les choses.

– C'est vrai ? demandai-je incrédule. Vous allez quitter le Bastion ?

– Sûrement, mais je n'ai pas décidé du moment. Dans tous les cas, pas avant que nous ayons envoyé en taule l'assassin de Chanteclerc. C'est pour ça que je t'ai fait venir.

– Et vous allez faire quoi après ?

– Je ne sais pas. Avocat comme toi ! Pourquoi pas. On pourrait créer un cabinet d'anciens flics. On sait comment ça marche !

Barnier s'était installé chez Anne, laissant l'appartement à son adjoint. Spinoza avait passé la nuit à éplucher les centaines de feuillets rédigés par le commissaire. Pour ce dernier, il n'y avait que deux coupables possibles jusqu'à ce coup de téléphone qui avait réveillé Spinoza en sursaut.

– Tu peux en rayer un, avait aboyé Barnier. Ne me dis pas que je te réveille il est plus de midi.

Le capitaine tenta de se justifier avant d'être interrompu par le divisionnaire.

– Barrioul est entre la vie et la mort. Je viens d'avoir un appel de la police chilienne. Un accident cette nuit à Santiago. Le collègue parlait très mal le français mais j'ai quand même compris qu'un trente-cinq tonnes a brûlé un feu projetant sa voiture à plus de cent mètres. Il n'en reste pas grand-chose sinon une carcasse à demi calcinée et le bonhomme brûlé au troisième degré. Lenoir est prévenu. L'AFP vient de l'apprendre par son correspondant au Chili. Ils ne vont pas tarder à faire une dépêche.

Pas de « flash » pour l'ancien ministre, juste un « urgent » qui rappelait que Barrioul avait fui sous un faux nom avant de réapparaître au Chili. Deux heures plus tard, tombait une nouvelle dépêche :

L'odyssée chilienne de Benoît Barrioul n'aura pas duré longtemps. L'homme politique français est mort des suites de ses blessures en début d'après-midi.

Suivaient un rappel des faits et une biographie résumée à quelques dates. Des brèves à la radio, de simples bandeaux sur les chaînes d'info et quelques lignes le lendemain dans la presse écrite, Benoît avait été brutalement remis à sa place. Normal, il n'avait plus de service à rendre. Le ministre de l'Intérieur avait appelé le président, il connaissait la réponse mais mieux valait verrouiller le dossier avant de le refermer. Marchetti confirma. Pas de cérémonie particulière, juste un communiqué de l'Élysée.

– Tu sais Pierre, dans ce genre d'affaires moins on parle, mieux je me porte.

Seul *Le Canard enchaîné* s'y était attardé la semaine suivante :

Comme c'est étrange. Un trente-cinq tonnes qui brûle un feu en plein Santiago à minuit passé. Chacun savait que Benoît Barrioul assistait à un spectacle dans un théâtre voisin et voilà qu'un poids lourd chargé de légumes surgit au mauvais moment. L'ancien ministre qui a bénéficié de beaucoup de protections dans sa vie n'en a pas eu cette fois. Ses anges gardiens étaient occupés ailleurs.

Le papier fit sourire certains, d'autres rirent jaune mais aucun média ne le reprit.

Khadija s'était occupée des formalités de rapatriement, ce qui n'avait pas été simple puisque, parti sous un faux nom, Benoît n'avait pas officiellement quitté la France.

Deux semaines plus tard, nous n'étions pas nombreux au columbarium du Père-Lachaise. Mon ami Charles était là, méconnaissable, un œil à demi fermé, recroquevillé sur la chaise roulante que poussait une garde-malade sans âge. Je m'étais assis à ses côtés sans qu'il manifeste le moindre signe de reconnaissance. Autour de nous, ceux qui l'avaient porté au pinacle pendant un demi-siècle interrogeaient à voix basse leurs voisins. « Pietragalli ? l'immense Pietragalli ? Non, ça n'est pas possible », entendai-je derrière moi.

Chanteclerc, Barrioul, Pietragalli... Je n'avais qu'une envie, foutre le camp, loin du mort vivant qui était à mes côtés. Je n'attendis pas la fin de la cérémonie pour rentrer chez moi et pleurer. Beaucoup, longtemps, mais juste ce qu'il fallait pour que Marianne n'en voie rien.

Barrioul mort, restait l'autre, le deuxième nom couché sur le papier de Barnier.

– Vous êtes sûr ? avait interrogé Spinoza, relisant des conclusions qui lui paraissaient aussi hasardeuses que hâtives.

– Dans ce genre de meurtre, tant qu'il n'y a pas d'aveu, on n'est sûr de rien, avait répondu le divisionnaire agacé par le scepticisme de son ex-adjoint, mais ça fait six mois que cela dure, le directeur de la police veut un coupable, le ministre de l'Intérieur veut un coupable, le président veut un coupable, je ne peux pas ne pas leur donner. Barrioul avait un mobile, mais c'est Pietragalli qui a l'arme chez lui.

– Et pas de mobile, avait grincé Spinoza.

– C'est pour cela que je t'ai appelé, on va l'interroger et crois-moi on va le trouver.

Trouver quoi ? Un mobile ou un pauvre type affalé sur une chaise, assommé par les médicaments et bredouillant des mots incompréhensibles ? Spinoza avait quitté la police pour ne jamais devenir le commissaire qu'il avait à cet instant, face à lui. Le divisionnaire, son modèle, son mentor, celui dont la subtilité avait fait merveille au Bastion était comme les autres. Mû par un ego qui n'acceptait pas l'échec. Barnier-Ventura avait besoin de résultats. Épuiser le gardé à vue jusqu'à ce qu'il avoue ce qu'il n'a pas commis, un truc qui a fait ses preuves. Et sans risque puisque c'est le juge qui tranchera. Spinoza avait décidé de ne pas assister à ce spectacle minable et terrifiant.

– Je rentre à Biarritz. C'est dégueulasse ce que vous allez faire. Ça n'est pas parce que Charles Pietragalli se pique à l'insuline qu'il a tué Chanteclerc. C'est ridicule. Vous n'avez rien contre lui. Vous ne trouverez rien, aucun magistrat ne vous suivra. Vous vouliez faire autre chose, c'est le moment avant que ce fiasco tragique ne vous emporte.

– Tu as peut-être raison mais je ne peux pas faire autrement. Le fiasco c'est maintenant si je ne fais rien. Tu comprends ça ?

– Non.

– Dommage, je t'aimais bien. Tes principes à la con me rappellent ce que j'étais à ton âge.

Spinoza n'avait pas entendu les derniers mots de Barnier. Il était déjà parti.

Le commissaire avait demandé à l'une des lieutenantes qui avait perquisitionné avec lui l'appartement de Chanteclerc, de le rejoindre devant le 30 de l'avenue Georges-Mandel. Raphaëlle avait abandonné leur maison de la rue Daguerre, trop difficile à vivre depuis que Charles avait renoncé à marcher. L'appartement était facile d'accès, le comédien passait ses journées derrière les baies larges et lumineuses, ultimes ouvertures sur le monde des vivants.

La femme de Pietragalli n'était pas d'humeur. La nuit avait été agitée. Elle avait trouvé Charles gémissant dans son lit après qu'il eut tenté en vain de prendre un verre d'eau. « Ça suffit », lui avait-il dit, d'une voix qui n'était compréhensible que d'elle et de la garde-malade qui avait appris à décrypter une parole devenue inaudible. « Tout cela n'a plus aucun sens. »

– Si vous voulez voir mon mari, il dort, dit-elle aux deux flics avant de raconter brièvement la nuit passée. De toute façon j'imagine que vous êtes au courant de son état, vous ne pourrez rien obtenir de lui. Si vous avez des questions c'est à moi que vous allez devoir les poser.

Se gardant de leur proposer quoi que ce soit, elle les avait invités d'un geste agacé à s'installer dans le salon.

– Permettez qu'on attende que M. Pietragalli se réveille, c'est lui que nous souhaitons interroger.

Barnier n'était pas aimable et ne cherchait pas à l'être au point que Raphaëlle s'emporta plus qu'elle ne l'avait souhaité :

– C'est la déchéance du grand Charles Pietragalli qui vous fait jouir ? L'imaginer c'est bien, la toucher du doigt c'est encore mieux. Vous êtes venus pour ça ! C'est quoi votre métier exactement ?

La lieutenante allait répondre, Barnier l'en empêcha :

– Très bien, nous verrons votre mari quand vous le déciderez. Nous sommes là parce que Chanteclerc est mort d'une injection massive d'insuline.

– Oui et alors ? Il n'y a que vous pour croire que les causes de la mort d'Olivier sont confidentielles. Tout Paris le sait.

– Je suis sans illusions sur la confidentialité d'une enquête, rétorqua Barnier, en revanche M. Pietragalli et vous avez l'art du secret. Voilà des années que votre mari est traité à l'insuline pour un diabète si peu anodin qu'il a provoqué cet AVC gravissime que vous avez qualifié de simple malaise vagal.

Raphaëlle avait pâli au point que la jeune policière qui accompagnait Barnier avait tenté de l'interrompre mais le flic n'écoutait plus rien ni personne.

– Qui d'autre que votre mari, dans l'entourage de Chanteclerc, avait un accès illimité à ce poison redoutable ? Qui d'autre que votre mari avait le code de l'immeuble changé la veille du meurtre, qui d'autre que votre mari avait un téléphone qui a borné devant le 71 de la rue de Varenne bien après que le dîner fut terminé. Qui ? Madame Pietragalli ?

La sidération passée, restait la colère de Raphaëlle trahie par une voix à demi étranglée.

– Si vous n'étiez pas policier, je vous aurais mis dehors. Si vous n'étiez pas policier, je vous aurais dit que celui qui s'aventurerait à proférer ce que vous venez d'aboyer est un fou ou un salaud et sans doute les deux à la fois. Charles n'aimait pas ce qu'était devenu Chanteclerc, mais cela ne fait pas un mobile que je sache. Le code ? Il l'avait reçu par SMS en même temps que Barrioul et Shapira. Quant au bornage du téléphone, c'est ridicule il vous suffira de vérifier que les trois avaient pris un verre au café d'en face après avoir quitté Olivier.

Raphaëlle s'était arrêtée en pleine phrase, Charles venait d'entrer. Pantin blafard et triste. La garde-malade l'avait sanglé sur la chaise roulante pour éviter qu'il tombe. Barnier avait traversé le salon avançant une main que Pietragalli était incapable de saisir. Ignorant Raphaëlle, d'une voix douce qu'elle ne reconnaissait pas, le commissaire s'approcha pour être sûr que Charles l'entende à travers le brouillard des mots.

– Monsieur Pietragalli, je suis policier et j'ai deux ou trois questions à vous poser. Vous vous souvenez de votre ami Olivier Chanteclerc, vous étiez ensemble au lycée à La Rochelle ?

Barnier n'avait rien oublié de ce que je lui avais raconté. La petite maison, les soirées à la plage, le frère de Charles appelé en Algérie, la rencontre avec Rocard.

Il avait répété à plusieurs reprises « Vous vous souvenez… » face à Charles qui avait levé la tête, fixant d'un regard vide cette carcasse inconnue.

– Vous m'entendez, monsieur Pietragalli ?

La pièce ne résonnait plus que de la voix de moins en moins douce de Barnier et du silence de Charles. L'acteur n'était plus là. Le flic l'avait compris mais avait poursuivi malgré tout.

– L'insuline que vous prenez, c'est vous qui l'achetez ou d'autres parfois s'en chargent ?

– Ça suffit, c'est odieux, sortez d'ici, s'écria Raphaëlle.

Charles, surpris par les cris de sa femme, tourna la tête, cherchant d'où venait le bruit. Sa bouche s'était tordue dans un rictus dont seule Raphaëlle pouvait comprendre le sens. Il souriait.

Le divisionnaire et la lieutenante avaient descendu les trois étages en évitant de se regarder, Barnier n'avait rien vu venir. Sur le trottoir, les mots lui avaient explosé à la figure. Rien ne semblait pouvoir arrêter la jeune femme, pas même les passants qui détournaient la tête pensant avoir affaire à une banale scène de ménage.

– Je ne suis pas entrée dans la police pour faire ça, hurlait-elle au bord des larmes. Vous n'avez rien obtenu et vous n'obtiendrez rien. Ce pauvre type est mourant, qu'est-ce-que vous espériez ? Des aveux ? Mais il n'a tué personne, ça se voit comme le nez au milieu de la figure. Je suis d'accord avec Mme Pietragalli. Cette enquête rend fou, vous le premier. Vous pouvez me sanctionner, me faire virer, ça m'est égal. Je ferai autre chose mais au moins je pourrais continuer de me regarder dans la glace. Vous, je ne crois pas.

Statufié par la violence des mots, Barnier ne trouva rien à dire. C'est seulement lorsqu'elle tourna les talons qu'il réagit, lui confirmant que son insubordination ne resterait pas sans conséquence. Mais elle était déjà loin.

Ce fut d'abord un tweet. Trop évasif. Les deux cent quatre-vingts caractères ne connurent pas le succès espéré par son auteur. L'homme qui se cachait derrière le pseudo de Rocamadour réitéra quelques heures plus tard.

@Rocamadour : « Dans l'affaire Chanteclerc un comédien serait désormais le principal suspect du commissaire divisionnaire Philippe Barnier, chargé de l'enquête. »

Pas de nom, mais la toile s'enflamme régulièrement pour moins que ça d'autant que le tweet avait été relayé par de nombreux comptes Facebook. Qui était ce comédien ? Rocamadour pouvait être satisfait, il venait de lancer le jeu-concours de l'année. En peu de temps des dizaines de milliers d'internautes avaient posté leurs réponses. Au point que les médias ne purent ignorer le phénomène très longtemps. Prudentes, les télévisions l'avaient rapporté sans participer au grand mouvement de délation qui s'était emparé du pays. Les antisémites avançaient les noms de comédiens juifs, les anti-arabes pointaient de leurs tweets vengeurs les stars d'origine maghrébine, les autres s'en prenaient aux artistes africains, chinois, américains même si ces acteurs étrangers n'avaient jamais rencontré Chanteclerc. Mais un quotidien du matin soucieux de ne pas laisser le dernier mot à Twitter et inquiet de se faire doubler par un concurrent n'avait pas eu la fausse pudeur des grandes chaînes. Vingt-quatre heures après le premier tweet, le journal publiait sur son site le nom de Charles Pietragalli, suivi d'un article qui rappelait l'immense star qu'avait été Charles. La course au scoop était lancée. Une chaîne d'info prit le relais indiquant que le commissaire Barnier avait auditionné chez lui Pietragalli donnant au passage des nouvelles inquiétantes de son état de santé. Le journaliste précisait que le policier avait trouvé un homme affaibli, incapable de s'exprimer. Malgré cela, conclut le reporter, le commissaire semblait avoir peu de doute sur la culpabilité de l'acteur.

Rien sur l'absence de mobile et l'inexistence de preuve. Sans préavis, Charles, moribond sur sa chaise roulante venait d'être jeté dans la cage aux lions, écrasé par la vindicte haineuse des réseaux sociaux. Désormais aussi détesté qu'il fut aimé.

Chapitre 29

– Shapira au parloir.

Le gardien avait ouvert l'œilleton et frappé trois coups secs avant de déverrouiller la porte. Il était à peine 10 heures, ce lundi 20 mars 2023. Réveillé à l'aube par les pies qui s'étaient donné le mot pour célébrer le premier jour du printemps, j'étais à ma table mettant la dernière main au plan de ce roman. Je n'attendais personne et le dis à mon geôlier.

– Ça doit être une erreur.

– Je ne crois pas. Dépêchez-vous, on vous attend.

Quatre murs sans ouverture, la pièce était sinistre malgré une peinture claire et une table de bois blond censées donner un peu de chaleur à l'endroit. Raphaëlle était déjà là. Je l'aperçus avant qu'elle ne me voie, immobile et droite, le regard fixe scrutant un horizon imaginaire. Elle m'avait pris les mains dès que je m'étais assis face à elle, les siennes étaient glacées. Pietragalli était mort dans la nuit. Elle voulait que je sois le premier prévenu. Lenoir lui avait obtenu un permis de visite exceptionnel. Elle me raconta, la fin de Charles, l'oubli de soi, l'oubli des autres. Trois mois horribles.

– Cinquante années formidables, et on ne s'est pas vraiment dit au revoir, dit-elle en éclatant en sanglots. Mais au moins il n'a rien su, rien lu, rien entendu. Tu auras été son seul ami. Je voulais te le dire avant que les chiens qui ont failli le dévorer viennent l'applaudir une dernière fois.

Le juge m'avait accordé un permis de sortie qui n'était d'ordinaire donné qu'aux très proches du défunt. Je n'étais pas à l'église, mais j'ai pu retrouver Marianne au cimetière, accompagné de deux policiers qui ont su se faire discrets. Au bord de la tombe, je comptais mes morts et me dis que je ne regrettais rien.

Et surtout pas ce jour où tout avait basculé. J'avais déjà trop attendu, abandonnant Charles depuis deux semaines au pire des prédateurs, cette foule anonyme qui hurle avec les loups et piétine ses proies. Il fallait que je le dise à Marianne avant de confondre Barnier. Raconter la nuit du meurtre n'était pas insurmontable mais trahir Garance… Dire un secret qu'elle m'avait juré de ne jamais partager, chaque matin je me promettais de le faire et chaque soir je m'endormais l'estomac noué de ne pas avoir parlé. C'était devenu si lourd qu'au quinzième jour, ma femme n'avait plus supporté le poids de ce silence gluant. J'avais parlé au creux de la nuit, Marianne avait pleuré sans rien dire. Sur Garance, sur notre séparation inévitable. Je m'étais endormi au petit matin, ma femme recroquevillée contre moi. Au petit déjeuner nous étions incapables de dire les mots ordinaires, j'avais appelé Barnier. Et je partis très vite après que Marianne m'eut embrassé d'un baiser appuyé. J'étais déjà sur le trottoir quand j'entendis sa voix, ignorant les passants qui avaient levé la tête sans comprendre. Elle hurlait.

– On va se battre. Que Chanteclerc pourrisse en enfer.

Au Bastion, les couloirs étaient encore vides. J'avais réveillé Barnier qui semblait ne rien entendre à ce que je lui disais. Le voir d'urgence, lui dire qu'il n'avait rien vu, rien compris. C'est moi, avais-je répété à plusieurs reprises, vous comprenez ce que je vous dis, c'est moi. Non il ne comprenait pas. Il m'avait trouvé excité et m'avait invité au calme.

– Voyons-nous cet après-midi, j'ai un créneau à 16 heures.

– Non. Tout de suite.

Le divisionnaire avait fini par grommeler :

– Si vous y tenez.

Il arriva en retard. D'une heure, qui signifiait que je n'avais rien à faire dans ce bureau, que le dossier était clos, qu'il restait à trouver le mobile de Charles, mais que le grand flic qu'il était s'y employait. La belle histoire racontée à qui souhaitait la croire mais cette fois, je ne lui en ai pas laissé le temps. Ni fauteuil ni café. À peine la porte refermée, les mots avaient claqué.

– C'est moi qui ai tué Chanteclerc.

Un instant j'ai cru qu'il allait éclater de rire, il se contenta d'une dernière tentative pressentant la déflagration qu'allait provoquer sa défaite.

– Vous n'êtes pas sérieux, si c'est une plaisanterie elle est de très mauvais goût.

Ça ne l'était pas, il le savait déjà.

– Pourquoi auriez-vous fait ça ?

– Arrêtez avec ces conditionnels, dis-je en sachant que c'était la dernière fois que je m'asseyais dans ce bureau, cette vérité vous dérange mais il va falloir vous y habituer. Vous avez une fille ?

– Non.

– Alors vous allez devoir faire un effort.

« Imaginez que vous en ayez une. Elle a vingt ans et s'appelle Garance. Elle est brillante et tous les possibles s'offrent à elle. Elle aurait pu être avocate, chercheuse au CNRS, mathématicienne, philosophe ou même flic comme son père, elle a choisi l'archéologie pour comprendre l'humanité à travers ses créations millénaires. Elle trouve dans l'art cette permanence qui enjambe notre finitude. Garance a vingt ans, elle pense que l'homme n'est pas fondamentalement mauvais. En amour, elle a les illusions d'une jeunesse heureuse. Son corps lui appartient, et rien ni personne ne lui avait fait imaginer qu'il pourrait être maltraité, abîmé au point de lui faire détester l'amour.

« Votre fille est solaire, trait d'union entre des gens très différents jeunes et moins jeunes. Certains ont trente ans de plus qu'elle. Ce sont vos amis d'enfance, ils sont devenus les siens. Ils l'ont vue naître, il n'y a pas d'équivoque possible, l'un d'eux s'appelle Chanteclerc, un journaliste sans frontières dont la signature est connue d'un bout à l'autre de la planète. Vous lui proposez d'être le parrain de Garance. Il est attentif et présent, c'est pour elle un second père. Il ne cache pas ses succès féminins mais affecte de n'en rien dire, encourageant discrètement les chasseurs d'images à le saisir avec ses conquêtes tout en dénonçant leurs intrusions dans sa vie privée. Adolescente, votre fille s'en amuse et collectionne les journaux qui affichent Olivier à la une. Elle est fière de se promener aux bras du grand homme. Jeune adulte, elle l'interroge sur ses amours de passage, s'étonne qu'Éloïse accepte des situations si scabreuses et lui affirme en riant qu'elle ne pourrait jamais tomber amoureuse d'un type comme lui. Et puis vint ce jour de printemps 2007.

« Vous aviez été invité cette semaine-là à participer à un colloque d'Interpol à Singapour. L'occasion de défricher les terres inconnues de la cybercriminalité et de découvrir avec votre femme cet endroit étrange, gigantesque coffre-fort végétalisé au cœur de l'Asie. Garance restée seule à Paris, vous étiez partis avec la promesse de Chanteclerc de veiller sur elle. Ce qu'il fit par des appels quotidiens et une invitation à dîner avec quelques amis dont Charles et Benoît. Au lendemain de cette soirée, vous avez appelé comme chaque jour. Et guère prêté attention au mutisme de votre fille. Vous la saviez parfois ailleurs, imaginant déjà ses futures expéditions. À votre retour, vous aviez remarqué une tristesse que vous ne lui connaissiez pas. Lorsque vous lui en aviez demandé les raisons, elle vous avait rembarré sèchement. Affirmant que tout allait bien, seulement préoccupée par ses examens. Vous ne l'avez pas crue mais vous avez fait semblant et accepté qu'elle partage momentanément sa vie entre la fac et sa chambre. Plus de copains, plus de retours à l'aube. Deux mois pendant lesquels Garance avait glissé à vos côtés, pâle fantôme de la fille qui était la vôtre. Mais vous n'aviez rien dit et vous êtes vite rassuré après qu'elle a brillamment réussi ses concours. Il avait suffi d'un été passé à traverser l'Europe et Garance vous était revenue à l'automne identique à elle-même, c'est du moins ce que vous avez cru, refusant de voir cette ombre noire qui lui figeait parfois le regard, ses sautes d'humeur inhabituelles, cette violence qui explosait sans raison. Vous ne vous êtes pas interrogé sur sa brusque décision de vous quitter pour habiter ailleurs, sur la distance qu'elle a mise entre elle et vous et ce besoin constant d'être loin.

« Imaginez que cette fille que vous chérissez débarque un soir chez vous alors que votre femme est absente. Elle a trente-cinq ans et l'air heureux de son adolescence. Lovée contre vous après un dîner où elle a bu juste ce qu'il faut pour parler enfin, elle vous confirme qu'elle est amoureuse pour la première fois depuis quinze ans.

« Quinze ans de plaisir introuvable, de corps-à-corps répugnants et de sexes détestés. Quinze ans de tentatives ratées pour oublier l'innommable. Quinze ans avant qu'elle rencontre cet homme pas comme les autres. Qui avait accepté de vivre au rythme de son désir et de ses interdits.

« Et ce soir-là, elle vous dit enfin ce qu'elle a raconté à son amant. Son viol à vingt ans par ce parrain qu'elle admirait, ami de son père dont il avait l'âge. Olivier Chanteclerc, journaliste aux faits d'armes si nombreux que nul n'aurait pu l'imaginer commettre pareil crime. Elle avait dîné chez lui et s'était retrouvée seule après que les convives se furent éclipsés un à un et que sa femme, écrasée de somnifères, se fut enfoncée dans un sommeil profond.

« Il lui avait proposé un dernier verre, glissant dans le lecteur un enregistrement live du Blues Alley, le dernier endroit où l'on peut écouter du jazz à Washington, avait-il précisé. La voix de la chanteuse, grave et sensuelle a longtemps réveillé Garance, peuplant ses nuits d'images mille fois ressassées. Ce visage méconnaissable, cette main plaquée sur sa bouche, ce sexe effrayant devenu l'arme d'un crime impuni. Elle, à demi couchée sur le canapé, jambes ouvertes, incapable de fuir. Lui, la rhabillant à la hâte donnant son adresse au chauffeur de taxi qui la déposa chez elle. L'homme la croyait ivre, elle se pensait morte. C'était l'ami de son père. C'était Chanteclerc. Elle n'avait rien dit.

Je n'avais pas quitté Barnier des yeux, l'obligeant à soutenir mon regard. Nous sommes restés ainsi face à face tels deux boxeurs au centre du ring avant la cloche. La fin était prévisible, la prison pour moi, la démission pour lui. Je pensais à Michel Serrault. « Ça tourne dans cette tête », lance-t-il à Lino Ventura quand le flic ne sait plus que dire. Ça tournait dans la tête de Barnier, incapable de répondre à la question que je lui avais posée :

– Si vous étiez à ma place, qu'auriez-vous fait ?

– Je ne suis pas à votre place, grommela Barnier. Cela fait une heure que vous tentez de m'y mettre, ça ne marche pas comme ça.

– Je fais ça pour vous aider, rétorquai-je. Vous cherchiez un mobile. Vous l'avez. Quel père accepterait qu'un salopard touche à sa fille ?

– Il y a d'autres moyens, moins radicaux. Porter plainte par exemple, la justice est faite pour ça.

– Vous plaisantez ! Avec un type comme Chanteclerc, cela aurait servi à quoi ? Une enquête par des policiers qui n'en ont rien à faire et sans doute un classement sans suite. Au mieux un procès trois ou quatre ans plus tard et une peine ridicule. Vous appelez ça la justice, vous ?

Le divisionnaire enchaîna sans répondre. Il imaginait la presse, le scandale qui réduirait vingt ans de sa vie à ce gigantesque fiasco, l'IGPN et les questions de ses collègues, la revanche du Bastion qui ce matin encore courbait l'échine au passage du grand flic. Il savait que je disais vrai, mais s'accrochait à l'idée que c'était impossible… Il tenta une dernière fois de me confondre et d'inverser le match.

– Et l'insuline, lança-t-il, croyant avoir trouvé la parade.

– Quoi, l'insuline ?

– Vous l'avez trouvée dans une pochette surprise ?

– Vous êtes sérieux ? On la trouve partout. Il suffit d'une ordonnance. Ce pauvre Charles en a plein ses tiroirs. Je n'ai pas eu de mal à lui soustraire quelques boîtes. L'affaire von Bulöw a fait le reste. Le film de Schroeder m'avait marqué au point d'inspirer l'un de mes premiers romans, il m'a suffi d'actualiser la trame de l'histoire. Ce soir-là, Benoît, Charles et moi avions quitté Olivier déjà à demi endormi, assommé par les vins grands crus et les somnifères dont il partageait l'usage quotidien avec sa femme. « C'est tout ce qu'il nous reste en commun », m'avait-il lâché un soir de beuverie. Je connaissais leurs habitudes, en partant j'ai pris l'un des deux trousseaux de clés, laissés dans l'entrée. Un quart d'heure plus tard j'étais chez moi. Le bornage téléphonique l'atteste. Revenu pour déposer mon portable, j'ai pu ressortir sans risque d'être tracé. Le reste fut un jeu d'enfant. Chanteclerc ne s'est jamais réveillé. Vous connaissez la suite.

« Mais si je ne vous avais pas appelé ce matin, vous vous acharneriez encore sur ce pauvre Charles. Non seulement vous n'êtes pas un grand flic mais vous êtes un ignoble personnage.

Barnier vacilla un instant avant de se ressaisir et de regarder sa montre pour prononcer cette phrase que j'attendais depuis mon arrivée rue du Bastion.

– Il est 11 h 40, Rodolphe Shapira vous êtes en garde à vue. Vous pouvez passer un coup de téléphone et appeler votre avocat.

Sur le pas de la porte, un gardien en uniforme m'attendait déjà. Alors que je lui tendais les mains, j'entendis Barnier hurler dans mon dos.

– Vous savez ce que vous risquez, Shapira. Meurtre avec préméditation, ça peut aller jusqu'à la perpétuité.

Nom, prénom, profession… Le capitaine chargé de prendre mes aveux ne m'avait pas regardé une seule fois. Il avait enchaîné les questions, hésitant parfois sur les mots qu'il devait coucher sur le papier.

À peine plus de la trentaine, la voix perchée, il ressemblait plus à un élève du grand séminaire qu'à un policier de la PJ. Alors qu'il me tendait le procès-verbal, je le lui dis.

– Pourquoi ? Vous croyez qu'il faut avoir la tête de Barnier pour être un bon flic, dit-il sèchement.

Avant d'ajouter :

– J'ai une fille de sept ans, à votre place j'aurais fait la même chose que vous.

Dans la voiture qui m'avait conduit au dépôt, la voix de la journaliste résonnait d'autant plus fort que le capitaine et les deux gardiens qui m'accompagnaient étaient restés silencieux. C'était le premier titre du journal :

– Coup de théâtre dans l'affaire Chanteclerc : le célèbre écrivain Rodolphe Shapira a avoué être l'auteur du meurtre. Selon nos informations, il s'est spontanément rendu à la police à 9 heures ce matin après avoir appelé le commissaire Philippe Barnier chargé de l'enquête. Rappelons qu'il y a deux semaines, le divisionnaire avait publiquement mis en cause Charles Pietragalli, assurant qu'il n'avait pas besoin de ses aveux pour être certain de sa culpabilité. Rien n'a filtré, des raisons qui ont conduit Rodolphe Shapira à tuer Chanteclerc qui fut l'un de ses amis les plus proches.

La journaliste avait poursuivi avec ma biographie détaillée, celle d'un auteur qu'elle avait qualifié de « particulièrement prolixe ». En écoutant cette voix qui parlait de moi, j'eus un instant le sentiment étrange d'entendre ma nécrologie.

Avant de changer de sujet – l'Ukraine et l'offensive qui patinait –, elle précisa que le directeur général de la police et Barnier donneraient une conférence de presse le lendemain à 11 heures.

Dans la nuit, le site du *Monde* avait publié un long papier, repris en une de son édition du jour. Précis, n'omettant aucun détail, le journal racontait le viol de

Garance, la nuit du meurtre, les ignominies de Barnier, mes aveux pour que Charles ne meure pas flétri par un public versatile.

Au dépôt, les flics avaient accepté que je puisse voir la conférence de presse. Même salle qu'un an plus tôt, mêmes micros agglutinés par dizaine face à la tribune, mêmes journalistes, venus chasser en meute leur nouvelle proie, la scène était rodée. Le spectacle pouvait commencer, invraisemblable, mais chacun fit semblant de le croire. D'autant que, coup de théâtre dans le coup de théâtre, le grand flic avait présenté des excuses publiques.

Prenant la parole le premier, costume gris anthracite à la coupe impeccable, chemise bleu clair et cravate marine, Barnier avait dit vouloir faire une déclaration liminaire. Des mots choisis et lus à la virgule près, d'une voix dont la gravité était amplifiée par les micros.

– J'ai beaucoup hésité avant d'user d'un stratagème dont je ne suis pas fier mais qui constituait pour moi la dernière chance de faire éclater la vérité. Je savais le pari risqué et sans assurance de réussite mais j'ai estimé ne plus avoir d'autres choix. Dire ma conviction que Charles Pietragalli était coupable alors que je le savais innocent fut pour moi atroce. Cela m'a coûté le respect et l'amitié de plusieurs de mes collaborateurs mais ce n'est rien à côté de l'honneur piétiné d'un homme pour lequel j'ai la plus grande admiration. Je demande pardon à Charles Pietragalli et à sa femme, Raphaëlle. Le piège a fonctionné et Rodolphe Shapira s'est spontanément rendu à la police hier matin pour disculper son ami d'enfance. M. Shapira affirme avoir décidé de passer à l'acte après que sa fille lui a dit avoir été violée par Olivier Chanteclerc. Les faits auraient été commis il y a une quinzaine d'années, ils sont désormais invérifiables puisque leur auteur présumé est mort. J'ajoute néanmoins que la probabilité que Garance Shapira dise vrai est forte car ce témoignage est à rapprocher d'autres faits identiques ou similaires commis par le journaliste.

« Rodolphe Shapira sera mis en examen dans la journée pour homicide volontaire avec préméditation.

« En ce qui me concerne, je me rendrai dès demain matin auprès de M. et Mme Pietragalli pour leur dire combien je suis désolé d'avoir utilisé ce subterfuge. Libre à eux de porter plainte contre moi s'ils le souhaitent.

Les questions avaient fusé dans un brouhaha interminable. Barnier répondit à celles qui lui convenaient, répétant sous d'autres formes ce qu'il avait déjà dit et fit semblant de ne pas entendre les autres. L'IGPN avait-elle été saisie ? Allait-il démissionner ? Combien d'agressions et de viols avaient été commis par Chanteclerc ?

J'avais demandé au gardien chargé de me surveiller ce qu'il pensait des déclarations du divisionnaire, sachant pertinemment qu'il ne pouvait rien en dire. Je ne fus pas déçu, sa réponse fusa :

– À mon niveau, on ferme sa gueule. Point !

Le soir même, j'étais transféré à la Santé, dans cette cellule devenue mon bureau.

Janvier 2024, dix mois déjà. Par deux fois, le juge a refusé ma remise en liberté. « Laisser sortir un meurtrier qui a prémédité son crime, ce serait un exemple détestable », avait-il dit à mon avocat pour justifier son refus, ajoutant que la vengeance ne peut faire office de justice. J'avais rapporté le propos du magistrat à Marianne qui avait explosé.

– Il a raison ce connard, encore faudrait-il que la justice soit rendue.

J'avais donc passé Noël en prison, le premier sans doute d'une longue série.

Après la conférence de Barnier dont les médias avaient fait leur miel une journée entière, l'effervescence était retombée. Une autre affaire avait déjà pris le relais. Plus croustillante encore. Seul *Le Point* avait consacré une double page au commissaire. Sous le titre « La justification d'après coup », l'hebdomadaire expliquait que le policier était bel et bien convaincu de la culpabilité de Charles, mais qu'il avait trouvé dans mes aveux l'occasion improbable de retourner la situation à son avantage.

Barnier avait menacé *Le Point* d'un procès en diffamation. Les médias étaient restés muets, aucun journal n'avait repris l'information. Il fallut attendre plusieurs semaines pour que *Le Monde* s'intéresse enfin à Chanteclerc. Six pages dans le supplément du vendredi avec en couverture un photo-montage du journaliste tenant entre ses mains le masque de lui-même. Un bref éditorial chapeautait l'enquête.

S'attaquer à un disparu n'est jamais simple. Le fait qu'il ne puisse répondre est un handicap qui a longtemps retenu notre plume. Mais depuis que l'affaire Chanteclerc est devenue l'affaire Shapira, il nous a paru légitime d'enquêter sur le mobile qui a conduit l'auteur de Fausse route *à la Santé. Il s'avère que le viol subi par sa fille Garance ne procède pas de la folie d'un soir mais constituait un crime s'inscrivant dans une longue liste d'agressions et de viols commis par celui qui fut pendant plus de quatre décennies un confrère admiré par des millions de lecteurs, devenus ses téléspectateurs. Chanteclerc est parti avec ses démons, mais si la mort éteint l'action judiciaire, elle n'efface pas les crimes. Ni les blessures infligées à des dizaines de femmes. Il est de notre devoir de le dire ici.*

Suivaient plusieurs témoignages, venus s'ajouter à ceux de Garance, de Sophie Valcroze et de Frédérique Courcelle. Ils racontaient la violence insoupçonnée du journaliste, certaines parlaient de rencontres impromptues, d'autres disaient avoir été aveuglées par l'admiration qu'elles portaient à Chanteclerc. Toutes avaient longtemps choisi le silence plutôt que l'humiliation d'une plainte balayée par un démenti du grand homme.

Six pages de faits et de témoignages dont la lecture éprouvante se terminait ainsi :

Combien de Chanteclerc parmi nous qui agressent et violent en toute impunité, assurés que dans ce jeu pervers de parole contre parole la leur aura toujours le dernier mot ? Le nombre ne fait pas une preuve mais c'est de la seule confrontation publique que peut jaillir la vérité. Ou du moins l'intime conviction des juges et des jurés.

Marianne m'avait rejoint cet après-midi-là, le journal à la main, rouge d'excitation.

– Tu l'as lu ? Enfin ! dit-elle en me prenant dans ses bras.

La troisième demande aura été la bonne. Le juge m'autorise à rentrer chez moi jusqu'au procès fixé au premier jour de l'automne. Ma femme et mon avocat sont optimistes. Entre la détention provisoire et les remises de peine j'aurai à peine le temps d'écrire la suite des *Années sida*.

Le gardien vient de m'apporter le courrier. C'est une carte postale de Buenos Aires. L'écriture n'autorise aucun doute. Trois lignes et une signature.

Tu te souviens de cette promesse que nous nous étions faite à La Rochelle. « Ne soyons jamais là où on nous attend. » Amitiés,

David Schwartz

Sur le trottoir, j'ai encore cette carte à la main. Et je m'interroge en attendant Marianne. Difficile de discerner le vrai du faux dans le roman d'une vie.

Remerciements

À Muriel Beyer, dont l'enthousiasme communicatif est pour un auteur le meilleur des soutiens. Ses conseils sont d'autant plus précieux qu'ils s'appuient sur une passion nourrie d'une immense expérience.

À Dana Burlac, qui a cru à ce roman dès que je lui ai fait part du projet. Depuis, elle m'accompagne dans cette aventure avec un professionnalisme qui suscite amitié et admiration.

À Manon Kauffmann, Sarah Dubriont et Camille Tomasicchio, qui s'appliquent avec talent à faire vivre ce livre.

À Yasmina Belkaroui et Séverine Caniot, pour leur assistance précieuse et attentive.

Enfin, un merci XXL à Anne Barrère, ma première lectrice. Celle qui a toujours trouvé les mots justes lorsque je lui faisais part de mes doutes et de mes interrogations.

Préparation de copie : Guillaume Müller-Labé
Correction : Amandine Farges
Maquette de couverture : Raphaëlle Faguer
Fabrication : Marine Garguy & Sébastien Dos Santos
Composition et mise en pages : Nord Compo à Villeneuve-d'Ascq
Photograveur : IGS-CP

Illustrations de couverture : © Shutterstock/Pixel-Shot ;
© Shutterstock/Save nature and wildlife ; © Shutterstock/Ficus777 ;
© Photo12/Alamy/Cultura Creative RF

CET OUVRAGE A ÉTÉ ACHEVÉ D'IMPRIMER
SUR ROTO-PAGE PAR L'IMPRIMERIE FLOCH À MAYENNE
EN AVRIL 2024 — N° d'impression : 104721
IMPRIMÉ EN FRANCE